시원찮은 그녀(히로인)를 위한 육성방법

Memorial(메모리얼)

마루토 후미아키 지음
미사키 쿠레히토 일러스트
이승원 옮김

목차

Chapter 01

캐릭터 소개

Character Profile

크게 성장한 금발 트윈 테일 아가씨

사와무라 스펜서 에리리

DATA	
소속	사립 토요가사키 학원 2학년 G반 →사립 토요가사키 학원 3학년 F반 →타타라 미술대학교 미술학부 1학년(입학만 함)
생일	3월 20일
신장	158cm
스리 사이즈	B : 79.9 (어느 소꿉친구가 『절대 80은 안 됨』 이라고 증언)
	W : 56
	H : 86
취미	대외적 : 회화 감상 대내적 : 모에 애니메이션, 미소녀 게임, 미소녀 일러스트 그리기

Eriri
Spencer Sawamura

"하루가 48시간이라면 48페이지짜리 인쇄본을 만들 수 있을 텐데…….."

영국인 아버지와 일본인 어머니 사이에서 태어난 혼혈이며, 토모야의 소꿉친구. 개인 서클 『egoistic-lily』의 카시와기 에리에서 『blessing software』의 원화 담당을 거친 후, 「필즈 크로니클 X III」의 원화 및 캐릭터 디자인 담당으로서 화려하게 상업 데뷔를 했다. 성격은 전형적인 츤데레이며, 적대시하는 상대는 풀 네임으로 부른다. 인간관계에서는 얼간이 같은 면을 보일 때가 많지만, 그림에 관해서는 「일러스트로는 코사카 아카네를 능가」한다고 자부할 만큼 자신감을 가지게 됐다.

EPISODE 1

운명의 만남과 최악의 싸움

갑자기 크게 싸우고 금세 화해하는, 지극히 초등학생다운 관계였던 에리리와 토모야. 하지만 초등학교 3학년 때, 사이좋게 오타쿠 토크를 하다 그걸 계기로 괴롭힘을 당한 두 사람은 소원해졌다. 그런 상황에 다른 식으로 대처하게 되면서 완전히 틀어지고 만 두 사람은 고등학생 때까지 벽을 쌓고 지냈다. 이 일을 계기로 에리리는 자신이 오타쿠라는 걸 감추며 상류층 아가씨의 가면을 쓰게 됐다.

EPISODE 2

집념이 거머쥔 기적

에리리가 통조림 상태를 하면서까지 자신을 궁지에 몬 것은 토모야와 우타하가 최선을 다해 수정한 시나리오에, 자신 또한 온힘을 다해 부응하고 싶었기 때문이다. 무리를 했지만, 그 덕분에 에리리는 급격하게 성장했고, 토모야와 화해도 했다. 그리고 그때 그린 일곱 장의 일러스트가 코사카 아카네의 눈길을 끌고 만다. 앞으로의 운명을 결정지은 가장 중요한 에피소드다.

EPISODE 3

최고가 되기 위한 배신

기적의 일곱 장을 그린 후, 에리리는 슬럼프에 빠진다. 그런 에리리를 각성시킨 것은 토모야의 상냥함이 아니라, 코사카 아카네의 크리에이터 정신이었다. 토모야가 최고라고 인정하는 크리에이터가 되기 위해서 이 기회를 놓쳐서는 안 된다고 생각한 에리리는 서클 탈퇴를 결심한다. 설령 그 탓에 토모야가 슬퍼할지라도, 그리고 메구미와 절교하게 될지라도……!

시마무라 초등학교 입학식
토모야와 처음 만남.(9권)

초등학교 3학년
토모야와 함께 반에서 괴롭힘을 당하고, 그 일을 계기로 사이가 틀어진다.(3권)

고등학교 1학년, 9월 중순
카스미가오카 우타하와 만난다.(GS 1권)

고등학교 2학년, 골든위크 후반
토모야가 게임 기획서를 다시 쓰고 있을 즈음, 메구미의 요청으로 토모야의 서클에 참가한다.(1권)

고등학교 2학년, 여름 코믹마켓 2일차
토모야에게 도움을 받아 동인지를 완매했다는 이즈미의 실력에 겁먹은 나머지, 받은 동인지를 되돌려준다.(3권)

고등학교 2학년, 여름 코믹마켓 3일차
토모야에게 이끌려 집을 나선 후, 초등학교 앞에서 서로의 깊은 속내를 털어놓은 끝에 부활한다.(3권)

고등학교 2학년, 여름 코믹마켓 종료 다음날
이즈미에게 일전의 무례한 행동을 사과한 후, 라이벌로서 도전장을 던진다.(3권)

고등학교 2학년, 8월 하순
로케이션 헌팅이라는 명목으로 토모야와 호라쿠엔 유원지에 간다. 이건 데이트?(FD)

고등학교 2학년, 9월 하순
서클이 된 기념으로, 염원하던 우타하의 사인을 손에 넣는다.(GS 1권)

고등학교 2학년, 10월 하순
『icy tail』의 첫 라이브 관람 후 귀가 도중에 메구미와 절친 사이가 된다. 두 사람은 서로를 이름으로 부르게 된다.(4권)

고등학교 2학년, 완성품 납기 일주일 전
신규 시나리오용 추가 원화를 완성시키기 위해, 나스 고원의 별장에 틀어박힌다.(6권)

고등학교 2학년, 완성품 납기 당일
몸이 나빠진 상태에서도 기적의 일곱 장은 완성한다. 이변을 눈치채고 찾아온 토모야와 크리스마스를 단둘이서 보낸 후, 8년 만에 화해를 한다.(6권)

고등학교 2학년, 2월 하순
우타하와 함께 코사카 아카네를 만나고, 그 존재에게 압도당한다.(GS 1권)

고등학교 2학년, 토요가사키 학원 졸업식 사흘 전
우타하와 함께 서클을 탈퇴한 후, 둘이서 코사카 아카네를 쓰러뜨리자는 결의를 굳힌다.
(GS 1권)

고등학교 2학년, 토요가사키 학원 졸업식 사흘 후
서클 탈퇴를 알린 후, 처음으로 메구미와 만나 거절당했고 결국 절교한다.(7권)

고등학교 3학년, 4월 첫 주말
우타하와 함께 「필즈 크로니클」의 첫 회의에 참가하러 오사카로 향한다. 배웅을 나온 토모야의 입술을 우타하가 빼앗는 광경을 두 눈으로 똑똑히 본다…….(7권)

고등학교 3학년, 6월
메구미의 제안으로 단둘이 합숙을 하러 간다. 그리고 그곳에서 드디어 화해를 한다.
(GS 2권)

고등학교 3학년, 여름 방학 첫날 심야~ 다음날 아침
토모야 일행의 서클 합숙에 참가. 하지만, 에

사와무라 스펜서 에리리의 HISTORY

Eriri Spencer Sawamura's

리리와 우타하를 쫓아온 코사카 아카네와 회의를 하게 된다. 다음날 아침, 우타하를 데리고 서둘러 돌아간다.(10권)

고등학교 3학년, 코사카 아카네 입원 닷새 후 목요일 밤
우타하에게서 토모야가 누구를 선택했는지 듣는다. 엉엉 울면서도 우타하의 말을 듣고 마음을 다잡은 후, 앞으로의 제작 작업을 위해 함께 잠든다.(GS 3권)

고등학교 3학년, 10월 초 목요일
자택에서 「필즈 크로니클 X Ⅲ」의 작업에 몰두. 코사카 아카네의 대리인이 된 토모야가 곁에 있는데도 그림을 그리고 있는 에리리는 반 년 전보다 크게 성장했다.(12권)

고등학교 3학년, 10월 초 일요일 밤
「축제」가 끝난 후, 자택 정원에서 홀로 스케치를 했다. 사이가 좋았던 남자애와 함께 지냈던 과거를 떠올리며.(GS 3권)

고등학교 3학년, 11월 2×일
『blessing software』 지옥의 합숙에 참가. 사흘 동안 일곱 장의 일러스트를 완성시키겠다는 이즈미의 말을 듣고, 서포트 역할을 자청한다.(13권)

겨울 코믹마켓 며칠 전
「필즈 크로니클 X Ⅲ」 발매. 시리즈 최고 걸작으로 평가되지만, 그 내용은 찬반양론을 모았으며, 인터넷에서 큰 논쟁이 벌어진다.(13권)

고등학교 3학년, 12월 31일
우타하와 함께, 아침 일곱 시부터 겨울 코믹마켓에 일반 참가. 『blessing software』의 줄에 서서, 함께 완성시킨 게임을 손에 넣는다.(13권)

고등학교 3학년, 12월 31일 밤
『blessing software』의 겨울 코믹마켓 뒤풀이 파티. 눈물을 흘리면서도 환한 미소를 짓더니, 토모야를 향한 마음에 마침표를 찍는다. 그리고 앞으로도 「세상에서 가장 행복한 일러스트레이터」가 되기 위해 노력한다.(13권)

EPISODE 4

목표로 삼은 꿈을 향해 내딛은 명확한 한 걸음

에리리에게 있어 그림이란, 토모야에게 앙갚음을 하는 것과 동시에 자신을 돌아보게 하기 위해 필사적인 각오로 그려야 하는 것이었다. 하지만 소중한 절친을 얻고, 대형 프로젝트도 해내면서, 인간으로서도, 그리고 크리에이터로서도 성장한 에리리에게는 그런 부정적인 마음은 필요하지 않았다.
자신의 그림과 사이좋게 지내기로 결심한 에리리가 그린 여자애는 예전보다도 훨씬 매력적이리라.

끊임없이 노력하는 흑발 여신

카스미가오카 우타하

Utaha *Kasumigaoka*

DATA

소속	사립 토요가사키 학원 3학년 C반 →소오 대학 문학부 1학년 →소오 대학 문학부 2학년
생일	1월 31일
신장	168cm
스리 사이즈	B : 89 W : 61 H : 88
취미	대외적 : 독서 대내적 : 망상(본인은 부정)

"수면과 독서, 소설만 쓰면서 살고 싶어. 그것 말고도 하고 싶은 건 있지만, 자면서도 할 수 있거든.

고등학생 때 카스미 우타코라는 필명으로 데뷔했고, 현재는 소오 대학에 다니고 있는 인기 라이트노벨 작가. 『blessing software』 활동을 통해 처음으로 게임 시나리오를 집필했으며, 「필즈 크로니클 X III」에서는 경악스러운 전개로 큰 반향을 일으켰다. 그 후에는 에리리를 파트너로 「사랑에 빠진 메트로놈」, 「순정 헥토파스칼」을 잇는 신작을 후시카와 언데드매거진에서 준비 중. 음담패설을 좋아하며 얀데레 기질이 있는 커뮤니케이션 장애지만, 토모야 일행에게 있어서는 믿음직하고 상냥한 선배이기도 하다.

EPISODE 1

신인 작가와 팬으로서의 만남과 첫 작별

라이트노벨 작가, 카스미 우타코의 첫 사인회에서 처음으로 사인을 받는 이는 고등학교 후배이자 그녀의 작품을 절찬해서 매상에 공헌한 사이트의 운영자인 아키 토모야였다. 서로를 알아본 두 사람은 「사랑에 빠진 메트로놈」을 통해 가까워진다. 하지만 작품 최종권에 관한 생각의 차이를 계기로, 두 사람은 첫 번째 결별을 맞이한다.

EPISODE 2

문화제를 희생해, 스승과 제자의 관계로

첫 번째 원고와 두 번째 원고를 전부 채용하고, 거기에 트루 루트를 새롭게 만든다. 완전히 뚜껑이 열린 채로 대격론을 벌인 끝에 토모야와 도전하게 된 것은 그런 상상 이상의 선택. 이 작업을 통해 우타하는 토모야를 제자로서 성장시켰고, 토모야 또한 우타하에게 게임 시나리오 집필에 대해 배웠다. 두 사람이 지금 서로의 길에서 최선을 다할 수 있는 건 이 괴롭고 행복한 사흘간 덕분이리라.

EPISODE 3

토모야를 향한 달콤한 일격, 그 진의는……?!

서클 탈퇴라는 두 번째 결별. 그래도 토모야는 우타하를 응원해줬다. 도쿄 역에서 일방적으로 토모야의 입술을 빼앗은 것은 강적을 쓰러뜨리고 언젠가 네 곁으로 돌아가겠다는 결의의 증표인가. 아니면 크리에이터의 세계에서 라이벌이 된 제자에게 주는 작별 선물인가. 혹은 금발 파트너와 사랑하는 남자 사이의 좋은 분위기를 박살내기 위해 벌인, 사랑의 줄다리기인가?!

고등학교 1학년, 봄
『사랑에 빠진 메트로놈 2권 발매 직후의 증쇄 감사 사인회』에서, 학교 후배인 토모야를 알아본다.(2권)

고등학교 2학년, 9월 중순
사와무라 스펜서 에리리와 만난다.(GS 1권)

고등학교 2학년, 9월 후반
에리리가 동인작가, 카시와기 에리라는 게 판명. 그녀가 그린 「사랑에 빠진 메트로놈」 동인지(19금)를 읽고, 그녀의 팬이 된다.(GS 1권)

고등학교 2학년, 겨울
「사랑에 빠진 메트로놈」 최종권의 원고를 토모야에게 보여주려 했지만, 거절당한다.(2권)

고등학교 3학년, 골든위크
『사랑에 빠진 메트로놈 최종권 발매 기념 카스미 우타코 선생 사인회』 개최.(1권)

고등학교 3학년, 모월 모일
후시카와 언데드매거진 특집기사 때문에, 토모야에게 인터뷰를 받는다.(FD)

고등학교 3학년, 6월 하순~7월
플롯 초고를 완성하지만, 토모야에게 퇴짜를 맞는다.(2권)

고등학교 3학년, 7월 초 토요일~일요일
와고 시의 호텔에서 토모야와 함께 밤새도록 플롯을 새로 짠다.(2권)

고등학교 3학년, 9월 중순 토요일
라이트노벨 신 시리즈의 플롯을 만들기 위해, 토모야와 와고 시를 산책한다.(FD)

고등학교 3학년, 11월 초 토요일
시나리오 완성 기념으로, 이케부쿠로에서 토모야와 데…… 쇼핑. 그날 헤어지기 직전에, 토모야에게 트루 루트 제2고를 넘긴다.(5권)

고등학교 3학년, 토요가사키 문화제
토모야와 격론을 벌인 끝에, 사흘에 걸쳐 시나리오를 손본다.(5권)

고등학교 3학년, 겨울 코믹마켓 3일차
코믹마켓 행사장에서 코사카 아카네와 만나, 명함을 받는다.(GS 1권)

고등학교 3학년, 2월 하순 주말
『신작 발매 기념, 카스미 우타코 선생 사인회』 개최. 그 후, 토모야에게 서클의 혹독한 현실을 알려준다.(7권)

고등학교 3학년, 2월 하순
에리리와 함께 코사카 아카네를 만나, 「에리리의 덤」 취급을 당하며 굴욕을 맛본다.(GS 1권)

토요가사키 학원 졸업식 사흘 전
에리리를 도우며, 힘을 합쳐 코사카 아카네를 쓰러뜨리자는 결의를 다진다.(GS 1권)

고등학교 3학년, 졸업식
토요가사키 학원을 우수한 성적으로 졸업. 돌아가던 길에 만난 토모야에게 서클 탈퇴 의사를 밝힌다.(7권)

대학 1학년, 4월 첫 주말
에리리와 함께 「필즈 크로니클」의 첫 회의를 하러 오사카로 향한다. 배웅을 온 토모야의 입술을 느닷없이 빼앗는다.(7권)

대학 1학년, 5월 중순 토요일
진보초에서 우연히 만난 미치루와, 서클을 도와주기로 밀약을 맺는다.(GS 2권)

대학 1학년, 토모야 일행의 여름방학 첫날 심야~ 다음날 아침
토모야 일행의 서클 합숙에 참가. 하지만 에리리와 우타하를 쫓아온 코사카 아카네와 회의를 하게 되고, 토모야가 보는 앞에서 굴욕을 당하고 만다…….(10권)

카스미가오카 우타하의

Utaha Kasumigaoka's

HISTORY

대학 1학년, 여름의 어느 오후
토모야의 서클에서 만든 게임의 체험판, 카스미가오카 우타하(가명) 루트를 플레이. 자기는 이 시나리오를 용납할 수 없다며 화를 내지만, 이것을 계기로 각성했고, 코사카 아카네에게 인정을 받는다.(10권)

대학 1학년, 코사카 아카네 입원 닷새 후 목요일
서클 활동을 제쳐두고 코사카 아카네의 대리인을 맡겠다고 나선 토모야의 각오를 듣고, 메구미를 향한 토모야의 「무언가」를 눈치챈다.(12권)

대학 1학년, 코사카 아카네 입원 닷새 후 목요일 밤
토모야의 개입에 난색을 표하던 에리리를 설득. 서로의 본심을 드러내고, 실연에 슬퍼한 후, 서로를 이름으로 부르는 친구 사이가 된다.(GS 3권)

대학 1학년, 9월 하순 금~토요일
토모야가 빠진 동안의 서클 활동을 지원하기 위해, 몰래 미치루와 이즈미에게 지시를 내려서 메구미를 자극한다. ……하지만, 메구미에게 들키고 말았습니다…….(GS 3권)

대학 1학년, 10월 초 일요일 밤
「축제」 후, 악우가 된 미치루와 함께 돌아간다. 실은 아직 토모야를 포기하지 않았다……?!(GS 3권)

대학 1학년, 11월 2×일
『blessing software』 지옥의 합숙에 참가. 토모야가 쓴 모든 시나리오를 교정해서, 네 자릿수에 달하는 체크 부분을 내놓았다.(13권)

겨울 코믹마켓 며칠 전
「필즈 크로니클 XⅢ」 발매. 시리즈 최고 걸작으로 평가되지만, 그 내용은 찬반양론을 모았으며, 인터넷에서 큰 논쟁이 벌어진다.(13권)

대학 1학년, 12월 31일
에리리와 함께, 아침 일곱 시부터 겨울 코믹마켓에 일반 참가. 『blessing software』의 줄에 서서, 함께 완성시킨 게임을 손에 넣는다.(13권)

대학 1학년, 12월 31일 밤
『blessing software』의 겨울 코믹마켓 뒤풀이 파티. 끝까지 자신만만하게 웃으면서, 토모야를 향한 자신의 마음에 마침표를 찍는다.
그리고 앞으로도 「토모야가 숭배하는 위대한 작가」이기 위해, 사력을 다한다.(13권)

EPISODE 4

헤어졌지만, 작별은 아니다.

토모야와 메구미의 사이를 누구보다 먼저 눈치챈 우타하는 이윽고 토모야와 세 번째 결별을 맞이한다. 하지만 그것은 진정한 작별을 의미하지는 않았다. 왜냐하면 그는 지금도 우타하의 제자이자, 라이벌이며, 서로를 사랑했던 상대인 것이다.
앞으로도 우타하는 토모야가 존경하는 여신으로서 존재하리라. 그것이 우타하의 목표이기도 하다.

웃으며 한계를 뛰어넘는 조숙한 천재

하시마 이즈미

Izumi
Hashima

DATA

소속	구립 호노다 중학교 3학년 A반 →사립 토요가사키 학원 1학년 C반 →사립 토요가사키 학원 2학년 A반
생일	5월 5일
신장	157cm
스리 사이즈	B : 88 W : 58 H : 86
취미	대외적 : 여성향 게임 (리틀러브 랩소디) 대내적 : 축구 관전 (초등학생 시절 취미 영향)

"그림을 더 잘 그리고 싶어.
사람들을 감동시키고 싶어.
그리고…… 그 사람에게 이기고 싶어."

이오리의 여동생이자, 토모야의 후배. 중학생 때부터 개인 서클 『팬시 웨이브』로 동인 활동을 해왔다. 토요가사키 학원에 입학한 후, 곧 『blessing software』에 참가했고, 에리리를 대신해 원화를 담당한다. 겨울 코믹마켓에서 배포된 「시원찮은 그녀를 위한 육성방법」에서는 플레이어로부터 높은 평가를 받으며, 서클의 다음 작품에 대한 본인의 의욕 또한 강한 것 같다. 기본적으로 솔직하고 순종적이지만 의외로 강단이 있으며, 할 말은 다하는 성격이다. 특히 오타쿠로서의 열량은 토모야에게도 뒤지지 않는다.

EPISODE 1

스승이 만나게 해준 「리틀랩」은 인생.

어릴 적에는 남자애들과 공원에서 활기차게 뛰어놀던 이즈미는 생일에 토모야에게서 선물 받은 「리틀러브 랩소디2」를 계기로 오타쿠가 되어버리고 만다. 사실 초대 「리틀랩」은 에리리가 토모야에게 포교에 성공한 첫 타이틀이기도 했다. 이즈미와 에리리의 인연은 이때 이미 시작된 것이다…….

EPISODE 2

라이벌과 싸우기 위해 악의 길을 선택?!

여름 코믹마켓 이후, 에리리를 향한 경쟁심에 불타게 된 이즈미는 오빠인 이오리가 대표인 『rouge en rouge』에 참가한다. 그리고 본인의 희망으로 동인 게임의 메인 원화가가 된다. 그 모든 것은 에리리와 같은 무대에서 싸우기 위해서다. 그 결의는 이즈미를 「취미 삼아 그림을 그리는 무명작가」에서 「신진기예의 일러스트레이터」로 크게 성장시킨다.

EPISODE 3

수많은 경험을 통해 라이벌은 전우가 된다

고등학생이 된 이즈미는 토모야의 서클에 참가한다. 당초에는 느닷없이 탈퇴한 에리리를 라이벌이 아니라 아예 적으로 여겼다. 하지만 급격하게 진화한 에리리의 일러스트를 보고 슬럼프에 빠지고, 에리리의 태도가 어른스러워지면서, 예전보다 양호한 관계가 된 듯 하다. 앞으로는 진정한 라이벌로서 절차탁마……할 듯?

초등학교 5학년
아키 토모야와 아는 사이가 되다.(3권)

초등학교 6학년
나고야로 이사를 가다.(3권)

중학교 3학년, 7월 하순
토요가사키 학원 방학식 때 교문에서 기다리다, 토모야와 재회한다.(3권)

중학교 3학년, 여름 코믹마켓 2일차
동관 호04a 『팬시 웨이브』로 참가. 토모야와 메구미의 협력 덕분에 동인지 100부를 처음으로 매진시켰다.(3권)

중학교 3학년, 여름 코믹마켓 2일차 종료 직후
자신을 위해 남겨둔 마지막 동인지를 에리리에게 선물하려 하지만, 거절당한다.(3권)

중학교 3학년, 여름 코믹마켓 종료 다음날
에리리=카시와기 에리라는 사실을 알고, 동인지를 거절한 것에 대한 사과도 받는다. ……하지만, 그 후에 에리리가 직접 일러스트를 그려 넣은 색지를 받고, 경쟁심을 불태우게 된다.(3권)

중학교 3학년, 11월의 일요일
토모야와 에리리 앞에 『rouge en rouge』의 신작 동인 게임 「영원과 찰나의 에방질」의 메인 원화가로서 등장. 에리리에게 겨울 코믹마켓에서의 대결을 신청한다.(5권)

중학교 3학년, 12월의 화요일
토모야를 불러내서, 완성된 게임을 건네준다.(6권)

중학교 3학년, 겨울 코믹마켓 3일차
개장 직전에 에리리로부터 패배 선언을 듣고, 화해한다……?(6권)

고등학교 1학년, 4월
토요가사키 학원에 입학한다.(7권)

고등학교 1학년, 4월 초
신생 『blessing software』 결성식에 참가한다.(8권)

고등학교 1학년, 4월 29일
자신의 집에 찾아온 토모야에게 동인 게임 기획서를 받고, 두 시간 만에 백 개나 되는 메인 히로인 디자인 러프를 완성한다.(8권)

고등학교 1학년, 5월 중순 일요일
「필즈 크로니클」의 이벤트에서 공개된 에리리의 일러스트를 보고 경악. 그 후, 에리리의 화풍에 물든 일러스트를 그리게 된다.(8권)

고등학교 1학년, 5월 중순 금요일~토요일
미소녀게임의 진수를 터득하기 위해, 토모야의 집에서 미소녀게임을 마구 플레이한다. (9권)

고등학교 1학년, 5월 하순 월요일
토모야가 쓴 에리리(가명) 루트의 시나리오를 읽고, 그 깊은 정념을 모에 일러스트로 숨기라는 이오리의 제안에 촉발되어 슬럼프에서 벗어난다.(9권)

고등학교 1학년, 6월 첫 주 일요일
이오리의 독단으로 동인지 즉매회에 참가. 「옆 서클의 도우미 양」 덕분에 자신의 일러스트에 대한 답을 찾아낸다.(GS 2권)

고등학교 1학년, 7월 하순
어떤 이유로 느닷없이 오키나와 서클 합숙을 제안. 하지만 어떤 이유로 행선지가 변경된다.(10권)

고등학교 1학년, 8월 하순 여름방학 최종일
후배 히로인 이즈미(가명) 시나리오가 자신도 모르는 사이에 완성됐다는 걸 알고, 미치

하시마 이즈미의 Izumi Hashima's HISTORY

루와 함께 토모야에게 맹렬히 항의!(11권)

고등학교 1학년, 9월 초 토요일
완성에 일주일 걸렸다고 하는 「신들린 그림」을 토모야에게 보여준다. 그 후, 토모야와 둘이서 퀄리티와 납기를 조정한다.(11권)

고등학교 1학년, 9월 하순 금요일~토요일
토모야 없이 서클 활동을 재개하기 위해, 미치루와 함께 메구미를 설득한다. 토요일부터는 하시마 가에서 합숙을 하게 된다.(GS 3권)

고등학교 1학년, 10월 초 금요일 밤~일요일 밤
「필즈 크로니클 XⅢ」 제작 작업의 마지막 「축제」에 참가한다.(12권)

고등학교 1학년, 10월 초 일요일 밤
「축제」가 끝나고 돌아가는 길에, 이오리에게 「카시와기 에리의 테크닉을 훔쳤다」고 호언장담. 이즈미가 훔친 것은……?(GS 3권)

고등학교 1학년, 11월 2×일
『blessing software』 지옥의 합숙 2일차. 무리라고 여겨졌던 라스트 일곱 장의 러프를 오전에 완성했고, 그 엄청난 진화를 본 에리리는 언짢아한다.(13권)

고등학교 1학년, 3월 31일
4월부터 진급해서 2학년이 됐다. 『blessing software』 캐릭터 디자인&원화로서, 오늘도 미팅에 참가한다!(13권)

EPISODE 4 아직 싸움은 끝나지 않았다!

역시 이즈미가 인정한 라이벌은 엄청난 일러스트레이터였다. 이즈미가 새로운 경지를 개척해도, 에리리는 더욱 높은 경지에 올라가 있었다. 하지만 이즈미는 이제 두려워하지 않았다. 라이벌이 진화한다면, 자신도 진화하면 될 뿐이다. 『blessing software』의 원화가는 항상 밝고 긍정적, 언제 어느 때나 전력을 다할 뿐이다!

오타쿠 스피릿을 뒤흔드는 비(非) 오타쿠 뮤지션

효도 미치루

Michiru
Hyodo

DATA

소속	현립 츠바키 여자고등학교 2학년 3반 →현립 츠바키 여자고등학교 3학년 4반 →icy tail 보컬&기타
생일	12월 18일
신장	173cm
스리 사이즈	B : 86 W : 56 H : 84
취미	대외적 : 배구, 연극, 농구 등등, 지금은 밴드 대내적 : 프로레슬링

"장래에 멋진 추억을 잔뜩 남기기 위해서라도, 지금은 마음껏 즐겨둬야 하는 거야!"

토모야의 사촌. 모리오카 란코(란코), 히메카와 토키노(토키), 미즈하라 에치카(에치카), 이 세 사람과 활동 중인 걸즈 밴드 『icy tail』에서는 기타와 보컬을 담당하고 있으며, 『blessing software』에서도 mitchie라는 이름으로 음악을 담당. 주위가 오타쿠 천지인 가운데 홀로 비 오타쿠를 관철 중이지만, 오타쿠 지식만은 계속 흡수 중인 듯. 토모야와 메구미가 사귀게 되더라도, 토모야가 「가족」이라는 사실에는 변함이 없으며, 앞으로도 토모야의 집에 눌러앉아서 창작활동을 계속하려는 것 같다.

EPISODE 1

새로운 멤버는 비(非) 오타쿠 문제아?

게임을 「뿅뿅」이라 부를 만큼, 오타쿠와 거리가 먼 미치루. 당초에는 토모야를 밴드의 매니저로 삼아서 게임 제작 및 오타쿠를 관두게 하려고 했지만, 토모야 쪽이 한 수 위였다. 하필이면 첫 라이브 직전, 미치루는 경악스러운 사실을 알게 된다. 자신 이외의 밴드 멤버가 실은 오타쿠이며, 자신의 음악성 또한 오타쿠에 가깝다는 게 밝혀지는데……!

EPISODE 2

진심에는 진심으로 답한다. 생각이 바뀐 순간

결국 밴드 활동도 하면서 토모야의 서클에도 협력하게 됐지만, 미치루는 당연히 밴드 활동에 무게를 두고 있었다. 그런 자세가 명백하게 달라진 것은 토모야가 우타하의 제자가 되어 직접 시나리오를 쓰게 된 후부터다. 토모야의 진심을 안 미치루는 거기에 부응하기 위해 서클 활동에 더욱 깊이 관여하게 된 것이다.

EPISODE 3

모든 일에 전심전력! 믿음직한 누님 격

서클 활동 2년차에 접어들자, 미치루도 자신의 담당 파트만 맡는 게 아니라 서클 전체의 상황을 생각하며 인간관계도 신경을 쓰게 됐다. 그렇다고 해서 밴드 활동에 힘을 쏟지 않는 것도 아니며, 이오리를 새 매니저로 영입한 후로 인기가 급상승 중이다. 그냥 미치루에게 전부 맡겨두면 잘 풀리는 거 아냐……?!

17년 전, 12월 18일
나가노의 본가 인근의 산부인과에서, 토모야와 같은 날에 태어난다.(4권)

어느 여름날
산에서 발을 삐었을 때 토모야에게 도움을 받고, 그때 처음이자 마지막으로 우는 모습을 보여준다.(4권)

고등학교 1학년, 가을
음악실에서 들려온 토키, 에치카, 란코의 연주가 심금을 울린 나머지, 밴드에 참가. 며칠 후, 밴드 명을 『icy tail』로 정한다.(4권)

고등학교 2학년, 9월
문화제에서 라이브를 하면서 라이브하우스 관계자의 눈에 든다.(4권)

고등학교 2학년, 9월 하순
아버지와 다투고 가출. 토모야의 집에 눌러 지낸다.(4권)

고등학교 2학년, 10월 초 일요일
토모야가 서클 참가를 하도 조르기에, 다른 서클 멤버들과 만나본다.(4권)

고등학교 2학년, 10월 하순
『icy tail』이 아키하바라의 「CLUB G-MINE」에서 첫 라이브를 가진다.(4권)

고등학교 2학년, 10월 말 주말
오타쿠 문화를 이해하기 위해, 토모야와 아키하바라를 돌아본다.(FD)

고등학교 2학년, 11월 초
신곡을 토모야에게 라이브로 들려주기 위해, 다른 학교 교복 차림으로 토요가사키 학원의 시청각실에 찾아온다.(5권)

고등학교 2학년, 12월 초
토모야가 추가한 시나리오를 테스트 플레이로 체험하고, 의욕이 불타오른다. 사흘 밤낮이 걸려 자발적으로 엔딩 주제가를 완성한다.(6권)

고등학교 3학년, 츠바키 여자고등학교 개학식
토요가사키 학원 편입에 실패한 후, 동성 친구를 버리고 남자를 선택했다며 토키에게 놀림을 당한다.(7권)

고등학교 3학년, 4월 초
신생 『blessing software』 결성식에 참가. 이즈미와 처음 만난다.(8권)

고등학교 3학년, 5월 중순 토요일
진보초에서 우연히 만난 우타하와, 서클을 도와주기로 밀약을 맺는다.(GS 2권)

고등학교 3학년, 5월 중순 토요일 밤
토모야의 집에 찾아가서 곡 작업. 그 후, 서클 일로 고민하는 토모야의 의논 상대가 되어준다.(9권)

고등학교 3학년, 6월 둘째 주 토요일
아키하바라의 「CLUB G-MINE」에서 『icy tail』 첫 단독 라이브를 가졌고, 데뷔 앨범 「Icy Tail YO!」를 발매한다.(GS 2권)

고등학교 3학년, 여름방학 첫날
서클 합숙을 가며 탄 고속철도 안에서, 토모야의 취재라는 명목의 단둘만의 취재에 응한다.(10권)

고등학교 3학년, 합숙을 마치고 며칠 후
신작 게임 체험판, 카스미가오카 우타하(가명) 루트를 플레이시키기 위해, 우타하를 카페로 불러낸다.(10권)

고등학교 3학년, 8월 하순 여름방학 최종일
사촌 히로인 미치루(가명) 시나리오가 자신도 모르는 사이에 완성됐다는 걸 알고, 이즈

효도 미치루의

Michiru Hyodo's

HISTORY

미와 함께 토모야에게 맹렬히 항의!(11권)

고등학교 3학년, 9월 초 일요일
이즈미와 교대하듯 토모야의 집에 나타나서 「새로운 경지를 개척한 곡」을 선보인다. 게임과의 상승효과로 토모야를 엉엉 울렸다.(11권)

고등학교 3학년, 9월 하순 목요일
『icy tail』의 멤버를 끌어들여서 메구리 루트의 엔딩곡을 만들려고 한다. 하지만 회의 결과, 시나리오가 완성되지 않는 한 무리라는 결론에 도달한다.(GS 3권)

고등학교 3학년, 9월 하순 금~토요일
토모야 없이 서클 활동을 재개하기 위해, 우타하의 지시에 따라 이즈미와 함께 메구미를 설득한다. 토요일부터는 하시마 가에서 합숙을 하게 된다.(GS 3권)

고등학교 3학년, 10월 초 금요일 밤~일요일 밤
「필즈 크로니클 XIII」 제작 작업의 마지막 「축제」에 참가한다.(12권)

고등학교 3학년, 10월 초 일요일 밤
「축제」가 끝나고 돌아가는 길에, 자신들을 위해, 서클을 위해 최선을 다한 우타하의 노고를 치하한다.(GS 3권)

고등학교 3학년, 11월 2×일
『blessing software』 지옥의 합숙 2일차. 머릿속에 갓 떠오른 엔딩곡(미완성 ver.)을 멤버들에게 들려준다. 토모야는 그걸 듣고 또 엉엉 운다.(13권)

츠바키 여자고교 졸업, 3월 하순
4월부터는…… 무직. 하지만 메이저로 올라서기 위해, 오늘도 『icy tail』의 라이브를 흥분의 도가니로 만든다!(13권)

EPISODE 4

자기 자신을 믿는 자는…… 무적?!

자신의 길을 우직하게 달려간 미치루는 서클의 두 번째 동인 게임의 작곡을 마쳤으며, 지금도 여전히 질주 중. 어디 사는 사촌과 다르게 진학이나 취직에는 눈길도 주지 않았으며, 그녀가 노리는 것은 『icy tail』의 메이저 데뷔 뿐. 그리고 무엇보다 가장 무시무시한 점은 그것이 허황된 꿈이 아니라는 점. 이 자유로운 잠자리는 더욱 높은 곳을 향해 훨훨 날아가고 있다……!

모든 이의 가슴을 두근거리게 하는 시원찮은 그녀

카토 메구미

DATA

소속	사립 토요가사키 학원 2학년 B반 →사립 토요가사키 학원 3학년 A반 →후시카와 대학 문학부 1학년
생일	9월 23일
신장	160cm
스리 사이즈	B : 84 W : 57 H : 83
취미	대외적 : 쇼핑 대내적 : 으음, 애초에 남에게 말 못할 취미가 있을 거라고 넘겨짚지 말아줄래?

"다들 잘 알겠지만,
오타쿠로 사는 것도 여러모로 쉽지 않네."

『blessing software』의 부대표이자 메인 히로인. 그리고 토모야의 연인. 예전에는 토모야의 언동에 휘둘리면서도 무덤덤하게 어울려줬지만, 2년 동안 서클 활동을 해온 지금은 메구미가 거의 주도권을 쥐고 있다. 서클 활동을 계속하면서, 자신과 같은 대학에 입학하겠다는 연인을 예전보다 더 친밀히 대하며 도와주고 있다. 다음에 메구미가 메인 히로인을 담당할 서클 신작은 이전의 두 작품에서 이어지는 「언덕길 3부작」의 완결편이 될…… 예정이다.

EPISODE 1

최악의 평가로 시작된 운명

운명을 느꼈다는 토모야에게 느닷없이 「개성이 사망했다」는 말을 듣고, 다음 날에는 미소녀 게임의 메인 히로인으로 발탁. 그런 말도 안 되는 전개를 태연히 받아들인 메구미.
그런 두 사람이 지금은 연인 사이가 되었다……. 뭐든 용서해줄 듯한 편안함과, 사춘기 소녀의 복잡한 마음이 절묘한 균형을 이루며 동시에 존재하고 있는 히로인. 그런 그녀가 바로 카토 메구미입니다.

EPISODE 2

서클 활동을 통해 얻은 최고의 절친

학교 2대 미소녀 중 한 명과, 이름도 기억 못하던 같은 반 여학생 B. 당초에는 그런 관계였던 에리리와 메구미는 서클 활동을 통해 어느새 절친이 됐다. 절교를 한 적도 있다.
하지만 그것 또한 절친이기에 가능한 것이다.
지금은 활동의 무대가 상업과 동인으로 다르지만, 마음의 유대는 예전보다 더 끈끈……할 것이다?

EPISODE 3

이 메인 히로인, 실은 대표보다 유능?!

토모야가 아무리 설득해도 넘어오지 않았던 에리리와 우타하를 서클에 참가시킨 사람은 사실 메구미였다.
이윽고 스크립트도 짤 수 있게 되면서, 게임 제작 작업에 꼭 필요한 멤버가 된다. 신생 서클에서는 부대표라는 직책에 취임한다. 그 모든 것은 이 서클을 정말 좋아하게 되었기 때문이다. 신작 게임 완성의 열쇠 또한 메구미가 쥐고 있다……?!

고등학교 1학년, 3월 31일
탐정 언덕에서 흘린 베레모를 토모야가 주워 줬다.(1권)

고등학교 2학년, 토모야가 메구미를 알아보고 이틀 후
토모야의 동인서클에 들어가기로 결정한다. (1권)

고등학교 2학년, 골든위크 직후 월요일
에리리와 우타하의 지도를 받고, 탐정언덕에서 토모야와 운명의 만남을 되풀이한다.(1권)

고등학교 2학년, 6월의 일요일
토모야가 아르바이트를 하는 패밀리 레스토랑 「파미르」에 사촌인 케이이치 군과 함께 손님으로 찾아가는데…….(2권)

고등학교 2학년, 7월 초 토요일
로쿠텐바 몰에서 토모야와 데이트한다.
……하지만 돌아가는 길에 토모야는 우타하를 찾아간다. 그 후, 「우연히」 마주친 에리리에게 『뾰로통한 표정』을 스케치 당한다.(2권)

고등학교 2학년, 7월 중순
『카토 메구미 헤어스타일 변경 사건』이 발생. 서클 멤버들의 역○재○ 놀이에, 피고인으로서 증언대에 서게 된다.(3권)

고등학교 2학년, 여름 코믹마켓 2일차
이즈미를 돕기 위해 토모야와 둘이서 여름 코믹마켓에 간다. 이즈미는 「토모야 선배의 여친인 카모 씨」로 알고 있었다…….(3권)

고등학교 2학년, 10월 하순
『icy tail』의 첫 라이브를 보고 돌아가는 길에, 에리리와 서로를 이름으로 부르는 절친 사이가 된다.(4권)

고등학교 2학년, 11월 초 토요일
토모야와 우타하의 데이트를 스토킹하면서, 에리리와 함께 이케부쿠로를 돌아다닌다.(5권)

고등학교 2학년, 11월의 일요일, 토요가사키 문화제 후야제
우타하의 요청으로, 세이지와 루리로서 토모야와 포크댄스를 춘다.(5권)

고등학교 2학년, 12월 초
롱헤어가 되었고, 남자에게 고백도 받는다. 하지만 무심결에 입에서 나온 「겨울 코믹마켓이 얼마 남지 않아서…….」라는 대답에 질린 상대방에게 바로 차이고 만다.(6권)

고등학교 2학년, 겨울 코믹마켓 3일차
빅사이트에서 돌아가는 길에 진심으로 처음 화냈다. 그리고 서클 멤버들과 헤어져서 혼자 돌아가 버렸다…….(6권)

고등학교 2학년, 2월 마지막 주 금요일
토모야가 만든 다음 작품 기획서를 보고, 그와 화해한다.(7권)

토요가사키 학원 졸업식 사흘 후
서클을 탈퇴한다는 에리리의 생각을 이해하지 못한 나머지, 말다툼을 한 끝에 절교하고 만다.(7권)

고등학교 2학년, 봄방학의 해질녘
집으로 향하는 토모야의 앞에, 1년 전처럼 원피스 차림으로 나타난다. 헤어스타일 또한 단발머리!(7권)

고등학교 3학년, 골든위크 최종일
플롯 작업을 위해 토모야와 또 로쿠텐바 몰에서 데이트. 서로를 이름으로 부르게 된다. (8권)

고등학교 3학년, 6월
에리리와 함께 단둘이서 합숙. 그곳에서 드디어 화해한다.(GS 2권)

카토 메구미의

Megumi Kato's

HISTORY

고등학교 3학년, 9월 중순 일요일~수요일
토모야와 메구리 루트의 시나리오 리딩을 하면서, 밤새도록 논의를 하거나, 손잡고 데이트를 하는 등, 애정행각을 벌인다.(11권)

고등학교 3학년, 9월 23일
열여덟 살 생일. 토모야와 데이트를 하기로 약속하지만……?!(11권)

고등학교 3학년, 생일 나흘 후 수요일 밤
자신들의 게임을 제쳐두고, 코사카 아카네의 대리인을 맡겠다는 토모야의 연락에 납득 못해 「네 메인 히로인이 될 수 없어」라고 선언…….(12권)

고등학교 3학년, 9월 하순 금요일 밤
토모야의 메일을 무시하지 못해 프린트하더니, 뭔가에 홀린 것처럼 독설을 퍼부으며 첨삭을 해댔다.(GS 3권)

고등학교 3학년, 9월 하순의 토요일
토모야 없이 게임 제작 재개를 결의. 미치루와 이즈미, 이렇게 셋이서 합숙에 돌입했으며, 몰래 미치루에게 지시를 내리던 우타하의 「배려」를 통해, 본심을 드러낸다. 마지막에는 「토모야 군은 내꺼」 선언까지……?!(GS 3권)

고등학교 3학년, 10월 초 금요일 밤
토모야가 보낸 메일을 보고 가만히 있을 수가 없어서, 몰래 토모야 군의 집에 들어와, 토모야, 에리리, 우타하의 작업에 참가한다.(12권)

고등학교 3학년, 10월 초 일요일 밤
다들 돌아간 후, 토모야와 단둘이 남은 자리에서 드디어 고백을 받는다. 잔뜩 애를 태운 끝에, 두 사람은 키스를……♡

고등학교 3학년, 11월 2X일
게임을 완성시키기 위해, 사흘간의 합숙에 돌입. 메구리 시나리오의 수정에 돌입하자, 왠지 요염한 반응을…….(13권)

고등학교 3학년, 12월 31일 밤
『blessing software』의 겨울 코믹마켓 뒤풀이 파티. 에리리와 함께 목욕하며 걸즈 토크. 절친에게 소중한 마음을 밝힌다.(13권)

토요가사키 학원 졸업 후 3월 31일
4월부터는 후시카와 대학 문학부 1학년. 내일은 입학식이지만, 토모야를 위해 오늘도 서클의 미팅에 참가한다!(13권)

EPISODE 4

모두가 아니라 당신을 위해…….

톡하면 폭주하는 토모야의 버팀목이 되어주며, 항상 서클을 위해 활동해온 메구미. 그것은 서클 멤버 전원을 좋아하고, 토모야의 곁에 있는 것이 「싫지 않았기 때문」이었다. 그것이 「토모야의 곁이 아니면 싫게 된 것」은 언제부터일까. 두 사람의 사랑은 이제 막 시작됐다. 그러니 한동안은 메인 히로인 자리에서의 내려오는 것은 어렵지 않을까…….

목표를 향해 매진 중인, 원석 같은 크리에이터

아키 토모야

Tomoya Aki

DATA

소속	사립 토요가사키 학원 2학년 B반 →사립 토요가사키 학원 3학년 F반 →재수생
생일	12월 18일
신장	175cm
취미	대외적 : 애니메이션, 라이트노벨, 만화, 게임 대내적 : 애니메이션, 라이트노벨, 만화, 게임의 포교

“오타쿠는 2차원을 배신하지 않아.
메이커도 신자를 배신해선 안 돼(소송중)**.”**

『blessing software』의 대표. 자신이 좋아하는 작품과 크리에이터를 진심으로 사랑하며, 심의 등급도 지켜온 골수 오타쿠. 서클 첫 작품에는 우타하와의 TAKI UTAKO라는 합작 펜네임으로 참가해 시나리오 일부를 집필했으며, 두 번째 작품은 혼자서 모든 시나리오를 집필했다. 작품의 평판은 좋으며, 메구미와 사귀게 되면서 일단 해피엔딩을 맞이했지만, 그 행복이 이어질지는 토모야에게 달렸다. 추천 입학으로 대학에 진학한 메구미를 쫓아, 후시카와 대학에 입학하는 것이 현재의 목표다.

EPISODE 1

서클 활동에 필요한 것은…….

토모야가 동인 게임을 만든 계기가 된 운명의 히로인, 카토 메구미. 언제나 허물없이 대할 수 있고, 존재감이 없지만, 의외로 서클 활동에 최선을 다한다. 그런 그녀의 소중함에 토모야가 눈뜬 건, 에리리와 우타하가 탈퇴해서 서클이 붕괴의 위기에 처했을 때다. 메구미가 항상 곁에 있어줬기에, 토모야는 서클 활동을 계속 해나갈 수 있었던 것이다.

EPISODE 2

게임 시나리오로 알게 된 진실

서클의 부대표에 취임하며 존재감이 강해진 메구미는 예전과 다른 일면은 남들에게 보여주게 됐다. 하지만 두 번째 동인 게임의 메구리 시나리오를 쓰다 보니— 즉, 메구미와의 예전 추억을 되돌아보다보니, 토모야는 깨닫게 된다.
카토 메구미가 얼마나 성가시고, 또한, 얼마나 매력적인 히로인인지를…….

EPISODE 3

그리고 또, 활동은 시작된다

운명의 만남으로부터 약 2년. 우여곡절 끝에 드디어 토모야는 메구미에게 고백을 했으며, 두 사람은 연인 사이가 된다. 토모야는 진학에 실패하지만, 그의 주위에는 에리리와 우타하가 있고, 서클 멤버가 있으며, 그리고 무엇보다, 최고의 메인 히로인이 있다. 새롭게 출발한 그들 앞에 펼쳐져 있는 것은 무한한 가능성. 최강의 미소녀 게임을 목표로 삼으며, 그들의 서클 활동은 계속된다!

17년 전, 12월 18일
나가노의 본가 인근의 산부인과에서, 미치루와 같은 날에 태어난다.(4권)

초등학교 3학년
에리리와 함께 반에서 괴롭힘을 당하고, 그 일을 계기로 사이가 틀어진다.(3권)

고등학교 1학년, 겨울
우타하가 「사랑에 빠진 메트로놈」 최종권의 원고를 토모야에게 보여주려 했지만, 거절한다.(2권)

고등학교 1학년, 3월 31일
탐정언덕에서 흰색 원피스를 입은 미소녀와 만나, 베레모를 주워준다. 그날 밤, 동인게임 기획서를 쓰기 시작한다.(1권)

고등학교 2학년, 토모야가 메구미를 알아보고 이틀 후
토모야의 동인 서클에 메구미가 참가.(1권)

고등학교 2학년, 골든위크 직후 월요일
탐정언덕에서 메구미와 운명의 만남을 되풀이한다. 실은 메구미 덕분에 에리리와 우타하도 서클 참가를 이미 승낙했다.(1권)

고등학교 2학년, 7월 초 토~일요일
로쿠텐바 몰에서 메구미와 데이트를 한다. 하지만 돌아가는 길에 토모야는 메구미를 남겨두고 우타하를 찾아간다. 그리고 와고 시의 호텔에서 우타하와 함께 밤새도록 플롯을 수정한다.(2권)

고등학교 2학년, 여름 코믹마켓 3일차
이즈미의 실력에 겁을 먹은 에리리를 집에서 데리고 나온 후, 초등학교 앞에서 서로의 깊은 속내를 털어놓는다.(3권)

고등학교 2학년, 미치루가 더부살이를 시작하고 일주일 후
미치루의 기타 선율을 듣고, 그녀를 서클 멤버로 영입하려 한다.(4권)

고등학교 2학년, 토요가사키 문화제
우타하와 격론을 벌인 끝에, 사흘에 걸쳐 시나리오를 손본다.(5권)

고등학교 2학년, 완성품 납기 당일
쓰러진 에리리가 걱정되어 나스 고원에 간다. 간병을 하며 그녀와 단둘이 크리스마스를 보낸 후, 8년 만에 화해를 한다.(6권)

고등학교 2학년, 겨울 코믹마켓 3일차
빅사이트에서 돌아가던 길, 진심으로 화난 메구미가 처음으로 반역을 한다.(6권)

고등학교 2학년, 2월 마지막 주 금요일
메구미에게 다음 작품의 기획서를 보여준 후, 서클을 좋아하게 된 메구미에게 감사와 사죄를 하며 화해한다.(7권)

고등학교 2학년, 3월 졸업식
토요가사키를 졸업한 우타하에게서 느닷없이, 서클을 탈퇴하겠다는 말을 듣는다.(7권)

고등학교 3학년, 4월 첫 주말
오사카로 향하는 에리리, 우타하를 배웅하러 온다. 신칸센 플랫폼에서, 우타하에게 느닷없이 입술을 빼앗긴다.(7권)

고등학교 3학년, 5월 초 골든위크 직후 첫날
이오리에게 동인게임 기획서(제4판)를 보여줘서 『blessing software』 가입 승낙을 받아낸다.(8권)

고등학교 3학년, 5월 중순 금요일 심야~월요일
에리리와 스카이프로 옛날이야기를 하며 소

재를 모은 후, 금발 히로인 에리리(가명) 시나리오를 밤을 새어가며 단숨에 완성한다.(9권)

고등학교 3학년, 합숙을 마치고 돌아온 다음날
코사카 아카네에게 엉망진창으로 당한 우타하가 부활시키기 위해, 선배 히로인 우타하(가명) 시나리오의 집필에 착수한다.(10권)

고등학교 3학년, 9월 중순 토요일 밤
일주일이나 메구리 시나리오를 못 쓰며 슬럼프에 빠진 끝에, 하필이면 코사카 아카네에게 조언을 구한다.(11권)

고등학교 3학년, 9월 중순 일요일~수요일
메구미와 메구리 루트의 시나리오 리딩을 하면서, 밤새도록 논의를 하거나, 손잡고 데이트를 하는 등, 애정행각을 벌인다.(11권)

고등학교 3학년, 9월 23일
메구미와 데이트……를 하기로 했지만, 갑작스러운 연락을 받고 코사카 아카네가 실려간 병원으로 향한다.(12권)

고등학교 3학년, 코사카 아카네 입원 나흘 후의 수요일
마치다 씨와 둘이서 코사카 아카네의 독백을 듣고, 에리리와 우타하 일로 분노 폭발! (12권)

고등학교 3학년, 코사카 아카네 입원 나흘 후의 수요일 밤
코사카 아카네의 대리인이 되기로 한 것을 메구미에게 전화로 보고. 하지만 메구미는 납득하지 않았고, 결국 그녀가 메인 히로인을 관두는 사태가……?!(12권)

고등학교 3학년, 코사카 아카네 입원 닷새 후의 목요일~ 다음 주 금요일
마치다 씨와 함께 마르즈와의 회의에 참석. 그 후, 에리리, 우타하와 제작 작업에 몰두하면서도 메구미에게 메일…… 시나리오를 계속 보낸다.(12권)

고등학교 3학년, 10월 초 금요일 밤~ 일요일 밤
메일 덕분에 마지막 「축제」에 메구미가 참가. 게다가 미치루와 이즈미, 이오리도 집결. 신, 구 서클 멤버 총 집결!(12권)

고등학교 3학년, 10월 초 일요일 밤
다들 돌아간 후, 메구미와 단둘이 있을 때 드디어 고백!!(12권)

고등학교 3학년, 11월 2×일
서클 멤버를 자택으로 모아서 사흘 동안 지옥의 합숙에 돌입. 참고로 토요가사키 학원은 한창 문화제 중.(13권)

고등학교 3학년, 12월 31일
겨울 코믹마켓 개최. 배포한 동인게임 「시원찮은 그녀를 위한 육성방법」은…… 정오 즈음에 무사히 매진된다!(13권)

고등학교 3학년, 12월 31일 밤
『blessing software』의 겨울 코믹마켓 뒤풀이 파티. 제야의 종을 들으며, 메구미와……♡(13권)

토요가사키 학원 졸업 후, 3월 하순~31일
원서를 넣은 대학에서 전부 떨어짐. 여러 사람들에게 다양한 제안을 받지만, 메구미와 같은 대학에 들어가기로 결심. 물론, 서클 활동도 계속하면서!

“나를 『좋은 사람』 취급 좀 하지 말아줬으면 좋겠는데 말이야. 여러모로 성가시거든.”

이즈미의 오빠이자, 토모야의 옛 절친. 아카네에게서 『rouge en rouge』를 맡아 2대 대표가 됐지만, 탈퇴 후에는 『blessing software』와 『icy tail』의 프로듀서를 겸임하게 됐다. 서클에서는 메구미와 죽이 맞지 않아 오랫동안 이름으로 불리지도 못했지만, 어느새 다소 관계가 개선된 듯하다. 작품의 장단점을 꿰뚫어보는 센스, 그리고 필요하다면 여동생까지 이용하는 악랄함, 그리고 업계의 뒷사정에 정통한 정치력은 앞으로도 서클에 큰 힘이 되어줄 것이다.

EPISODE 1

동인 건달의 진의란

예전에는 절친이었던 토모야와 이오리가 결별한 것은, 토모야가 작품을 사랑하는 오타쿠인데 반해, 이오리가 자신의 지위 향상을 위해 작품을 이용하는 동인 건달이었기 때문이다. 토모야는 그런 이오리를 일방적으로 싫어했지만, 이오리는 결별 후에도 토모야를 높이 평가했다. 그것은 토모야가 이용할 가치가 있는 인간이기 때문일까. 아니면, 토모야의 방식을 동경하기 때문일까……?

EPISODE 2

또 한 쌍의 용과 호랑이?!

『rouge en rouge』에서 탈퇴한 이오리는 토모야의 요청으로 그의 서클에 참가한다. 열정에 따라 움직이는 토모야의 뒤에서, 항상 차분하게 앞날을 내다보았다. 이런 관계에서의 동인활동이야말로, 실은 이오리가 진심으로 소망했던 것일지도 모른다. 에리리와 우타하는 물론이고 토모야와도 다르지만, 이오리 또한 창작을 즐기고 싶어 하는 한 사람의 크리에이터였던 것이다.

열정을 내면에 감춘 쿨한 수완가
하시마 이오리
Iori Hashima
DATA
소속
사립 오료 고교 2학년 3반
→사립 오료 고교 3학년 2반
→도쿄 교양대학 국제학부 1학년
생일
7월 3일
신장
177cm
취미
대외적 : 애니메이션,
라이트노벨, 만화, 게임
(단, 잘 팔리는 작품)
대내적 : 동인활동
(단, 단물 쪽쪽 빨아먹을 수 있는 작품)

중학교 1학년, 봄
교실에서 처음 만난 그 날 하굣길에, 토모야와 절친이 된다.(3권)

중학교 2학년
동인 건달이라는 이오리의 본질을 혐오하는 토모야와 절교한다.(3권)

고등학교 2학년, 7월 하순
탐정언덕에서 토모야, 에리리와 3년 만에 재회. 하지만 하마터면 무시당할 뻔 했다.(3권)

고등학교 2학년, 11월 일요일
『rouge en rouge』의 신작 동인 게임「영원과 찰나의 에방질」의 메인 원화가가 된 이즈미를 데리고, 토모야와 에리리 앞에 등장. 겨울 코믹마켓에서 토모야의 서클과 대결하기로 한다.(5권)

고등학교 2학년, 12월 하순 일요일 밤
토모야의 연락을 받고,「에나카 씨」의 차로 그를 나스 고원에 데려다준다.(6권)

고등학교 2학년, 2월 하순
에리리, 우타하와 이야기를 마친 코사카 아카네에게『rouge en rouge』탈퇴 의사를 전한다.(GS 1권)

고등학교 2학년, 2월 마지막 주의 어느 평일
토모야에게 코사카 아카네를 조심하라고 전한 후,『blessing software』의 앞날을 응원한다.(7권)

고등학교 3학년, 5월 초 골든위크 직후 첫날
토모야의 동인 게임 기획서(제4판)를 보고『blessing software』가입을 승낙한다.(8권)

고등학교 3학년, 여름방학 첫날
서클 합숙을 가는 고속철도 안에서, 토모에게「여성 전원과 단둘이서 이야기를 나눈다」라고 하는 미션을 시킨다.(10권)

고등학교 3학년, 토요가사키 학원 개학식
토모야에게「메구리 시나리오」제출의 재촉&도발을 한다. 이오리의 견해로는 메구리 시나리오의 완성에는 최악의 경우, 11월 말까지 걸릴지도 모른다고 한다…….(11권)

고등학교 3학년, 9월 중순 토요일
메구리 시나리오가 벽에 부딪쳐서 일주일째 고민 중인 토모야의 푸념을 들어주며 의논 상대가 되어준다.(11권)

고등학교 3학년, 9월 하순 일요일~화요일
코사카 아카네가 쓰러지고, 토모야가 그녀의 대리인이 됐다는 사실을 안 후, 토모야의 다음 행동과 앞으로의 서클 활동에 관해, (이즈

미를 중개인 삼아) 메구미와 논전을 벌인다. (GS 3권)

고등학교 3학년, 10월 초 금요일 밤~ 일요일 밤
「필즈 크로니클 XⅢ」 제작 작업의 마지막 「축제」에 참가한다.(12권)

고등학교 3학년, 10월 초 일요일 밤
「축제」를 마치고 돌아가는 길. 이오리가 이즈미를 제작 작업에 참가시킨 데에는 음흉한 흉계가 있었기 때문인데……?(GS 3권)

고등학교 3학년, 11월 2×일
『blessing software』 사흘간의 지옥의 합숙에 참가. 토모야와 메구미가 사귀기 시작했다는 것을 바로 눈치챈다.(13권)

고등학교 3학년, 12월 31일
『blessing software』로서 겨울 코믹마켓에 참가. 남들이 못하는 물밑 작업은 하지만, 남들이 할 수 있는 육체노동은 결코 하지 않는다……!(13권)

오료고교 졸업 후, 3월 31일
4월부터는 도쿄에 있는 국립대학 1학년. 『blessing software』 프로듀서 겸 디렉터로서, 오늘도 미팅에 참가한다!(13권)

하시마 이오리의

Iori Hashima's HISTORY

"자신의 망상을 작품으로 만들어
전부 이 세상에 내놓을 때까지는 죽을 생각 없어.
설령 몇 만 년이 걸리더라도 말이지."

본명은 코사카 아카네(高坂茜). 소오 대학에 다니던 시절, 훗날 코믹마켓의 초대형 서클이 되는 『rouge en rouge』를 만들었고, 만화가로서 프로 데뷔를 한다. 하지만 자신의 첫 애니화 작품이 실패하자, 그 일을 계기로 자신의 회사인 『코슈 기획』을 설립한다. 자작 프로듀스 및 미디어믹스를 자신의 회사를 통해 엄격하게 관리하면서, 절대적인 인기를 자랑하는 크리에이터가 됐다. 후시카와 서점의 편집자인 마치다 소노코는 소오 대학 만화 연구회에서 함께 활동하던 동료이자, 지금도 친하게 지내는 친구다.

EPISODE 1

광기에 찬 크리에이터의 습격

마음에 든 자는 동료로 만들고, 맞서는 자는 박살을 내버린다. 업계의 괴물이라 불리는 초 거물 크리에이터는 대작 RPG 「필즈 크로니클 X Ⅲ」의 제작을 위해 에리리와 우타하를 가로채갔다. 그녀가 원하는 퀄리티는 지극히 높으며, 한 치의 타협도 용납하지 않는다. 게다가 그 두 사람이 거역할 수 없을 정도의 압도적인 실력과 매력을 갖춘 인물. 그 사람이 바로 코사카 아카네인 것이다.

EPISODE 2

닮은꼴은 서로를 끌어당길 운명?!

뇌경색으로 쓰러진 상태에서도 아카네가 현장에 나서려 하는 이유. 그것은 바로 에리리와 우타하가 만든 최고의 작품을 남들이 방해하지 못하게 하기 위해서였다. 자신만이 할 수 있다고 생각하던 그 일을, 그녀는 일개 동인 크리에이터에 불과한 토모야에게 맡겼다. 자신에게 겁 없이 맞서고, 에리리와 우타하가 인정한 토모야에게서, 그녀는 자신과 같은 「영혼」을 느낀 걸지도 모른다.

창작에 모든 것을 바친 고고한 괴물

DATA

소속	주식화사 코슈 기획 (대표이사)
생일	5월 28일
신장	168cm
스리 사이즈	B : 80
	W : 57
	H : 83
취미	대외적 : 일 대내적 : 창작

Akane
Kosaka

코사카 아카네

대학시절
만화가로서 상업 데뷔를 하며, 소오 대학을 중퇴. 본격적으로 프로의 길을 걷는다.
(GS 1권)

데뷔 후
데뷔작 「고탄다의 추기경」이 100만부 판매를 달성하고, 발매 반 년 만에 애니화가 결정된다. 하지만 그 애니는 실패작이었으며, 그 탓에 원작 팬과 소중한 동료를 잃는다.(GS 1권)

애니화 실패로부터 5년 후
직접 판권 관리 회사를 설립해, 자기 작품의 미디어믹스를 전부 주도하게 된다.(GS 1권)

12월 하순 일요일 밤
나스 고원에 서둘러 가고 싶어 하는 토모야를 위해, 「세무사인 에나카」로 변장하고 동승한 이오리와 함께 그를 데려다준다.(6권)

겨울 코믹마켓 3일차
코믹마켓 행사장에서 우타하를 만나 명함을 건네준다. 아직 코믹마켓이 시작되기 전인데 이미 그녀는 토모야의 서클에서 만든 게임의 1루트를 클리어했다고 한다.(GS 1권)

2월 하순 마지막 주 토요일
에리리, 우타하와 만난다. 느닷없이 「필즈 크로니클」의 기획서를 보여준 후, 이 작품을 위해 죽으라고 말한다.(GS 1권)

5월 중순 수요일
아키하바라의 조그마한 술집에서, 몇 년 만에 친구인 마치다 소노코(오소노)와 술을 마신다.(GS 2권)

토모야 일행의 여름방학 첫날 심야~ 다음날 아침
토모야 일행의 서클 합숙에 난입. 그 자리에서 에리리, 우타하와 회의를 시작하더니, 토모야가 보는 앞에서 두 사람을 박살낸다.(10권)

8월 중순 일요일 여름 코믹마켓 3일차
여름 코믹마켓에 참가하러 가는 토모야를 차로 데려다준다. 그리고 에리리와 우타하를 각성시킨 토모야를 「신경 쓸 이유가 있는 존재」라고 말한다.(10권)

9월 중순 토요일 밤
슬럼프에 빠진 토모야에게서 걸려온 전화를 받고 폭소를 터뜨린다. 하지만 그에게 진지한 조언을 해줬을 뿐만 아니라, 뜨거운 성원도 보낸다.(11권)

9월 23일
마르즈와의 회의 도중에 뇌경색으로 쓰러져서, 병원으로 옮겨진다. 쓰러지기 직전, 어찌된 영문인지 토모야를 언급했다고 하는데……?(12권)

입원 나흘 후 수요일
토모야의 설득에 따라 오소노를 부른 후, 두

사람에게 「필즈 크로니클 X Ⅲ」의 스케줄 실상을 밝힌다.(12권)

입원 나흘 후 수요일 밤

병실에서 오소노와 이야기를 나눈 후, 10년 만에 자신의 힘 「이외의 것」을 믿으며 잠에 빠져든다.(GS 3권)

입원 13일 후 금요일

자신의 대리인을 맡은 토모야에게서, 제작 작업의 진척보고를 받는다. 그리고 토모야에게 5년 전의 어떤 추억을 이야기해준다.
(12권)

겨울 코믹마켓 며칠 전

「필즈 크로니클 X Ⅲ」 발매. 시리즈 최고 걸작으로 평가되지만, 그 내용은 찬반양론을 모았으며, 인터넷상에서 큰 논쟁이 벌어진다.
(13권)

3월 하순, 『icy tail』 라이브 이틀 후

업무에 복귀하고, 토모야를 불러서 정산을 마친다. ……겸사겸사 코슈 기획의 정사원 고용도 꾀하지만, 토모야에게 속셈이 들통나서 실패.(13권)

코사카 아카네의

Akane Kosaka's

HISTORY

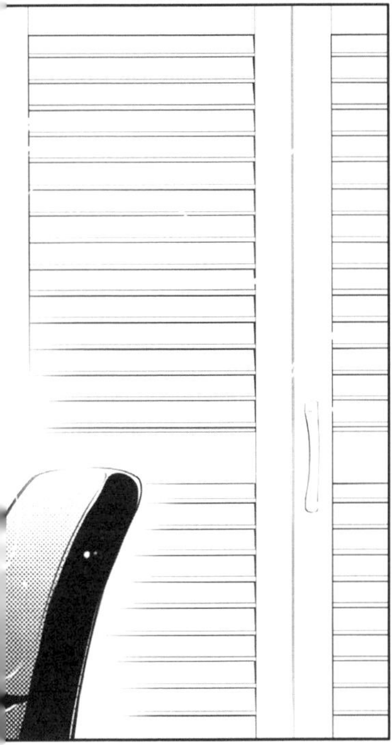

Chapter 02

서점 특전 소설

Bonus Track

히로인

시원찮은 그녀의 토라노아나

7월 하순, 코믹마켓을 몇 주 앞둔 어느 날의 아키하바라…….

옛날부터 『대형 가전제품은 아키하바라』, 『온갖 가전제품이 다 있는 아키하바라』라고 불리고, 요즘은 『신주쿠 니시구치 역 앞과 아키바』 같은 알쏭달쏭한 소리를 들으며 혼돈과 열기로 가득 차 있는 이 마을은 오늘도 기운이 넘쳤다.

“봐, 카토……. 여기가 코믹 토라노아나 아키하바라점A야!”

그런 아키하바라의 메인 스트리트인 중앙대로 한편에 있는 노란색과 오렌지색으로 된 트윈타워를 손가락으로 가리킨 나, 토요가사키 학원 2학년인 아키 토모야는 그 앞에 당당히 섰다.

“흐음~, 이름은 알고 있었지만, 실제로 보니 정말 큰 서점이네~.”

“책만 파는 게 아냐. 음악, 영상, 게임 소프트, 굿즈 등, 온갖 상품을 상업 및 동인을 가리지 않고 폭넓게 취급하는 종합 오타쿠 매장이라고.”

십수 년 전, 아키하바라에 있는 조그마한 빌딩의 가파른 계단을 따라 3층까지 올라가서, 우선 오른편에 있는 카드 게임 가게에서 유리 케이스에 든 매직 더 개○링 레어카드를 체크한다. 그리고 맞은편에 있던 이 가게에서 두근○근 메모○얼의 중고 19금 동인지를 찾아보는 것이 오타쿠들의 아키하바라 산책 루트였다.

규모는 작지만 열기가 넘치던 그 가게는 그 열기 그대로 규모를 확대하더니, 어엿한 건물을 세웠다. 그리고 전국 곳곳에 진출했다. 그야말로 아키하바란 꿈을 이룩한 것이다. 이곳이야말로 오타쿠들에게 있어 누런 거탑이다!

……인터넷을 통해 알게 된 아저씨가 옛날이 좋았다며 열 띤 목소리로 늘어놓던 이야기를 듣고 질색을 했던 것도 지금은 좋은 추억이다.

"가게 앞에 계속 서있는 것도 폐가 될 테니까 슬슬 들어가자, 아키 군."

"그래. 좋아. 가자, 카토!"

오늘은 지금까지 수백 번도 더 방문했던 이 코믹 토라노아나 아키하바라점A에, 태어나서 처음으로 여자애와 단둘이 들어가는 기념비적인 날이다.

그 여자애는 바로 같은 반 여자애이자, 서클 동료이며, 내가 만들려 하는 게임의 메인히로인일 뿐만 아니라, 평범하기 그지없는 여자 고등학생인 카토 메구미다.

원래 그녀는 이런 가게와는 인연이 없는 비(非) 오타쿠였지만, 나와 운명적인 만남을 가지면서 그 운명이 크게 바뀌……었을지도 모르고, 바뀌지 않았을지도 모른다. 과연 어느 쪽이려나요.

“어, 아키 군. 이건 사와무라 양이 그린 거 아냐?”

“……그래.”

둘이서 가게 안쪽에 있던 엘리베이터에 탄 순간, 엘리베이터 문에 큼지막하게 붙어있는 포스터가 우리를 맞이했다.

눈에 익은 화풍의 그림이 그려진 포스터에는『카시와기 에리 선생님 최신작, 대망의 입고! 7층 동인 플로어에서 절찬 판매중!』이라고 적혀 있었다.

카시와기 에리…… 본명, 사와무라 스펜서 에리리.

금발 트윈 테일 혼혈 아가씨의 탈을 쓴 인기 동인 작가.

……내 게임 제작 서클의 캐릭터 디자인 겸 원화 담당.

“모처럼 왔으니까 보고 갈까? 으음, 7층이었지?”

“……아니, 관두자.”

코믹 토라노아나 아키하바라점A의 7층은 성인용 동인지 플로어…… 교복 차림의 여자 고등학생이 들어갔다간 점원들이 난처할테니 자중하는 편이 좋을 것이다.

“우와아, 만화와 라이트노벨이 잔뜩 있어.”

“토라노아나를 얕보지 마. 동인만이 아니라 상업 쪽 작품도 충실하게 구비되어 있다고."

그리고 우리가 엘리베이터를 타고 향한 곳은 소설을 비롯한 각종 상업지를 다루는 층이다.

"아, 『사랑에 빠진 메트로놈』이 쌓여 있어, 아키 군."

"……그래."

그리고 둘이서 라이트노벨 코너에 들어선 순간, 중앙의 전시대에 쌓여 있는 라이트노벨이 우리를 맞이했다.

그 책의 띠지에는 『누계 50만부 돌파! 드디어 시리즈 완결! 카스미 우타코 혼신의 최종권!』이라고 적혀 있었다.

카스미 우타코…… 본명, 카스미가오카 우타하.

흑발 롱헤어에 요조숙녀 우등생의 탈을 쓴 인기 라이트노벨 작가.

……내 게임 제작 서클의 플롯 겸 시나리오 담당.

"그건 그렇고, 한참 전에 완결됐는데 아직도 이렇게 전시되어 있는 걸 보면 카스미가오카 선배는 역시 인기 작가인가 봐."

"응. 그야, 뭐…… 어라?"

후배 겸 서클 동료일 뿐만 아니라 열광적인 카스미 우타코 팬이기도 한 나는 그 대우를 보며 우쭐댈 뻔 했지만, 곧 생각을 바꾸며 층 전체를 둘러보았다.

『사랑에 빠진 메트로놈』은 확실히 인기 작품이지만, 봄에 완결이 난 작품이 여름까지 이렇게 대대적으로 푸시를 받고 있는 건 이상한데…….

유심히 살펴보니, 그 전시대에는 『이번 분기 방영 애니메이션 작품 특집』이라는 광고 문구가 붙어 있었다. 명백하게 다른 작품을 전시하기 위한 코너인 것이다.

즉, 누군가가 거기에 놓여 있던 작품을 의도적으로 치우고, 『사랑에 빠진 메트로놈』을 가져다뒀다고 볼 수밖에 없는 상황이다.

"뭐야. 대체 누가 이런 장난을…… 어?"

그 순간, 누군가가 긴 흑발을 휘날리며 도망치듯 계단을 내려가는 모습이 눈에 언뜻 들어온 나는 입에서 튀어나오려던 말을 도로 삼켰다.

그리고…….

"여기야, 카토……. 여기가 우리가 찾고 있던 정상이지."

"하지만 여기는 2층이니까, 위층이 더 있는데?"

"그런 의미에서 한 말이 아니라고!"

"아, 그럼 위층은 전부 성인용 층인 거야?"

"그런 의미도 아니란 말이야……."

우리가 마지막으로 도착한 곳은 3층이다. 일반 동인지와 동인 소프트를 취급하는 층이다.

그렇다. 우리가 언젠가 완성할 동인 미소녀게임은 이곳에 비치될 것이다.

이곳에는 다양한 동인 소프트의 패키지가 가득 쌓여 있었으며, 넘버원의 자리를 차지하기 위한 경쟁이 얼마나 혹독한지 알려주고 있었다.

하지만 우리는 겁먹을 필요가 없다.

"잘 들어, 카토. 이 광경을 똑똑히 기억해두는 거야. 이곳이 바로 언젠가 우리가 군림할 장소라고."

"그렇구나. 힘내, 아키 군."

"너도 힘 좀 내……. 일단 오늘은 코믹마켓의 카탈로그만 사서 돌아가자."

"우와, 정말 두껍네. 가방에 들어가지 않겠어……."

그렇다. 두고 봐라, 토라노아나……. 나는 반드시 이곳에 다시 돌아올 것이다.

아리아케에서 전설을 쓴 후, 아키하바라로 당당히 개선할 것이다.

반드시…… 코믹마켓 4일차에 기다란 행렬이 생기는 서클이 되고 말겠어!

"구매해주셔서 감사합니다. 이것은 특전인 카시와기 에리 선생님 신작 파일 케이스입니다."

"……."

서클 동료가 이미 천하를 거머쥐어서 그런지, 영 기분이 미묘하네…….

토라노아나 이케부쿠로점A 오픈 기념
음흉한 그녀(히로인)의 토라노아나

2013년 4월 하순.

『어? 이 작품의 시간축은 2012년이었을 텐데?』 같은 그런 사소한 점을 신경 쓸 때가 아닌, 어느 평일의 이케부쿠로…….

히가시구치와 세이부, 니시구치와 토부라고 하는 이케부쿠로의 독특한 문화에 따라, 세이부 백화점 옆을 지나서 히가시구치의 지하 통로를 통과하고 지상으로 나와서 몇 걸음 정도 더 걸어간다.

그곳에 있는 빌딩의 7층까지 올라가서 엘리베이터를 내린 순간, 이 층 전체를 가득 채우고 있는 파라다이스가 눈에 들어왔다.

“자아, 우타하 선배……. 여기가 코믹 토라노아나 이케부쿠로점A이에요!”

“연말에 왔을 때는 다른 빌딩이었던 것 같은데 말이야. 혹시 옮긴 거야?”

“아뇨, 그쪽도 그대로 있어요.”

“그럼 확장한 거네?”

"예! 거기는 여성향에 특화된 이케부쿠로점B이고, 여기는 남성향에 특화된 이케부쿠로점A로 다시 태어났어요! 예를 들자면 여자 고등학교와 남자 고등학교 같은 거죠!"

하루가 멀다는 듯이 항상 진화 중인 마을, 이케부쿠로…….

이 격동의 땅에서는 사람도, 건물도, 그리고 기업도, 단 한순간도 멈춰 설 수 없다.

과거 여성들의 낙원이었던 이곳은 오늘 이 시간부로 남성 오타쿠도 받아들일 만큼 넓은 마음씨를 이 세상에 뽐낸 것이다.

"……그런데, 이케부쿠로에 도착하자마자 여자애를 느닷없이 『남자 고등학교』로 끌고 온 이유는 뭐야? 윤리 군."

"에이, 우타하 선배는 남성향 라이트노벨 작가…… 즉, 이곳에 모인 남학생들을 이끄는 존재예요. 즉, 이 가게의 여교사죠!"

"마치 어느 반의 산제물이 된 것 같네."

……이런 뜬금없는 소리는 그만하기로 하고, 지금 내 옆에 있는 사람은 카스미가오카 우타하 선배다.

내가 다니는 토요가사키 학원의 한 학년 선배이자, 전교 1등의 자리를 단 한 번도 놓친 적이 없는 수재, 그리고 카스미 우타코라는 필명으로 활동 중인 인기 라이트노벨 작가다.

처녀작(본인이 처녀인지는 모르겠지만) 『사랑에 빠진 메트로놈』(후시카와 판타스틱 문고 간행) 전5권을 50만부나 팔아치운, 주목받고 있는 대형 신인인 것이다.

원래라면 나 같은 녀석이 함부로 말을 걸 수 있는 사람이 아니지만, 후배로서의 어리광, 그리고 팬으로서의 뻔뻔함 같은 요소가 뒤섞이면서 지금 같은 성가신 관계가 형성되었다고나 할까…….

"그럼 우타하 선배, 우선 라이트노벨 코너를 체크하러 갈까요?"

"아냐. 나는 여기서 점원이 오는지 살피고 있을 테니까, 뒷일은 윤리 군이 알아서 해."

"알아서 하라니…… 뭘요?"

"그야 물론 라이트노벨 코너의 전시대를 전부 『사랑에 빠진 메트로놈』으로 가득 채우는 작전을 수행하라는 거야."

"자기가 윤리 군이라 부르는 사람한테, 윤리에서 벗어난 명령 좀 내리지 말아줄래요?!"

……뭐, 이 사람이 이런 성격이라는 점도 우리 관계를 복잡하게 만든 요인 중 하나지만 말이다.

"아, 여기 있네요! 『사랑에 빠진 메트로놈』! 봐요, 전시대에 있잖아요."

"판타스틱에서 나온 책 중에서 네다섯 번째 정도 취급 같네. 약간 분한걸."

"……이미 완결된 시리즈니까 너무 배부른 소리 하지 마세요.”

라이트노벨 코너의 후시카와 판타스틱 문고의 선반에는(그게 다른 레이블에 비교했을 때 몇 번째인지는 제쳐두기로 하고)…… 우타하 선배의 작품 다섯 권이 전부 잘 보이는 곳에 전시되어 있었다.

완결된지 꽤 지났지만 몇 번이나 증쇄가 되면서 수명이 긴 시리즈가 된 것 같았다. 지금까지 계속 응원해온 나도 왠지 감개무량했다.

“실은 내일 지인을 만나기로 했거든. 그래서 증정용으로 1권을 한 다섯 권 정도 살까 해.”

“후시카와 쪽에 말하면 주지 않아요?”

“무리야. 마치다 씨는 인색하거든.”

“흐음, 그래요?”

후시카와 서점과 담당 편집자의 명예를 위해 말해두겠지만, 방금 우타하 선배가 한 말은 거짓말이며, 타당한 이유를 대면 분명 증정본을 줄 것이다. ……아마도 말이다.

하지만, 이 사람은 그런 교섭이 귀찮아서 돈으로 해결하려하는 것이다.

“아, 선배. 딱 다섯 권이 남아 있어요. 다행이네요.”

표지가 보이게 쌓여 있던 1권을 다섯 권 꺼내자, 전시대의 바닥이 모습을 드러냈다.

그렇다면, 이것으로 이 가게의 『사랑에 빠진 메트로놈』 1

권은 매진…….

"이건…… 기회야."

"선배?"

그런 상황에서, 우타하 선배의 눈에 수상한 빛이 어린 듯한 느낌이 들었다.

아니, 『느낌』이 아니다. 선배는 분명 수상한 흉계를 꾸미고 있는 게 틀림없다.

"여, 열 권?!"

"그래. 네가 점원에게 「포교할 거니까 『사랑에 빠진 메트로놈』 1권을 열 권 주세요」 하고 말하는 거야."

방금 카운터 점원에게서 「저기…… 전부 같은 책입니다만?」 같은 소리를 들으며 계산을 마친 우타하 선배가 나에게 그런 말도 안 되는 요구를 했다.

"자, 잠깐만요! 나, 지금까지 전권 열 권 이상 사서 포교하기는 했지만, 지금은 자금적으로 힘들다고요!"

"……네가 지금까지 나를 위해 그렇게 무리를 했다는 충격적인 사실을 알고 어떤 표정을 지으면 좋을지 감이 오지 않지만, 그래도 방금 부탁은 그런 뜻으로 한 게 아냐."

"그래요?"

입에서 튀어나온 말은 음흉하기 그지없지만, 선배의 볼은 한순간 발그레해졌다.

"지금 1권은 매진됐잖아? 내가 남아있던 걸 전부 샀으니까 말이야."

"아, 맞다. 그럼 물어봤자 의미가 없는 거 아니에요?"

"아냐. 그렇기 때문에 의미가 있는 거야."

"그게 대체 무슨 소리인데요?"

"잘 들어, 윤리 군. 만약 상대방이 「죄송합니다만, 현재 그 상품은 재고가 없습니다」하고 말한다면 말도 안 된다며 난리법석을 떠는 거야. 「서점에서 카스미 우타코의 명작을 비치해두지 않는다는 게 말이 돼?!」 하고 막 비난해."

"……그런 행동에 어떤 의미가 있는데요?"

"그렇게 일을 크게 벌이면, 분명 자신의 실수를 반성하며 다음 주문 때 주문량을 늘릴 게 틀림없어."

"자기가 윤리 군이라고 부르는 사람한테, 좀 윤리적인 삶을 살게 해달란 말이에요……."

이런 식으로 한탄을 해본들, 내가 선배의 이런 『부탁』을 거절할 수 있을 리가 없다…….

"저기~, 실례합니다. 『사랑에 빠진 메트로놈』 1권만 열 권 살 수 있을까요?"

"물론 가능합니다! 하지만 지금 창고에서 꺼내 와야 하니 잠시만 기다려 주십시오!"

"어? 아, 잠깐만요!"

나는 허둥지둥 말리려고 했지만, 점원은 내 말을 들은 척도 하지 않으며 창고를 향해 부리나케 달려갔다.

음, 점원의 성실한 태도에는 정말 호감이 갔다. 하지만…….

"……선배, 있다는데요."

"……뭐, 전부 사인해줄게."

"……와아, 러키~."

박복한 그녀(히로인)의 토라노아나

2013년 모월 모일. 나고야.

이곳이 『위대한 시골』이라 불리며, 새우튀김에 집착하는 민족성과 대(大)나고야 빌딩이라는 네이밍 센스, 그리고 적자를 감수하는 출혈 모닝 전쟁을 야유당한 것도 옛날이야기다. 센트럴타워즈에 미들랜드스퀘어, 스파이럴타워즈…… 지금은 역 앞에 고층 빌딩이 줄지어 세워졌고(참고로 대나고야 빌딩은 철거됐다), 쇼핑객으로 붐비며, 신칸센 노조미 호 또한 모든 차량이 정차하는 도회지가 된 츄부 지방 넘버원 도시(자칭) 나고야.

"저기 좀 보세요, 토모야 선배……. 여기가 코믹 토라노아나 나고야점의 새 점포예요!"

그리고 그런 나고야에서, 평소 같으면 내가 담당했을 열띤 토라노아나 해설을 시작한 아이는 바로 하시마 이즈미다.

나보다 세 살 어리고, 3년 만에 재회한 소꿉친구이자, 나를 오타쿠 스승으로 여기며 항상 세 걸음 뒤떨어져서 걷는, 그야말로 이상적인 순종 계열 후배에 글래머 천재 동인 작가라는 에센스가 더해져서 완성된, 무시무시한 히로인 파워를 소유한 소녀다.

……아무튼, 현재 도쿄에 사는 우리가 나고야에 온 것에는 지방 이벤트에 참가할 겸 이즈미가 예전에 살던 곳을 돌아본다 같은 이유가 있긴 하지만 이번 이야기의 본질에서 벗어나니 생략하겠다. 그리고 이 시리즈에서 아귀가 맞기를 바라지 말아줬으면 한다.

"그건 그렇고…… 또 엄청난 곳에 왔네."

자, 현재 우리는 나고야 역에서 걸어서 5분 정도 거리에 있는 고층 빌딩가의 반대편이자, 신칸센 출입구에서 약간 떨어진 곳에 있는 어느 빌딩 앞에 서있었다.

그곳에는 최근에 이전한 토라노아나 나고야점의 간판이 걸려 있었다.

"예. 올해 4월에 옮겼어요……. 바로 이 초 격전지역으로 말이에요!"

이즈미가 말한 것처럼, 토라노아나 나고야점이 있는 장소는 엄청난 격전지역이다.

역에서 이곳까지 오는 도중에 소○맵, 라○반, 애○메이트, 멜○북스 앞을 지나야만 하는 것이다. 오타쿠를 노리는 무시무시한 유혹으로 점철된 루트인 것이다.

그 끝에 존재하는 토라노아나는 그야말로 강한 의지를 지닌 자만이 도달할 수 있는, 일종의 유토피아다.

그리고 가게 안으로 들어가면, 그 어떤 꿈이든 이뤄지리라.

"자, 선배. 오늘은 한때 나고야 사람이었던 바로 저, 하시마 이즈미가 나고야의 모든 오타쿠 스팟을 안내해드릴게요. 저를 잘 따라오세요!"

힘찬 목소리로 그렇게 선언한 이즈미는 그 작고 부드러운 손으로 내 손을 꼭 잡더니, 그대로 잡아당기면서 걸음을 옮겼다.

"으, 응. 이즈미, 오늘은 잘 부탁해!"

초등학생처럼 순진무구하면서도, 여성 특유의 부드러운 감촉을 지닌 그녀가 이렇게 적극적으로 행동하자, 나는 약간 당황한 목소리로 그렇게 말했다.

"저만 믿으세요! 오래간만에 토모야 선배와 단둘이 있는 거니까, 의욕이 불타올라요!"

"그러고 보니 일전의 여름 코믹마켓 이후로 처음 만나는 거네!"

"……예. 3년 만에 토모야 선배와 운명적인 재회를 하고, 함께 서클 활동을 하며 선배로부터 동인의 또 다른 즐거움을 배워서 행복의 젖어있었는데, 한수 위의 작가와 시비를 붙은 걸로 모자라 그 후로는 그냥 없는 사람 취급을 당한 하시마 이즈미예요……."

"아앗?! 미안해, 이즈미!"

어? 순진무구한 순종 계열 후배가 왠지 나쁜 방향으로 캐릭터성을 만들어가고 있는 것 같지 않아?

"선배! 서둘러요!"

"이즈미, 좀 기다려."

빌딩 1층부터 3층까지 올라가며, 음악, 영상 소프트, 상업 만화, 라이트노벨 등의 플로어를 돌다보니, 이즈미는 완전히 기운을 되찾았다.

도쿄에도 같은 이름에 규모도 비슷한 가게가 있기는 하지만, 구비된 상품과 진열방식에서 어렴풋이 느껴지는 이 지방 특유의 색깔이 우리에게 신선한 충격을 안겨주고 있었다.

도쿄에서는 순식간에 다 팔려서 손에 넣지 못했던 특전 포함 한정판이 남아있고, 거꾸로 도쿄에서는 산더미처럼 쌓아놓고 파는 만화책이 풍전등화 상태이기도 했다.

우리는 그런 뜻밖의 상황 하나하나에 환성을 질렀고, 쓴웃음을 지었으며, 상품을 손에 쥐고 고민에 잠긴 결과…… 어느새, 손에 든 커다란 종이가방의 숫자가 늘어났다.

"저기, 선배. 이 위층도 새로운 점포로 옮긴 후에 크게 진화한 곳이에요!"

"흐음~, 어떤 곳인데?"

그런 즐거운 시간은 끝날 기색조차 보이지 않았으며, 이즈미는 여전히 내 손을 꼭 잡은 채로 위층으로 이어지는 계단을 뛰어올라갔다.

좁은 계단을 다른 손님과 엇갈리며 올라가던 우리는 몸을 밀착시킬 수밖에 없었으며, 이즈미와 맞잡은 손에 땀이 배고 있는 듯한 느낌이 들었다.

희미하게 달콤한 향기가 감도는 분위기 속에서, 우리가 도착한 곳은 바로 4층이었다.

"에헤헤, 실은 말이죠~."

그렇다. 그곳은…….

"그게 말이자, 토모야 군."

"어?"

우리가 4층에 들어서려던 순간…….

"이곳과 위층은 전부 여성 전용 에어리어…… 나고야의 토라노아나가 이 오타쿠 격전지역을 석권하기 위해 창조한 울트라C야."

남자치고는 희미하게 높으면서 맑은 목소리가 안쪽에서 들려왔다.

"이, 이오리?!"

그렇다. 그 사람은 바로 하시마 이오리다.

이름으로 알 수 있듯, 이즈미의 오빠이자 내 옛 절친, 그리고 현 숙적이다.

경박하고, 붙임성이 좋으며, 여자에게 인기 있지만, 나를 능가하는 오타쿠인, 대악당 동인 건달이다.

"아키하바라나 이케부쿠로의 여성향 B관에는 미치지 못

하지만, 지방도시의 토라노아나 중에서는 거의 최강이라 할 수 있을 정도의 여성향 동인지를 갖추고 있지……. 그게 뭘 뜻하는지, 토모야 군은 짐작이 돼?"

"아니, 그것보다 네가 왜 여기에 있는 건데?"

"즉, 지금까지 메이역 지구의 제왕으로 군림해왔던 애○메○트에게 정면대결을 펼치려고 한다는 거야."

하지만 이오리는 내 질문을 바로 무시하더니, 최종결전 직전의 최종 보스처럼 쓸데없는 소리를 늘어놓았다.

……아무래도 『태클을 걸면 패배』라는 암묵의 룰 느낌의 분위기에 따라줘야 할 것 같았다.

"앞으로 이 나고야는 후끈 달아오를 거야……. 과연 상부상조하며 공생관계를 이루게 될지, 아니면 피로 피를 씻는 혈투가 벌어질지……. 현재 지방도시 중에서 가장 눈을 뗄 수 없는 곳이지."

"그것보다 이오리, 빨리 비켜. 여성향 플로어의 한가운데에서 남자 오타쿠 두 명이 이야기를 나누고 있는 건 민폐라고."

"이야, 토모야 군. 너는 이곳에서 자기가 얼마나 가치 있는 존재인지 모르는 것 같네."

"뭐? 가치? 그게 무슨 소리인데?"

"너는 BL계에서 안경 남자의 높은 수요를 모르는 거야?"

"그러니까 대체 무슨 소리를 하는 거냐고!"

나와 이오리가 서로의 멱살을 잡을 듯한 기세로 일촉즉발의 상황에 처하려던 순간…….

"……모처럼 토모야 선배와 단둘이 외출했는데 어느새 존재 자체가 기억에서 지워진 걸로 모자라, 눈앞에서 선배와 오빠와 애정행각을 벌이는 모습을 보며 면목과 존재감이 사라져버린 하시마 이즈미예요……."

"우와아아아아악~!"

그 후, 우리의 오타쿠 투어는 예정을 변경해, 스가○야에서 디저트 대접을 하게 되었다.

언짢은 그녀(히로인)의 토라노아나

2013년 11월 모일. 아키하바라.

국내외의 오타쿠, 그들을 먹잇감으로 삼으려 하는 호객 장사, 그 양쪽을 마크하고 있는 만세이바시 경찰서, 그리고 오타쿠 비난으로 입에 풀칠을 하고 있는 방송국까지 절대 성지로 숭배하고 있는 이 땅은 오늘도 역시 기운이 넘쳤다……. 정말 못 말리는 마을이라니깐.

자, 오늘은 그런 기운 넘치는 마을을 더욱 파워업시키는 새로운 스팟 앞에 나, 토요가사키 학원 2학년이자 『blessing software』 대표인 아키 토모야가 서있었다.

"봐, 에리리……. 여기가 코믹 토라노아나의 새로운 점포인 아키하바라점C야!"

그곳은 아키하바라의 메인 거리인 중앙대로 한편에 존재하는, 오타쿠의 성지 중의 성지, 토라노아나.

하지만 사실 내가 서있는 곳은 평소 방문하던 토라노아나 앞이 아니라…….

"잘 들어. 여기는 말이지……."

"아키하바라점A, B와 중앙대로를 사이에 둔 맞은 편. 동인지, 상업지, 중고 등, 한 플로어에 『토라노아나』의 엑기스를 주입한 코어매장으로서 오픈한 아키하바라의 새로운 명소, 코믹 토라노아나 아키하바라점C……. 이벤트 플로어까지 상설되어 있는 걸 보면 유메노소라 홀딩즈가 아키하바라를 제압하려고 작정했나 보네. 아쿠아플러스와도 제휴했잖아."

"아앗, 내가 해설할 생각이었는데……! 그리고 문제가 있을 수 있는 발언 하지 말라고!"

"빌딩 앞에서 그런 소리만 줄줄 늘어놓으면 가게에 폐가 될 거야. 빨리 들어가서 볼일을 마치고 돌아가자."

"기, 기다려, 에리리!"

뭐, 그런 식으로 홈페이지의 글을 그대로 복사해서 붙인 듯한 해설을 늘어놓으며 빌딩 안으로 들어간 이는 나와 마찬가지로 토요가사키 학원 2학년이자 『blessing software』 원화 담당, 그리고 금발 트윈 테일 소꿉친구인 사와무라 스펜서 에리리.

에리리와 나는 10년 넘게 알고 지냈지만, 실은 둘이 함께 토라노아나를 방문하는 건 태어나서 처음이다.

그것은 몇 년 동안 우리가 절교를 하고 지낸데다, 외출을 질색하고 집에서만 큰소리 떵떵 치는 온라인 구매 전문 여자애인 에리리의 생활 패턴 등이 자아낸 필연이다.

하지만 현재, 그 전통을 일부러 깨면서까지 에리리가 내

아키하바라 순례에 참가한 것에는, 뭐, 여러모로 사정이 있는데…….

"개점 기념 사인 색지?"

"그래. 지난달에 그려서 보내줬어. 제대로 『to 아키하바라 점C』라고 적어서 보냈으니까 전시되어 있을 거야."

"흐음……."

엘리베이터 안에서 에리리가 말해준 이유는 나처럼 단순히 쇼핑이나 개점 기념 캠페인이 목적인 일반 손님과는 좀 경향이…… 아니, 시점이 달랐다.

그렇다. 이것이 크리에이터 관점인 걸까……. 아니, 아마 다를 것이다.

하지만 자신이 그린 사인 색지가 전시되어있는지 보러 오는 걸 보면, 에리리도 창작자의 순수한 심정을 잊지 않았구나~ 같은 생각이 들면서 왠지 기쁘…….

"전시되어 있는 장소를 보면 그 서클의 격을 알 수 있어. 현재 내 위치가 어디쯤인지 확인한 후, 다음에 해치워야 할 서클을 체크해둬야지."

"우와, 완전 짜증나는 서클 관점이네?!"

앞으로는 절대 이 녀석에게 『순수』 같은 표현을 쓰지 말아야지…….

"자, 도착했어."

"……."

그리고 3층에서 엘리베이터의 문이 열려, 우리는 에리리의 사인 색지를 찾기 위해 가게 안을 이동하려고…….

"으음, 분명 안쪽…… 아, 이쪽이야, 토모야. 빨리 가자."

"못 가아아아아아아아아~~~!!!"

……한 순간, 나는 필사적으로 에리리의 손을 잡아끌면서 그녀를 말렸다.

왜냐하면, 에리리가 가려고 한 곳은 동인 코너인 것이다.

……아니, 동인 자체는 괜찮다.

하지만 입구에 『19세 미만인 분은 입장을 자제해 주십시오』라는 간판이 세워져 있는 성인용 동인 코너에는…….

"……이유가 뭐야?"

"아니, 몰라서 그런 소리를 하는 거야?"

내 행동 때문에 기분이 나빠진 듯한 에리리가 퉁명한 태도를 취하며 나를 쥐어박았다.

……일반 상업 코너에서 카스미 우타코의 색지가 가장 눈에 띄는 곳에 전시되어 있다는 점도, 에리리를 언짢게 한 이유 중 하나인 것 같았다.

"딱히 쇼핑을 할 것도 아니고, 책을 살펴볼 것도 아니고, 몰래 훔치려는 것도 아니잖아."

"그래도…… 아니, 마지막 그건 절대 해선 안 되는 짓이잖아."

내가 신경 쓰고 있는 점은 에리리만이 아니라 다른 고등학생에게 있어서도, 크게 문제가 되는 점은 아닐지도 모른다.

점원들은 신경을 쓰고 있겠지만, 19금 코너에 『입장할 뿐』이라면 딱히 제지하지 않는다는 것도 알고 있다.

"아무튼 내가 보는 앞에서 룰 위반을 하는 건 안 돼."

"진짜 성가시게 하네……."

"내가 이런 애라는 건 옛날부터 알고 있었잖아?"

"……."

"계산하고 올게."

그래도 나에게는 에로 동인지 제작을 돕더라도, 윤리 군이라는 소리를 듣더라도, 어찌된 영문인지 에로 게임에 대해 해박해도, 우직하게 지키고 있는 선이 있다.

"기다렸지? 자, 돌아가자."

"……멋대로 돌아가."

내가 계산을 마치고 돌아온 그 짧은 시간에 에리리의 기분이 풀릴 리가 없었고…….

나는 결국 전술을 플랜B로 이행했다.

"그럼 그렇게 하겠는데, 그전에 이거나 받아."

"이게 뭔데?"

"계산을 하면서 포인트로 교환했어."

"어……."

내가 에리리에게 내민 것은 토라노아나의 포인트 교환 굿즈인『새끼 호랑이 스트랩 컬렉션』, 아키하바라점C 버전이다.

"오늘 같이 와줘서 고마워."

언짢은 에리리에게 필요한 것은 선물이다.

그것도, 아무리 조그마한 것이라도 괜찮으니 우리가 단둘이 있었다는 것을 증명해줄 수 있는 것이다.

그것이 어떤 여자애에게 배운, 약간 비겁한 치트 기술이다.

"……나도 계산하고 올게."

"아……."

하지만, 재탕이라 통하지 않는 건지 에리리는 내가 내민 스트랩을 받지 않았다. 그리고 근처에 있던 잡지를 쥐더니, 계산대로 향했다.

그리고…….

"자, 토모야."

"이건……."

계산을 마치고 돌아온 에리리는 아까 전의 나와 마찬가지로, 뭔가를 내밀었다.

그리고 그것은 포인트 교환 굿즈인 스트랩이었다.

"아무리 사소한 거라도 너한테 빚을 질 수는 없으니까……. 자, 교환하자."

에리리는 자신이 쥐고 있던 스트랩을 나에게 떠넘기더니,

내가 들고 있던 똑같은 스트랩을 강탈해서 자기 가방에 달았다.

하지만…… 이건…… 커플, 굿즈……?

축 애니메이션 제작 결정 기념
시원찮은 애니메이션 제작을 축하하는 방법

"애니메이션 제작 기념 메시지?"

"응. 이 색지에 적어달래."

평소와 다름없는 해질녘, 평소와 다름없는 시청각실, 평소와 다름없는 서클 활동……인 줄 알았더니, 오늘은 평소와 약간 느낌이 달랐다.

나, 아키 토모야와 카토 메구미가 마주보고 앉아있는 책상 위에는 색지 한 장과 의뢰서라는 이름의 프린트 용지가 놓여 있었다.

그리고 그 의뢰서의 내용은『항상 신세 많이 지고 있습니다』로 시작해,『첨부된 색지에, 애니메이션 제작에 관한 축사 등을 적어 주십시오』라는 사무적인 문장으로 이어지더니, 마지막 부분에는『시원찮은 제작위원회』라는 서명이 적혀 있었다.

……이 위원회의 이름 좀 어떻게 할 수 없는 걸까.

"그리고 다른 사람들은 이미 다 썼대. 남은 사람은 우리뿐인 것 같아."

느닷없이 이런 비일상적인 의뢰가 들어왔는데도 불구하고, 변함없는 일상의 상징 같은 이 『시원찮은 그녀(히로인)』 카토는 여전히 무덤덤한 표정으로 나에게 사인펜을 내밀었다.

"저기, 카토……. 제4의 벽을 넘는 소재는 좀 그렇지 않아?"

하지만 나는 카토의 평소와 다름없는 올 OK라는 태도를 보면서도 전혀 납득하지 못했다.

"오타쿠 작품 중에서도 가장 다루기 어렵고, 조금만 잘못 다뤄도 완전 미움을 받으면서 네티즌들에게 곤죽이 되도록 두들겨 맞는 게 제4의 벽이거든? 너, 그걸 알면서도 이렇게 위험한 의뢰를 순순히 받아들인 거야?!"

그렇다. 제4의 벽은 극약이다. 아무리 이 작품이 꽤 코어한 오타쿠를 타깃으로 삼고 있더라도, 그런 걸 함부로 쓰는 건 좋지 않다.

예를 들어, 누구든 자기가 플레이하고 있는 게임의 캐릭터가 「실은 우리가 있는 이 세계는 게임 속 세계야!」 같은 소리를 한다면 「무슨 소리를 지껄이는 거야?!」 하고 외치며 발끈하지 않겠어?

"흐음~, 아키 군이 그런 소리를 하는 구나~."

"반응 한 번 되게 밋밋하네!"

하지만 내가 작품의 장래를 걱정하며 진지한 비판을 하는 와중에도, 카토는 평소와 다름없이 초 무덤덤한 반응을 보였다.

“어차피 애니메이션에서 그 『제4의 벽』이라는 게 실컷 나올 거잖아?”

“그렇지 않아! 내용의 재미로 승부할 거라고!”

“플래그지? 아키 군, 방금 그 말은 플래그 맞지?”

“그만해애애애애애애애애애애애애~~~!!!”

저기, 요즘 들어 이런 태클을 거는 카토를 무덤덤하다고 표현해도 과연 괜찮은 걸까…….

“뭐, 이미 하기로 결정이 난 거니까, 이런 귀찮은 건 빨리 써버리자.”

“으, 응…….”

애니메이션 제작 같은 작품 및 상업적 측면에 있어서 중요한 일을 『귀찮은 것』으로 치부하는 것도 좀 그렇지만, 카토니까 어쩔 수 없다고 여기기로 했다. 아무튼 우리는 이미 몇 명의 메시지가 적혀 있는 색지를 보았다.

“와아, 역시 에리리야. 일러스트를 그렸네.”

“그 녀석, 이런 일에는 정말 빈틈이 없다니깐.”

색지 중앙에서 눈길을 끌고 있는 건 귀여운 미소녀 일러스트로 꾸며진 화려한 축하 메시지였다.

우리 서클인 『blessing software』의 간판 일러스트레이터이자 미소녀 동인작가인 사와무라 스펜서 에리리가 직접 그린 일러스트다.

“그럼 에리리의 메시지는…… 우와.”
“왜 그래, 카토…… 윽.”

『잠깐만! 왜 키비주얼이 메구미인 건데?!』

“…….”
“…….”
우리가 여러모로 문제가 많은 그 메시지를 보고 거북한 느낌을 받으며 고개를 숙여보니, 에리리의 메시지 바로 아래편에 적혀 있는 힘차면서도 달필 느낌이 물씬 나는 문장이 눈에 들어왔다.
서명을 보니, 그것은 서클의 최고 중요 인물인 시나리오라이터이자 미소녀 라이트노벨 작가이기도 한 카스미가오카 우타하 선배가 직접 쓴 메시지였다.
처음에는 너무 달필이라 메시지를 알아보지 못했지만, 눈과 머리를 총동원하며 유심히 보니, 거기에는 직접적인 말의 칼날이 박혀 있었다.

『카토 양. 당신, 요즘 들어 너무 기고만장하지 않아?』

“…….”
“…….”

또한, 그녀들의 주장을 이해하지 못하는 분들께서는 애니메이션판 공식 사이트(http://www.saenai.tv)를 참조해줬으면 한다.

그건 그렇고, 이 두 사람한테서 패배자 느낌이 물씬 나는 건 어째서일까…….

"저, 저기, 아키 군. 나는 키 비주얼을 담당하지 않아도 되는데……."

"아, 미안하지만 제작 측의 사정은 서클 내부의 인간관계보다 중요하거든."

"아하~."

현실도피 느낌의 대화로 얼버무린 내가 다음으로 눈길을 준 곳은 오른편에 적혀 있는 동글동글한 글자였다.

서명을 보아하니, 이것은 라이벌 서클인 『rouge en rouge』의 간판 원화가가 된 재능 넘치는 중학생 동인 작가, 하시마 이즈미의 메시지 같았다.

『저, 저도 출연을 하긴 하나요……?』

"……괜찮아, 이즈미. 테이프 오디션을 통해 성우도 이미 선정됐거든."

"아키 군…… 저기, 진짜로 아키 군 맞아?"

그리고 왼편에 더러운 글씨체로 대충 적은 듯한 코멘트는 서명을 안 봐도 누가 쓴 것인지 바로 짐작이 됐다.

우리 서클의 음악 담당이자 애니송 인디즈 밴드『icy tail』의 가희, 그리고 유감스럽지만 내 사촌이기도 한 효도 미치루의 메시지다.

『어차피~, 주제가는 내가 부르는 거지?』

"으음, 그건 음악회사의 의향에 따라 정해지기 때문에, 저희가 확답을 드릴 수는……."

"저기, 아키 군. 아까까지『제4의 벽』가지고 투덜댄 사람은 어디 사는 누구였더라?"

"뭐, 아무튼 슬슬 우리도 쓰자. 카토."

"아, 응."

그러고 보니 남의 코멘트에 대해 왈가왈부나 할 때가 아니다. 우리도 사인펜을 쥔 후, 색지에 축하 메시지라는 것을 썼다.

"카토. 너, 왜 그렇게 구석에 적는 거야? 일단은 네가 메인 히로인이라고."

"그『일단은』이라는 말이 평생 따라다닐 것 같아서 아닐까? ……자, 다 적었어."

카토는 그런 말을 대충 늘어놓으면서 자신의 코멘트를 색지 오른쪽 아래편의 구석에 작게 적었다.

『나를 담당할 성우 분이 빨리 정해지기를—.』

"그러니까 카토. 제작회사의 사정은 개인의 소망보다……."
"그런 위원회 측 발언은 이제 듣고 싶지 않거든? 그것보다 아키 군은 뭐라고 썼어?"
"나 말이야? 나는…… 애니메이션 제작에 긍정적인 코멘트를 적을 거야. 똑똑히 보라고!"
나는 힘찬 목소리로 그렇게 말하면서 색지 상단부 절반을 전부 차지할 만큼 큼지막하게 코멘트를 적었다.

『제2기가 빨리 확정되기를—.』

"……너무 성급한 생각 아냐? 2기를 해야 할 작품이 우리 외에도 더 있잖아."
"이런 이야기를 빨리 꺼낼수록 좋은 법이라고!"
"그래? 1기가 엉망진창인데도 최종화에서 2기 결정이라는 소리를 해서, 돌이킬 수 없게 된 바람에 아무도 행복해지지 못한 작품도 있다고 들었거든?"
"그런 소리 하지 마! 하지 말라고!!"

TV애니메이션 『시원찮은 그녀를 위한 육성방법』 2015년 1

월부터 노이타미나에서 방영시작!

주석)각본가가 도망칠 경우, 방송이 연기될 수도 있습니다.

시원찮…… 여름을 보내는 말도 안 되는 방법

어느 여름. 어느 현의 어느 해안.

"여름이다! 바다다! 해수욕이다~!"

"더워~, 노곤해~, 돌아가고 싶어~."

"온지 얼마 됐다고 그런 소리를 하는 건데, 토모……."

오타쿠 스팟도, 성지도 아닌, 흔히 있을 법한 리조트 해안에 설치된 비치파라솔 밑에서 머리를 감싸 쥔 채 부들부들 떨고 있는 내 이름은 아키 토모야.

동인 게임 서클 『blessing software』 대표이자, 동인 게임계에 전설을 쓰기 위해 열의에 차있는, 전형적인(개인적인 감상입니다) 오타쿠 고등학생이다.

"애초에 왜 내가 이런 곳에 있는 건데? 가르쳐줘, 미치루……."

그리고, 그런 나를 내려다보며 뜨거운 햇볕을 온몸으로 쬐고 있는 이는 내 동갑내기 사촌인 효도 미치루다.

동인 게임 서클 『blessing software』 음악 담당이자, 애니송 밴드 『icy tail』의 보컬을 맡고 있는, 직함만 들으면 완전 오타쿠지만 실은 100퍼센트 리얼충 여자 고등학생이다.

"그야, 기왕 여름이니까 어디 놀러가자는 이야기가 나왔다가, 그럼 바다가 괜찮지 않겠냐는 이야기가 나와서~."

"대체 얼마나 대세에 역행하며 이야기가 진행된 건데?! 내 제1지망은 외출하기 싫다, 제2지망은 아키하바라, 제3지망은 자택이라고 말했거든? 왜 억지로 이런 곳에 끌고 온 건데?!"

"그야 이렇게라도 안 하면 토모는 절대 바다에…… 곰곰이 생각해보니 제1지망과 제3지망은 같은 거네. 토모는 진짜 너무해."

"너무한 건 말로 얼버무리려한 나보다, 다짜고짜 강제로 이런 곳에 끌고 온 그쪽(미치루)라고 생각하는뎁쇼……."

오타쿠인 내가 리얼충 가족이나 커플의 소굴인 해수욕장에 오게 된 이유는…… 아, 응. 설명 안 해도 되겠네.

"그것보다 미치루, 너는 밴드 친구들한테 같이 가자고 하면 되지 않아?"

"아~, 오늘 애니송 라이브를 하기 때문에 안 된대."

"나도 거기 가고 싶어! 거기 가고 싶었다고~!"

"뭐~, 너무 그러지 마. 자, 토모. 네 앞에 수영복 미소녀가 있거든~?"

"내가 그딴 말에 낚일 것 같냐고……."

『수영복 미소녀가 있거든~♪』 같은 말을 듣고 쳐다보니 진자로 섹시한 비키니를 입은 쭉쭉 빵빵 미소녀가 있다면, 그것은 단순한 자랑에 지나지 않는다.

내가 당사자가 아니었다면, 차가운 눈길로 쳐다보며 혀나 찼을 것이다.

"토모도 어릴 적에는 나랑 산과 들을 뛰어다녔잖아. 오늘은 동심으로 돌아가 보자~."

"그런 너야말로 어릴 적 몸으로 되돌아가."

그렇다. 마음만 어릴 적으로 돌아간들, 이미 잃어버린 유아체형은 돌아오지 않는다.

그것보다 이 녀석은 수영복이 너무 잘 어울리잖아……. 왜 이딴 녀석이 오타쿠 서클에 있는 거냐고(※대표가 억지로 영입했습니다).

"그러니까, 이미 왔으니까 그냥 즐기자. 참, 등에 자외선 차단 오일 발라줄게. 여기 누워봐."

"인마, 역할이 뒤바뀌었잖아. 진짜 선머슴 같은 애라니깐."

뭐, 하는 짓 자체는 에로틱하더라도, 본인에게 여성이라는 인식이 눈곱만큼도 없다는 점이 나로서는 꽤 도움이 되기도 했다.

그러고 보니 이 녀석은 미소녀게임의 캐릭터로 치면 히로인이 아니라 주인공일 거야.

"어~, 그럼 토모는 그 역할을 잘 지켜? 내 등에 오일 발라줄래? 만지작만지작~ 해줄 거야?"

"뭐……?!"

그렇다. 이 녀석에게는 자기가 여성이라는 인식이 눈곱만큼도 없다.

게다가 여자애다운 수치심이나 경계심도 전혀 없어서 내가 난처하기 그지없는 것이다.

"아, 그러고 보니 토모가 억지로 보여준 애니에서 여자애가 수영복 차림으로 가슴 계곡에 오일을 쏟더니 「발라줄래?」 하며 말하는 장면이 있었지~. 그래. 토모한테는 그런 게……."

"죄송합니다! 제 등에 오일을 발라주세요! 부탁드립니다!"

아니, 딱히 겁먹은 건 아니거든?

그저 오타쿠답게, 셔츠 밖으로 드러난 얼굴과 팔만 태우고 싶다.

그렇다. 오일 이벤트 같은 건 애초에 일어나지 않았던 것이다…….

"좋아~. 준비운동도 끝났고, 오일도 발랐고, 배도 채웠으니까, 수영하자~!"

"어이, 순서가 좀 틀린 것 같다고……."

이 녀석, 방금 야키소바와 오징어구이와 빙수를 먹어치웠는데…….

"토모도 가자. 먼 바다까지 경주하는 거야."

"아, 나는 방금 오일을 발랐거든."

그러고 보니 이 녀석도 방금 오일을 발랐으니(주석 : 내가 발라주지는 않았다), 바로 바다에 들어가면 의미가 없을 텐데 말이다.

"에이, 바다에서 나오면 내가 또 발라줄게. 가자~."

미치루는 내 손을 꼭 잡으면서 씨익 웃었다.

순진무구하면서도 섹시하기 그지없는 그녀의 행동은 방금까지의 더위를 잊게 한 것과 동시에, 나를 달아오르게 만들었다. 정말 성가신 존재라니깐.

……잠깐만 있어봐. 혹시 나는 이제부터 일반적인 미소녀 게임 바다 이벤트를 하게 되는 거야?

"……어라?"

그런 망설임을 느낀 내가 미치루의 손에 이끌리며 몸을 일으킨 후, 태양 아래로 나온 순간…….

"……토모?"

눈부셔야만 하는 시야가 갑자기 칠흑빛으로 뒤바뀌었다.

"어, 잠깐……."

또한 어디가 위이고 아래인지 분간이 되지 않았으며, 자신이 서있는지, 누워있는지, 기분이 좋은지, 나쁜지, 전혀 분간이 되지 않았다.

"토모! 토모, 정신 차려!"

미치루의 목소리가 귓가에 맴돌았지만, 그 소리 또한 현실인지 2차원인지 알 수 없었다.

뭐, 미치루가 2차원의 존재일리는 없지만…….

하지만, 그래.

2차원은 아니더라도, 이게 전부 꿈일 가능성은 충분히 있다.

아, 그래. 이건 꿈 엔딩이구나.

나, 지금 꿈에서 깨어나고 있는 거야.

쳇, 미치루 녀석도 꿈이라서 그렇게 나를 도발해댄 거냐…….
뭐, 꿈을 꾼 사람과 꿈에 나온 사람 사이의 책임 소재에 대해 따지지 않는 편이 좋을지도 모르지만 말이다.

……뭐, 아무튼 이걸로 꿈은 끝났다.

정신이 들면, 나는 방 침대 위에서 천장에 붙여놓은 포스터 속 2차원 소녀의 촉촉한 눈동자와 젖은 입술이 눈앞에…….

"토모…… 일어나."

"응……?"

아무래도 어중간에게 꿈에서 깨어난 것인지, 나는 꿈속의 미치루와 또 재회했다.

미치루는 내 방 포스터 속 미소녀와 똑같은 표정을 지은 채, 촉촉한 눈동자를 천천히 감더니, 젖은 입술을 내 입가를 향해…….

"자, 잠깐, 스토오오오오오옵~?!"

"아…… 토모. 정신이 들었어?"

"너너너너너, 너 지금 뭐하는 거야?!"

"아~, 토모가 정신을 잃은 것 같아서 인공호흡을 해줄까 해서 말이야."

"그건 물에 빠진 사람한테 하는 거라고! 일사병이나 현기증으로 쓰러진 사람한테 인공호흡을 할 필요는 없어!"

"아, 그렇구나~. 이야~, 다행이야. 하마터면 소중한 첫 키스를 날릴 뻔했네~. 아하하하하~."

"은근슬쩍 중요 발언 좀 하지 마! 그리고 미소녀게임 주인공이나 할 법한 남자다운 행동 좀 하지 말라고, 밋짱!"

이래서야 내가 시원찮은 히로인 같잖아…….

저자의 요청 : 짜증난 듯이 혀를 차며 읽지 않고 넘어가지는 말아주시면 감사하겠습니다.

일편단심인 그녀(히로인)의 토라카도 상점

신주쿠역…… 그것은 일본제일의 승하차객수를 자랑하는 거대 스테이션이다.

거대하다해도 과언이 아닐 만큼 넓고, JR, 지하철, 사기업 철도가 뒤엉켜 있어 환승객도 엄청나기 때문에 노선 하나가 사고로 중단되기만 해도 사람이 홍수처럼 범람한다. 그리고 지하상가를 돌아다니다보면 신주쿠 3번가에 도착하고, 『게이오 신선(新線)이 대체 뭐야?!』 하고 생각하며 알아보니 도청에서 운영하는 신주쿠 선이었으며, 세이부 신주쿠역에 도착하고 나서 『그래, 야마노테선으로 갈아탈 거면 타카다노바바에서 내릴 걸 그랬네』 같은 후회를 하게 되는, 그야말로 도시의 미궁이다.

그런 신주쿠의, 바람도 약간 서늘해지기 시작한 늦가을의 오후.

히가시구치로 나와서, 연결통로를 통해 니시구치로 나온 후, 오모이○요코쵸에서 아저씨들이 대낮부터 술을 마시고 있는 광경을 보며 횡단보도를 지나, 약간 좁은 골목으로 들어가서, 이키○리 스테이크의 행렬을 지나면…….

"자, 우타하 선배! 여기가 토라카도 상점 신주쿠 니시구치 점예요!"

"토라카도 상점은 토라노아나와 KADOKAWA가……."

"맞아요! KADOKAWA 상품이 잘 갖춰진, 아니, KADO-KAWA 상품만 구비되어 있다고 하는 화끈한 콘셉트로 화제가 되고 있는 콜라보 매장이에요!"

나는 어느 빌딩의 4층을 가리키면서 평소처럼 기합에 찬 목소리로 옆에 있는 동반자에게 말을 건넸다.

"오늘 여기에 온 건, 우타하 선배에게 꼭 보여주고 싶은 게 있기 때문이에요."

그렇다. 아까부터 말했다시피, 내 옆에 있는 동반자는 바로 카스미가오카 우타하 선배다.

나는 겨우 한 살 차이날 뿐인데, 자신이 쓴 라이트노벨을 50만부나 팔아치운 인기 작가라고 하는 사기급 경력을 지닌 흑발 롱헤어 미인이다.

"방금 한 말, 좀 의미심장하게 들렸어. 윤리 군이 나에게 보여주고 싶은 게 대체 뭐야?"

"으음, 힌트를 주자면…… 『사랑에 빠진 메트로놈』과 관련이 있어요!"

나는 의기양양하게 우타하 선배의 대표작을 언급했다.

이 정도 힌트를 주더라도, 가게 안에 있는 『그것』을 봤을 때 받을 충격은 전혀 옅어지지 않을 테니까 말이다.

"하지만, 『사랑에 빠진 메트로놈』의 판권을 지닌 후시카와 서점은 KADOKAWA 그룹 소속이었어?"

"리얼과 픽션의 미묘한 경계를 언급하지 말아줄래요?!"

그런고로, 이번에는 리얼과 픽션의 경계를 미묘하게 크로스 오버시키면서 전해드리겠습니다.

엘리베이터로 4층까지 올라간 우리는 「어서 오십시오~, 토라카도 상점에 와주셔서 감사합니다~」라는 패밀리 레스토랑을 연상케 하는 인사(주석 : 남성 점원이 했음)를 받고 약간 겸연쩍어하면서 안에 들어갔다. 그리고 나는 가게 왼편 안쪽으로 곧장 향했다……. 뭐, 일단 왼쪽으로 꺾어야하니 곧장 향했다고 말할 수는 없겠지만 말이다.

"짜잔~! 우타하 선배, 어때요?! 『사랑메트』를 엄청 밀어주고 있죠?!"

"……."

그리고 내가 어떤 책장을 손가락으로 가리키자, 우타하 선배는 예상대로 딱딱하게 굳어버렸다.

그것도 무리는 아니었다. 그 책장에 꽂혀 있는 건 우타하 선배…… 카스미 우타코가 쓴 『사랑에 빠진 메트로놈』 뿐이니까 말이다.

백 권이 넘는 책이 꽂힌 그 책장은 진짜로 『사랑에 빠진 메트로놈』만으로 가득 차 있었다.

게다가 그것만이 아니었다. 아니, 더욱 급진적이라고 표현하는 편이 옳을지도 모른다.

"그리고 사유카를 엄청 밀어주고 있다고요, 우타하 선배!"

"……."

저렇게 많은 책이 꽂혀 있는 만큼, 당연히 다른 홍보물과 추천문도 잔뜩 있었다. 그리고 어찌된 영문인지 이 코너에 설치된 선전문은 한 캐릭터에 매우 편중되어 있었다.

추천문과 홍보물에서는 우타하…… 아니, 사유카를 향한 사랑이 넘쳐흐르고 있었으며, 『사랑에 빠진 메트로놈』이 삼각관계물이 아니라 단순한 러브러브 커플물이라는 오해를 사고도 남을 정도였다.

아무튼, 다들 이 가게의 시원그녀…… 아니, 사랑메트 코너를 둘러봐줬으면 한다.

분명 여러 가지 의미에서 질릴…… 아니, 놀라고 말 것이다.

"사유카와 마유이 중에 한 명을 고를 수 없었던 나로서는 이 편중에 대해 나름대로 생각하는 바가 있어요! 하지만 이 사랑 앞에서는 그런 건 아무래도 상관없다는 생각이 든다니까요!"

"……."

나는 이 가게 점원이 되기라도 한 것처럼 열변을 토했지만, 우타하 선배는 시종일관 침묵으로 일관했다.

쓴웃음을 지으며 고마워하거나 감격에 찬 말을 입에 담지도 않았으며, 약간 질린 듯한 어조로 야유를 하거나 부끄러워하지도 않았다. 또한 사디스트 느낌의 비판이나 독설조차도 꾹 다물어진 입에서는 흘러나오지 않은 것이다.

"……선배?"

선배는 내가 지금까지 한 번도 본 적이 없는 표정을 짓고 있었다.

볼은 홍조를 띠고 있었으며, 웃지도, 화를 내지도 않았다. 마치 적당한 말이 생각나지 않은 것처럼 식은땀 같은 것을 줄줄 흘리고 있었다.

즉, 엄청 부끄러워하고 있었던 것이다.

"……돌아갈래. 지금 바로 돌아갈래."

"예?"

그렇다. 허둥지둥 이 자리에서 도망칠 정도로 말이다.

"감사합니다!"

쓸데없이 기운이 넘치는 점원의 목소리를 또 들으면서, 우리는 가게 안에 들어가고 3분도 채 흐르기 전에 가게를 나섰다.

우타하 선배는 그 후에도 엘리베이터의 버튼을 연타하지를 않나, 엘리베이터를 기다리면서 다리를 덜덜 떨지를 않나…… 그야말로 어마어마할 정도로 감격(?)한 것 같았다.

"선배, 지금 왠지 사유카 같아 보여요."

"시끄러워!"

"슬슬 찬사에도 익숙해지는 게 어때요? 선배가 쓴 『사랑에 빠진 메트로놈』은 이 정도로 푸시를 받아도 이상하지 않을 만큼 대단한 작품이라고요."

"이 자리에서 그런 말을 들으니 가만히 있지를 못하겠거든?!"

그리고 엘리베이터 안에서도 층수 표시를 노려보며 머리카락을 만지작거리거나 벽에 주먹질을 하는 등(빌딩 관리회사 여러분, 죄송합니다), 수상쩍은 행동을 계속했다.

평소의 하이퍼 창작 모드일 때와는 다른 반응이지만, 그래도 나름 신선한 반응이었다.

……하지만 이런 말을 했다간, 나중에 마음이 진정된 우타하 선배에게 어마어마한 반격을 당할 게 뻔하기에 말하지 않겠지만 말이다.

"이제부터 어떻게 할 거예요? 서클의 집합 시간이 되려면 아직 멀었는데요……."

빌딩을 나와서 다시 뒷골목으로 가보니, 바람이 꽤 찼다. 그리고 옆에 있는 이키○리 스테이크의 행렬은 아까보다 더 길었다.

그런 편안한 분위기 속에서, 심호흡을 두세 번 정도 한 우타하 선배는 이곳에 더는 볼일이 없다는 것처럼 역을 향해

한 걸음 내딛더니…….

"윤리 군."

"왜요?"

"그 코너의 사진, 찍어뒀지?"

"사진이 가지고 싶어요?!"

마지막으로 아주 약간의 미련을 드러냈다.

여자 마음…… 아니, 작가 마음이라는 것은 정말 알다가도 모르겠다.

나중에 후시카와 서점 편집부를 경유해서 받은 가게 내부 디스플레이의 사진은 현재 우타하 선배가 쓰는 스마트폰의 대기화면으로 설정되어 있다.

이길 수 없는 그녀(히로인)의 멜론북스

아키하바라 중앙대로—.

원래 신바시에서 우에노로 이어지는 중앙대로에서 JR아키하바라역부터 도쿄 메트로 스에히로초 역 인근까지의 일대는, 빌딩 상층부가 애니와 에로게임의 대형 간판에 점거되어 있고, 오로라 비전부터 선전 동영상이 나오고 있으며, 노상에서는 선전용 랩핑 버스가 배회하고 있는, 일본이 전 세계에 자랑하는 오타쿠 스트리트다.

그 중에서도 JR아키하바라역 전자상가 출입구를 나와서 서쪽으로 향하다, 다리 밑 횡단보도를 건너서 오른쪽으로 돈 곳에 존재하는 약 50미터 가량의 일대는 다양한 장르의 가게가 밀집되어 극심한 경쟁을 벌이고 있는 격전지역이다.

예를 들자면 패스트푸드로는 마츠○와 요시○야, 고○카레 등이 사투를 벌이고 있으며, 오락실로는 CLUB SE○A와 H○y가 사투를 벌이고 있다.

그리고 오타쿠 서점…… COMIC Z○N과 ○-BOOKS가 사투…… 아니, 사이좋게 절차탁마하고 있는데…….

"자, 에리리! 여기가 멜론북스 아키하바라 1호점이야!"
"알아."

아까 언급한 H○y가 있는 빌딩의 1층에서 경품 게임기가 줄지어 있는 통로를 따라 안쪽으로 들어가면 있는 지하로 이어지는 계단을 내려간 곳에 그 가게가 있다.

"동인도, 상업도, 책도, 게임도, CD도, 전연령과 19금까지 전부 같은 플로어에서 취급하고 있는, 그야말로 오타쿠의 중앙 도매시장! 즉 이곳에 오는 손님들은 신에게 선택받은 (아무나 자유롭게 들어갈 수 있습니다), 그야말로 오타쿠 중개인!(되팔이꾼이라는 의미는 아닙니다)!"
"그러니까 알고 있다니까 그러네. 나는 멜론의 QUO카드용 일러스트를 맡은 적이 있거든."
"역시 대단하시군요, 카시와기 에리 선생님?!"

"그런데 오늘은 왜 나를 여기에 데려온 거야? 애초에 멜론 쪽 상품이라면 온라인으로 살 수 있잖아? 나도 이용하고 있는데, 엄청 쓰기 쉽고 편리하거든?"
"오케이, 선전해줘서 땡큐! 하지만 오늘 우리 목적은 쇼핑이 아냐!"

"……물건도 안 살 거면서 가게 안에서 어슬렁거리는 건 점원과 다른 손님에게 폐 아닐까?"

"점원 분, 손님 여러분, 죄송합니다?! 하지만 이제부터 할 일은 지금의 너에게 그런 걸 감수할 정도의 가치가 있어……."

"그러니까 대체 뭘 하려는 건데?"

주말이면 항상 집에 틀어박혀 지내던 에리리는 오늘 나한테 억지로 끌려서 이런 곳에 오게 되자 아침부터 계속 투덜댔다.

"에리리여……. 바람을 읽어라!"

하지만 나는 그런 부정적인 에리리에게 활력을 불어넣어 주려 했다.

"때로는 집밖으로 나와! 오타쿠여, 밖으로 나가라! 인터넷이 아니라, 피부로, 공기로 무브먼트를 느끼는 거야!"

그렇다. 오늘, 우리가 여기에 온 목적은 요즘 들어 슬럼프 기미인 에리리가 창작에 대한 정열을 되찾을 수 있도록 도와주기 위해서다.

"그 『바람』이 대체 뭐야? 왜 오타쿠의 유행을 피부로 느끼기 위해 가게에 직접 가야만 하는 건데?"

"그건 말이야, 에리리……. 멜론의 점포에는 이 타워가 있기 때문이야!"

나는 입구 근처에 있는 신간 코너 전시대를 손가락으로 가리켰다.

"메, 멜론 탑……?"

"역시 알고 있구나……."

그 전시대에는 다른 오타쿠 서점과 마찬가지로 수많은 신간이 차곡차곡 쌓여 있다.

하지만 다른 가게와 차이점은 바로 그 쌓아둔 높이와 쌓는 방식이다.

어느 가게든, 인기작이나 그 가게의 손님들의 취향에 맞아 들어가는 작품, 그리고 이 가게의 독자적인 특전이 딸린 상품은 다른 상품보다 눈에 띄게 진열한다.

하지만 멜론북스 아키하바라 1호점에서는 팔고 싶은 건지, 장식하고 싶은 건지, 아니면 그냥 자기만족인 건지 분간이 안 될 정도로 높게, 화려하게, 그리고 열정적으로 책을 쌓아둔다.

정말 매번 이걸 볼 때마다 『용케도 쓰러지지 않네……』 같은 생각이 든다.

"뭐, 대단하다고 생각하긴 하거든? 하지만 이런 것도 트위터 같은 데서 화제가 되거나 사진이 돌아다니기도 하잖아(무단 촬영은 금지예요)."

"그래. 그냥 인기작을 파악하기만 할 거면, 인터넷에서 『정보』로서 접하기만 하면 될 거야."

나는 에리리가 이런 반응을 보이리라는 것을 예상했었다.

『가게 안에 있을 때는 자신 또한 유저다』라는 고정관념에 사로잡혀있는, 나와 다를 바 없는 소비형 오타쿠니까 말이다.

하지만…….

"그래도 말이야……. 이런 식으로 자기 작품이 쌓인 크리에이터의 관점에서 본다면 어떨까?"

"뭐……?"

"만약, 이렇게 멜론 탑이 된 게 『카시와기 에리 아트워크스 ~cherry blessing~ 한정판』이라면 어떤 느낌일지 물어보는 거라고!"

"아……."

"이 타워가 리얼타임으로 붕괴(인페르노)된다는 것…… 그것은 리얼타임으로 자기 책이 차례차례 팔려나간다는 걸 뜻해!"

아마 평범한 유저 시점에서 그 광경을 본다면 『잘 팔리네, 나도 읽어볼까?』 정도의 생각만 들 것이다.

팬 시점에서는 『만세! 불티나게 팔려! 좋았어! 두세 권 더 사서 포교해야지!』 같은 생각을 하며 의욕을 불태울지도 모른다.

하지만, 그 책을 낸 저자가 받을 임팩트는 그들과는 비교도 되지 않을 것이다.

"너도 언젠가 그런 충격을 받아보고 싶지 않아?"

"……."

"오늘은 네가 그 충격을 이미지해줬으면 해서 같이 오자고 한 거야……. 지금 여기 있는 책이 불티나게 팔리며 타워가 무너지는 광경을 보고 『이게 내 책이라면……』 하고 생각하는 거야!"

내가 뜨거운 목소리로 그렇게 말하는 와중에도, 요즘 가장 인기 있는 신간 타워의 높이가 점점 낮아지고 있었다.

사람과 상품의 흐름이 하나가 되어 유행을 만들어가는 느낌은 다른 곳에서는 맛볼 수 없는 묘미다.

그래서 나는 멜론북스의, 이 『바람』을 좋아한다…….

"……으음. 저기 말이야, 토모야."

"왜?"

"그건 토모야가 직접 생각한 거야? 아니면 다른 사람의 체험담?"

"맞아! 『사랑에 빠진 메트로놈』 3권 발매일에 우타하 선배와 함께 이곳에 온 적이 있어! 그때 선배가 자기 책의 타워가 무너지는 걸 진지한 표정으로 한 시간 가량 쳐다보며 꼼짝도 하지 않더라고! 그런 반응을 보니 절로 입가에 미소가 어리더라니깐! 그러니까 너도……."

"나, 돌아갈래!"

"에리리?!"

그 후, 어찌된 영문인지 제대로 골이 난 에리리를 달래기 위해 대량의 오타쿠 굿즈를 비롯해 케이크 등을 사줘야했고, 밤늦게까지 같이 다녀야했지만, 일단 그건 제쳐두기로 하고…….

다른 사람들도 멜론의 신간 탑 앞에서 책 숫자를 세거나, 책을 가져가는 이들을 따뜻한 눈길로 쳐다보는 손님을 보면 주의해줬으면 한다.

대부분은 팬이지만, 때때로 관계자, 그리고 작가 본인이기도 하니까…….

시원찮은 영상매체를 손에 넣는 방법

어느 주말, 야마노테선 전철 안.

평소와 마찬가지로 힘차게, 그리고 최대한 주위에 폐를 끼치지 않기 위해 조용히 고함을 지르고 있는 나, 그리고 평소와 다름없이 무덤덤해서 주위에 존재 자체를 인식되고 있지 않을 만큼 매몰되어 있는 카토는 나란히 서서 손잡이를 잡고 오늘 일정에 대해 이야기하고 있었다.

"자, 카토! 오늘은 『시원찮은 그녀(히로인)를 위한 육성방법』 애니메이션 Blu-ray를 예약하러 가자!"

"아, 오늘은 『제4의 벽』을 부수는 거구나."

"……그래. 나는, 우리는 공세로 나가기로 맹세했어! 멈춰 서지 말고 우직하게 나아가기로 결심했단 말이야!"

작품에 등장하는 캐릭터가 자기 작품에 대해 언급하는 것을 제4의 벽을 부순다, 혹은 『메타픽션』이라 부른다. 그리고 그것은 작품의 평가에 있어 양날의 검이랄까, 주로 결점으로 작용할 때가 많다.

메타픽션을 접하고 『그런 건 김새~』 같은 발언을 하면 꽤 설득력이 있는 것처럼 들리는데다, 『메타는 부정하지 않지만 재미없는 건 NG』 같은 소리를 하면 전문가 느낌도 낼 수 있다. 그런 안정적인 태클거리다.

뭐, 『그렇게 잘 알면 쓰지 말라고』 같은 지당하기 그지없는 의견은 깔끔하게 무시하겠지만 말이다.

"도착했어, 카토! 우리의 성지에!"

"으음, 『우리』라는 표현은 적절하지 않은 것 같은데……."

뭐, 그런 아무래도 상관없는 이야기는 그만하기로 하고, 몇 분 후에 전철에서 내린 우리가 도착한 곳은 친숙하기 그지없는 아키하바라다.

전자상가 출입구의 개찰구를 통과하자마자 오타쿠 콘텐츠를 광고하는 전자간판이 눈에 들어오는 이 마을은 항상 나에게 신선한 노스탤지어를 느끼게 해준다. 즉, 그리움과 신선함을 겸비한 불가사의한 장소인 것이다.

"좋아~, 아까 말했다시피 우선 Blu-ray의 예약부터…… 잠깐만, 카토. 너, 대체 어디에 가려는 거야?"

"응? 애니 예약을 할 거라며? 그럼 역 바로 앞에 있는 거기에서……."

일부러 전자상가 쪽 출입구로 나왔는데 중앙 출입구 쪽으로 이어지는 연결통로로 향하려 하는 카토를 본 나는 그녀의 목적지가 어디인지 눈치채고 바로 말렸다.

“카토, 너는 진짜 뭘 몰라도 너무 모르는 구나!”

“아, 그래도 이제부터 아키 군이 짜증날 정도로 불합리한 소리를 늘어놓을 거라는 건 알아.”

“잘 들어, 카토. 애니의 Blu-ray라는 건 말이야. 단순한 영상매체 패키지를 손에 넣는다고 끝나는 게 아냐!”

카토가 은근슬쩍 늘어놓은 독설을 깔끔하게 무시한 나는 그녀에게 애니메이션 Blu-ray 구입의 정석에 대해 가르쳐 주기 위해 큰 목소리로 열변을 토했다.

“자아, 카토. 느닷없이 퀴즈입니다. 오타쿠 100명에게 물어봤습니다……. 애니 예약에서 가장 중시하는 건 뭐죠?”

“으음, 할인비율?”

“유감이지만 그건 2위야! 그게 가장 중요하다면 다들 A○a z○n으로 살 거라고! 이렇게 나처럼 현지의 매장에 와서 예약권을 찾느라 혈안이 된 애니 오타쿠가 가장 중요시하는 건 대체 뭘까요?!”

“아, 뭔지 알겠어. 특전이지?”

“그래! 특전이야! 그것도 모든 매장에 공통적으로 주는 특전이 아니거든? 작품에 매료된 매장 측이 작품을 하나라도 더 팔고 싶어 직접 기획을 세워 제작위원회나 수많은 이들과 성가신 교섭을 한 끝에 겨우 손님에게 전달되는 초호화 ○대 특전 같은, 그런 주옥같은 아이템을 말하는 거라고!”

“……『가장 좋은 특전을 주는 매장에서 예약한다』라는 말한 마디면 충분히 설명이 되는데, 왜 아키 군은 그렇게 복잡하게 설명하는 건지 모르겠네."

"자, 그럼 이제부터 각 매장의 특전을 비교해보자……. 카토, 이 리스트를 봐."

카토가 한 마디도 지지 않으며 반박을 하고 있는 점은 깔끔하게 무시한 나는 그녀에게 매장 선정의 비기를 전수하기 위해, 액○로 작성한 매장 특전 일람을 보여줬다.

"……하나같이 잔뜩 주네~. 이 타이틀을 이렇게 푸시해도 괜찮은 걸까?"

"하나같이 우열을 가리기 힘들 만큼 멋진 특전들이지만, 내 관점에서 볼 때는 여기가 좋을 것 같아……."

카토가…… 잠깐만, 카토는 요즘 들어 자학 태클이 더 날카로워진 것 같지 않아? 아무튼 그녀의 말을 깔끔하게 무시한 나는 리스트의 가장 위쪽에 실린 가게를 손가락으로 가리켰다.

"그래, 토라노아나! 전권 연동 특전으로서 어나더 크리에이터 비주얼 팬북과 캐릭터 원안을 맡은 미사키 쿠레히토가 새로 그린 B2 태피스트리를 줘! 그 외에도 추첨 특전처럼 군침이 도는 특전을 잔뜩 준다고! 나라면 무조건 토라노아나…… 잠깐만! 기다려, 카토! 어디 가는 건데?!"

"토라노아나에 간다며? 그럼 중앙대로 쪽에 가야겠네. 빨리 가서 예약을 마치자."

"너…… 요즘 나를 대하는 태도가 단순히 무시한다는 표현만으로는 부족할 만큼 무미건조하지 않아?"

"어~, 그래? 뭐, 그럴지도 몰라."

"뭐가 그럴지도 모르는 건데?!"

"아키하바라점B에 도착했네. 애니메이션을 파는 건 이 토라노아나 맞지?"

"카, 카토…… 너란 녀석은 정말……."

어느새 아키하바라에 있는 토라노아나 전 점포의 위치와 취급 품목을 이해하고 있는 카토를 본 나는 크나큰 감동과 함께 일말의 섬뜩함을 느꼈다.

이 녀석은 작년까지는 오타쿠 매장에 한 번도 가보지 않았잖아……. 대체 누구의 영향을 받아서 이렇게 된 거지?

"조, 좋아! 그럼 예약 카운터로 직행하자! 예약하고 나서 U○X의 타○즈에서 차라도 마시는 거야."

"흐음~, 가게 안에도 『시원그녀』의 포스터가 꽤 붙어 있네……. 아. 저기, 아키 군."

"왜?"

"이 『사와무라 스펜서 에리리 응원점』이라는 건 뭐야?"

"……아차아아아아아아아!!!"

각 매장의 특전을 철저하게 살핀 끝에 자신에게 있어 최고의 가게에서 최고의 타이밍에 화려하게 예약을 마쳤다고 생각했다. 아니, 방금까지는 그랬다.

하지만, 이제 와서 치명적인 실수를 저질렀다는 사실을 눈치채고 말았다.

"흐음~, 여기에 애니메이션 Blu-ray 1권을 예약하면 캐릭터 디자인을 담당한 타카세 토모아키 씨의 신작 캐릭터 색지를 받을 수 있구나."

"……나가자, 카토."

"어? 하지만 아직 예약을 안 했잖아?"

"다른 토라노아나를 찾아볼 거야……. 애니메이션 Blu-ray 예약을 받아줄 뿐만 아니라, 카토 메구미 응원점인 곳을 말이야!"

그렇다. 토라노아나를 비롯해 『시원찮은 그녀를 위한 육성방법』을 응원해주는 매장에서는 메이커 특전으로서 이 미니 색지를 추가로 준다.

하지만 그것은 사와무라 스펜서 에리리, 카스미가오카 우타하, 카토 메구미, 이 세 캐릭터 중에서 매장이 고른 한 캐릭터의 색지만 받을 수 있다. 즉, 각 파벌의 경쟁을 부추기는 듯한 양상을 띠고 있는 것이다…….

그리고 카토와 함께 예약을 하러 와서, 카토 메구미 응원점 말고 다른 곳에서 예약을 하는 것은 좀 너무하다고나 할까…….

“카, 카토 메구미 응원점을 찾았어! 고마워…… 고마워, 신주쿠점A!”

그리고 우리는 야마노테선으로 이케부쿠로를 경유해 신주쿠에 간 끝에, 겨우 애니 예약을 받아주는 토라노아나 카토 메구미 응원점에 도착했다.

“으음, 이렇게까지 내 색지에 목을 매지 않아도 되지 않아?”

“카토! 제발 부탁이니까 자기가 메인 히로인이라는 자각을 좀 가지라고! 모처럼 애니메이션으로 인기가 급상승 중이잖아!”

“하지만 내 인기는 그런 걸 자각 못하는 점에서 비롯된 거라고 생각하는데 말이야.”

“이…… 이게 바로 카토 메구미의 딜레마?!”

시원찮은 신간을 손에 넣는 방법

이 작품에서 툭하면 나와서 친숙한, 일본, 아니 세계제일의 오타쿠 거리, 아키하바라.

그런 아키하바라에 있어 교통의 요지인 JR아키하바라 전자상가 입구에서 걸어서 30초 거리에, 역에서 가장 가까운 오타쿠 매장인 AKIHABARA 게이머즈 본점이 존재한다.

이것은 (어떤 의미에서 본다면) 세계의 중심에 위치하는 최강의 매장에 모인 이들의, 환희와 비애의 이야기다.

"어? 에리리?"

"윽?! 토, 토모야……?"

2월 하순. 평소와 마찬가지로 수많은 사람들로 붐비는 주말의 아키하바라.

수많은 사람들로 붐비고 있는 이곳에서, 그런 걸 질색하는 인물이, 어찌된 영문인지 내 눈앞에 있었다.

"네가 왜 AKIHABARA 게이머즈 본점에 있는 건데?"

이곳은 JR아키하바라 전자상가 입구에서 걸어서 30분(이하 생략).

그곳의 1층 입구 앞에 있는 신간 매장 전시대에는 금발을 커다란 모자로 숨기고 멜빵바지와 안경으로 자기 자신을 촌스럽게 꾸민 에리리가 있었다.

……뭐, 상류층 아가씨인 척 하지 않을 때의 복장은 지금보다 더 꼴사납지만, 일단 그 점은 제쳐두기로 하겠다.

"그, 그게…… 그러는 토모야야말로 왜 여기 온 거야?"

"그야 물론 카스미 우타코의 신작인 『순정 헥토파스칼』을 사러 왔지!"

"……아~, 그래?"

그렇다. 오늘은 나에게 있어 매우 중요한 날이다.

후시카와 판타스틱 문고의 신간 발매일 다음날. 고대하고 또 고대했던 휴일.

이번 신간 라인업에는 절대 놓쳐선 안 되는 타이틀…… 우타하 선배가 만반의 준비 끝에 내놓은 신작이 포함되어 있는 것이다.

"물론 특전을 주는 모든 매장에 들러서 사긴 할 거지만, 그래도 내 몸은 하나니까 매장별로 우선도라는 게 있어. 그리고 그 우선도가 가장 높은 곳이 바로 이 게이머즈지. 에리리는 그 이유를 알겠어?!"

"그야, 원작자가 쓴…… 내가 그딴 걸 어떻게 알아?!"

"그럼 가르쳐주지……. 실은 말이야. 이번 신간에서 카스미 우타코의 매장 특전 SS를 주는 곳은 게이머즈뿐이야!"

그렇다. 그리고 중요한 휴일의 최우선 사항이 게이머즈 방문인 이유 또한 바로 이점이다.

"다른 매장도 특전을 주지만, 어나더 커버나 포스트 카드처럼 일러스트가 중심이고, 카스미 우타코의 텍스트 특전은 딱 하나 뿐……. 그렇다면 카스미 우타코 팬이 특전이 멸종될 때까지 게이머즈를 수렵해댈 게 자명한 이치! 나는 그런 인정사정없는 공세 속에서 독서용, 보존용, 포교용, 이렇게 세 권을 지켜내야만 해! 아앗, 나는 지금『순정 헥토파스칼』을 몇 권 사면 되는 거냐고~!"

"……자기도 헌터면서 무슨 소리를 하는 거야?"

"그런데, 너는 왜 여기에 온 건데?"

무심코 혼잣말을 늘어놓던 나는 처음 자신이 에리리에게 던졌던 질문을 떠올린 후, 그녀에게 같은 질문을 또 던졌다.

은둔형 동인작가인 이 녀석이(내가 억지로 끌고 온 게 아니라) 자기 발로 아키하바라를 어슬렁거리는 것은 있을 수 없는 일이다.

"그, 그냥 놀리러 온 것뿐이야! 카스미 우타코의 신간에는 흥미 없거든?!"

"어이, 에리리.『사랑에 빠진 메트로놈』때는 시기를 놓쳤을 지도 모르지만, 기왕 새 시리즈가 시작됐잖아. 그러니 이 좋은 기회에 카스미 우타코 작품을 리얼타임으로 즐겨보는 게……."

"그럴 짬이 없다고 내가 말했지?! 아무튼 나는 바쁘니까 이만 가볼래! 다음에 봐!"

"어, 어이……."

에리리는 내 추궁을 피하려는 것처럼 이곳에 있는 신간들을 무시하면서 마침 도착한 엘리베이터에 타더니, 나를 거절하듯 엘리베이터의 문을 서둘러 닫았다.

"너무하네. 같이 돌아봐도 될 텐데……."

평소보다 더 츤데레스럽게 행동하는 에리리를 보고 질린 나는 그 녀석이 엘리베이터를 내린 층을 확인한 후…….

"……어라?"

어떤 추측에 도달했다.

"아, 있어!"

"……이럴 줄 알았다니깐."

"윽?!"

AKIHABARA 게이머즈 본점은 2층과 3층에서 라이트노벨 및 만화의 기존 발간작들을 취급한다.

그리고 3층에서는 후시카와 판타스틱 문고의 작품을 취급하고 있으며…….

"여기서 사면 나한테 들키지 않을 거라고 생각했어? 뭐, 여기에도 당연히 신간이 있긴 하겠지……."

"이, 이건……."

계단을 통해 3층으로 올라온 내 눈에 비친 것은 『순정 헥토파스칼』을 손에 쥔 채 계산대로 향하려 하는 에리리의 모습이었다.

"몰래 살 것까지는 없잖아. 너, 실은 『사랑에 빠진 메트로놈』에도 빠졌었지? 그래서 이번에야말로 리얼타임으로 읽으려는 거잖아?"

"그, 그런 게 아니라…… 실은 전작부터……."

"뭐, 그 심정은 이해가 돼. 카스미 우타코의 전작인 『사랑에 빠진 메트로놈』은 충격적이었거든……. 1권에서만 해도 주인공과 히로인의 순애물이었는데, 2권에서 새로운 히로인이 등장하며 삼각관계가 발발했지. 그리고 차차 세 사람의 마음이 다양한 형태로 뒤엉키면서 그 삼각관계가 헤어 나올 수 없는 수렁으로 변해갔어. 다양하게 즐길 수 있을 뿐만 아니라 마음을 헤집는 듯한 구성은 현대 순애 라이트노벨의 정점에 군림하고 있다 해도 과언이…… 우우우우웁?!"

"그~러~니~까~! 네가 이렇게 으스대는 꼴이 보기 싫었단 말이야~!"

느닷없이 발끈한 에리리는 모자를 벗으면서 자신의 최종병기인 금발 트윈 테일을 꺼내더니, 고속 회전을 시작했다.

"그러니까 나한테까지 숨길 필요는 없잖아……. 뭐, 우타하 선배한테는 말 안 할게."

"정말이지? 만약 내가 그 여자에게 약점을 잡힌다면, 너를 저주해서 죽인 다음에 나도 따라죽을 거야."

"……너무 부정적으로 생각하는 거 아냐? 너, 그런 소리를 하다간 본인 사인 같은 건 영원히 못 받을 거야."

"시끄러워!"

그 후, 우리는 두 사람 몫의 『여섯 권』이나 되는 『순정 헥토파스칼』을 안아들고 계산대로 향했다.

"아무튼 이걸로 첫번째 미션은 완료네."

"저기, 토모야. 좀 피곤하니까 이 가게를 나선 후에 좀 쉬지 않을래?"

"어이, 여기가 첫 가게라고……."

그리고 드디어 우리 사이에서 평온한 공기가 흘렀다.

하지만…….

"죄송합니다만, 이 서적의 특전은 딱 하나 남아있습니다……."

"……어?"

"……어?"

여섯 권을 듣고 계산대로 향한 우리에게 주어진 특전SS는 겨우 한 권…….

"카스미 우타코 선생님께서 오래간만에 내신 신간이라,

어제부터 대량으로 구매하시는 손님께서 많으셔서……. 정말 죄송합니다."

아니, 점원, 그리고 게이머즈를 탓할 일은 아니다.

카스미 우타코의, 그리고 『순정 헥토파스칼』의, 상상 이상으로 순조로운 출발을 축하해야만 할 것이다.

하지만…….

"저, 저기, 에리리……."

"……싫어."

"아직 아무 말도 안 했거든?!"

"어차피 특전을 양보하라는 소리를 할 거지? 그런 횡포를 내가 인정할 것 같아?!"

"확실히 그런 부탁을 할 생각이긴 했어! 하지만 너는 카스미 우타코 작품의 특전을 모은 적 없잖아! 나는 사랑메트 때부터 모든 특전을 다 모았다고! 부탁이니까 양보해줘!"

"양보하긴 뭘 양보해! 게이머즈는 여기뿐인 것도 아니니까, 그렇게 가지고 싶으면 전국의 게이머즈를 다 돌아다니며 찾아보면 되겠네!"

"너야말로 상류층 아가씨답게 돈으로 해결하라고!"

그날, AKIHABARA 게이머즈 본점 3층 계산대 앞에서는 안경 오타쿠와 금발 트윈 테일 오타쿠의 사랑싸움……아니, 특전 다툼이 처절하게 펼쳐졌다.

시원찮은 그녀(히로인)를 위한 육성방법 8
이벤트 추가 패치(카스미가오카 우타하 편)

"……도착했네."

"예……."

교문에서 만나, 카페에서 잡담을 나눈 후, 역까지 걸어가서…….

그리고 현재, 나와 우타하 선배는 우리의 마지막 목적지에 도착했다.

"그럼 이제부터 전철을 타고 와고 시에 간 다음, 호텔 제퍼슨에 묵고, 어찌어찌 하다 보니 육체관계를 맺는 취재를……."

"죄송하지만 나는 내일 학교에 가야한다고요!"

저기, 여기가 진짜로 마지막 목적지거든?! 이 역에서 작별할 거라고!

"평일에는 학교에 가야 한다니, 고등학생은 참 불편하네."

"부탁이니까, 우타하 선배도 슬슬 대학에 좀 가라고요."

평범한 상대였다면「그럼 다음에 봐~」같은 말을 하면서 이곳에서 헤어졌겠지만, 나와 우타하 선배는 아까부터 화제를 질질 끌면서 대화를 이어나가고 있었다.

"그럼…… 진짜로 잘 가, 윤리 군."
"예. 우타하 선배도 잘 가요."
"아, 하지만 잘 가라는 말은 작별 인사가 아니라……."
"다시 만날 때까지의 머나먼……이 아니라고요!"
뭐랄까, 평범한 커플 같아서 좀…….
아, 그러고 보니 우타하 선배는 여전히 내 손을 꼭 잡고 있네.
"저기, 윤리 군. 오늘의 『작별』은 어디까지나 오늘 한정이거든? 내일은 해당되지 않는다는 건 알고 있지?"
"당연하죠. 언제든지 연락 줘요."
"……."
"우타하 선배, 왜 그래요?"
"나, 깨닫고 말았어. 행복이라는 연극의 이면을 말이야. 항상 나만 전화를 걸겠지. 네가 나에게 전화를 걸지는……."
"걸게요! 나도 자주 연락할게요!"
평범한 커플이라면 옛날 옛적 대중가요의 가사 같은 대화를 나누지는 않을 것이다.
"뭐, 그래도 윤리 군이 연락을 주지 않는다면 또 짬을 내서 불쑥 만나러 올 거야."
"아, 그건 물론 환영해요. 짬이 나면 언제든……."
"아, 그래도 곤란하게 됐네. 나, 매일 한가하거든……. 이래서야 매일 윤리 군을 만나러 가서 시간을 때울 수밖에……."

"당신, 소설가잖아! 시나리오라이터이기도 하잖아! 라이트노벨 시리즈와 신작 게임을 맡고 있지 않아?!"

하지만 억지스럽게 만날 이유를 찾는 점은 왠지 평범한 커플 같았다.

"……그럼 크리에이터로서 만나러 가는 건 괜찮지? 슬럼프에 빠졌을 때, 윤리 군을 만나러 가도 될까?"

"우타하 선배……?"

"너와, 신작의 구상에 대해 이야기해도 돼? 소설의 새로운 전개에 대해 의논해도 돼? 그러면서, 다시 의욕을 불태워도 될까?"

하지만, 그런 억지스러운 이유 안에 『카스미 우타코의 신작에 관한 이야기』라고 하는 거부할 수 없을 만큼 매력적인 미끼를 달아두는 그녀는 역시 비겁했다.

"뭐, 나 같은 게 도움이 된다면…… 내일 또 찾아와도 돼요."

그런 매력적인 미끼를 본다면, 카스미 우타코의 광팬은 군침을 흘리며 고개를 끄덕일 수밖에 없으리라.

정말, 자기 신도를 길들이는 법을 잘 아는 주인님이라니깐.

"고마워……. 정말 고마워, 토모야 군."

"……그건 내가 할 말이에요."

하지만 우위에 서있는 그녀의 입과 태도에서 이렇게 갸륵함과 귀여움이 배어나온다면, 뭐랄까…….

"그럼 진짜로 가볼게."

"예. 잘 가요."

두 사람이 개찰구를 통과한 후로 다섯 번째 전철이 플랫폼에 들어왔다.

그리고 그제야, 우타하 선배는 내 손을 놔줬다.

……그 점을 자신이 아쉽게 여기고 있다는 걸 자각한 나는 자신의 패배를 인정하며 쓸쓸히 웃을 수밖에 없었다.

"……자, 해."

"어, 뭘요?"

우타하 선배는 그런 나를 쳐다보며 두 손을 펼치더니, 흑심으로 가득 찬 거무튀튀한…… 아니, 자애로 가득 찬 새하얀 미소를 지었다.

"작별의 포옹 말이야. 네가 나한테 해도 돼."

"그렇게 허들이 높은 행위를 강요하지 말아줄래요?!"

참고로 나는 그런 도발에 그대로 넘어가버릴 뻔 했다. 역시 패배를 인정할 수밖에 없을 것 같았다.

"윤리 군은 아직 멀었네. 설령 상대방에게 마음이 전혀 없더라도, 빙긋 웃으면서 여자애를 꼭 안아줄 수 있을 정도의 도량은 있어야 하지 않을까?"

"아니, 그러니까 그럴 마음이 전혀 없는 게 아니기 때문에 사태가 골치 아픈 거라고요!"

"그럼 아직은 내가……."

"아……."

하지만 작가 선생님께서는 이런 겁쟁이의 번뇌 따위는 전혀 개의치 않으면서 단숨에 간격을 좁혔다.

우타하 선배는 검은 머리카락에서 흘러나온 향기가 내 코에 스며들 정도까지 다가오더니, 자신의 이마를 내 가슴에 댄 후, 두 손을 내 등 뒤로 돌리며 꼭 끌어안았다.

"그럼 잘 가, 윤리 군."

"우와……."

하지만 바늘방석 같은 황홀함은 단 한순간에 불과했다.

코끝을 스친 샴푸 향기도, 몸에서 느껴지던 기분 좋은 압박감도, 내 마음을 벌렁거리게 만드는 부드러운 물질도…….

그야말로 순식간에 봄날 밤의 환상으로 변했다.

그리고 나에게서 떨어진 그녀는 또 개구쟁이 같은 미소를 지으며, 볼을 약간 붉힌 후…….

"……다음에 또 봐."

더는 나를 돌아보지 않으며, 그대로 개찰구 너머로 사라졌다.

그런 그녀는 순식간에 승객들 사이로 사라졌고, 이 자리에는 그녀의 흔적도 남아있지 않았다.

"……또, 봐요."

하지만 내 가슴속에는 비겁하고, 성가시며, 응어리졌지만 기분이 좋고, 기쁘며 안타까운, 그런 숨 막히는 추억만이 남아 있었다.

시원찮은 그녀(히로인)를 위한 육성방법 8 이벤트 추가 패치(하시마 이즈미 편)

"그럼 다음에는 서브 히로인용 아이디어를 짜죠!"

"어, 지금 바로 말이야?"

"예! 짜요! 지금 바로 짜요!"

방금 겨우 한 명의 히로인의, 겨우…… 아니, 자그마치 백 장이 넘는 디자인 러프를 그려낸 이즈미가 그런 엄청난 일을 해낸 직후인데도 불구하고 또 왼손에 종이를, 그리고 오른손에 펜을 쥐었다.

"하, 하지만, 피곤하지 않아?"

"괜찮아요. 저는 텐션이 높을 때는 지치지 않거든요. 사흘 밤낮으로 잠도 안 자며 그림을 그린 적도 있어요!"

"……잠 좀 자. 진짜로 자라고. 안 그러면 나이 먹고 나서 후회할걸?"

정신 나간 듯한 소리를 상큼한 미소를 지으면서 말한 이즈미는 정신 나간 듯한 속도로 또 새로운 히로인을 만들어내기 시작했다.

귀신이 들린 듯한 그 모습은 우타하 선배의 하이퍼 창작

모드를 방불케 했으며, 내가 이 애의 동인지에 빠진 이유를 떠올리게 했다.

그리고 작년 크리스마스에 완성된 『에리리의 일곱 장』 또한, 이런 식으로 탄생된 것이리라…….

"그럼 서브 히로인1인 후배 히로인의 설정 말인데요……."

"아, 후배구나."

서브 히로인의 설정은 아직 제대로 짜지 않았으니, 후배라도 상관은 없지만 말이다. 그래도 이즈미가 이렇게 나올 줄은 몰랐는걸.

"우선 스리 사이즈 말인데요. 으음, 가슴은…… 슬슬 90이 넘을걸요?"

"슬슬?!"

참고로 이즈미는 오른손으로 자신의 앞섶을 벌려서 안쪽을 들여다보거나, 왼손으로 자기 가슴을 주무르며 뭔가를 재고 있는 것 같았지만, 아마 내 착각이겠지?

"그리고 허리는…… 으음~, 으음…… 오십, 삼, 정도네요."

"무리 하지 마! 그리고 밸런스가 이상하다고!"

그리고 이번에는 숨을 한껏 들이마시면서 배를 집어넣으려고 하는데…… 아, 예. 제 착각일 겁니다. 그렇고말고요.

"그리고, 용모는…… 뭐, 이런 느낌이려나요? 저기, 선배. 꽤 비슷……한 게 아니라, 꽤 괜찮아 보이죠?"

"……아~ 그래. 응. 잘 그렸네. 귀여워."

거짓말이 아니라, 진짜로 잘 그렸다.

특히 얼굴을 그릴 때는 선 하나하나를 망설임 없이 그렸을 정도다.

때때로 테이블 위에 놓인 거울을 보며 뭔가를 확인하기도 하던데…….

"자, 전체적인 방향성은 이러면 되겠죠? 그럼 다음에는 저…… 후배 히로인의 설정을 짜면서 표정과 동작 패턴을 만들어 보죠!"

"……그래. 만들어보자."

「이미 설정이 완성되어 있는 것 같은데 말이야」 같은 말을 하면 안 되는 걸까.

"우선 대전제인데 말이죠. 이 히로인은 출연횟수가 정말 많아요!"

"……잠깐만 있어봐. 그건 캐릭터 설정이 아닌 것 같거든?"

"……『정말 적극적이고, 주인공과 자주 얽힌다』로 변경할래요."

"……아, 그래. 그렇게 되면 출연횟수가 많은 것도 납득이 돼."

"게다가 질투심이 조금 세서, 주인공이 다른 히로인과 이야기를 나눌 때 끼어들기도 해요!"

"그렇구나. 그 외에도 라이벌 캐릭터 같은 히로인이 있고, 그 애와 여러 이벤트를 공유하는 느낌이려나?"

"아뇨. 모든 히로인과 이벤트를 공유해요. 그 결과, 모든 이벤트의 8할 이상 등장……."

"……잠깐만. 그건 질투심이 조금 센 정도가 아니거든?"

게다가 다른 캐릭터의 공략에 실패하면 결과적으로 공략한 것이 되는 구제(그것도 도가 지나친) 캐릭터가 될 것 같은데 말이다.

"……역시 이 설정은 좀 그런가요? 자기 인기를 희생해서 다른 캐릭터의 인기를 올려주는 자기희생 정신 넘치는 영원한 인기 바닥 캐릭터가 되려나요……."

"아니, 그럴 리가 없어! 나는 그런 히로인을 좋아해!"

……그런 감상은 입에 담으면 안 된다. 결단코 말이다.

"……하지만 이즈미. 유감이지만, 그런 캐릭터 설정의 히로인을 작품에 넣을 수는 없어."

"으……."

하지만, 이것은 내 게임이다.

"그렇게 출연빈도가 높은 서브 히로인이 있으면, 히로인간의 균형이 무너지잖아?"

다른 사람에게 아이디어를 요구할 것이며, 좋은 의견은 주저 없이 받아들일 것이다.

"내가 추구하는 건 모든 히로인이 메인 히로인에게 뒤지지 않을 정도로 유저의 가슴을 두근거리게 만드는, 최강의 미소녀게임이야."

하지만, 그 아이디어를 넣을지 말지 최종적으로 결정할

사람은 바로 나다.

이번에야말로 상대가 그 누구일지라도, 겸허하고, 또한 오만하기로 결심했다…….

"그렇, 군요."

이즈미는 방금까지의 열의가 전부 사라져버린 것처럼 풀이 죽었다.

"이런 히로인은 꽝이겠죠. 주인공이 선택해줄 리가, 없어요……."

고개를 푹 숙인 이즈미의 목소리가 가라앉더니, 울음기가 섞이기 시작했다.

"저는 정말 문제라니까요. 게임 전체를 고려하지 않으며, 완전히 멋대로……."

아까까지의 긍정적인 태도와는 정반대되는, 네거티브하고 울보인 여자애.

"좋아. 매력적인 히로인 설정을 발견했어."

"예?"

그래서 나는 이즈미의 머리에 손을 올려놓으면서, 그녀의 포지티브를 이어받았다.

"툭하면 공회전하지만, 자주 풀이 죽지만, 꽤 울보지만……."

아까까지의 그녀처럼 의욕이 넘치지는 않지만…….

"하지만 노력가에, 결코 주저앉지 않아."

아까까지의 그녀처럼 열정적이지도 않지만…….

"그런 히로인은 어떨까? 매력적이지 않아? ……이즈미 생각은 어때?"

그래도, 아까까지의 그녀처럼 확신에 찬 어조로, 축하했다.

"……예! 그런 방향성으로 가볼게요!"

새로운, 매력적인 히로인의 탄생을 말이다.

시원찮은 그녀(히로인) 위한 육성방법 8 이벤트 추가 패치(효도 미치루 편)

“하아, 하아, 하아…….”

“하아아아아아~, 으, 으으~.”

“하아…… 토모는 정말, 대단해~.”

“너, 너무 큰 소리 내지 마……. 카토가 깰 거야.”

오전 세 시 경.

방금까지 기절과 부활을 반복하던 카토가 결국 내 침대에서 곤히 잠들고 30분가량 지났다.

나와 미치루는 방 한가운데에서 손을 맞잡은 채, 드러누워서 거친 숨을 내쉬며 천장을 쳐다보고 있었다.

목욕을 한 지 얼마 안 된 몸은 빨갛게 달아올랐고, 구슬 같은 땀방울이 맺혀 있었다. 그야말로 처절한 승부를 벌인 직후를 연상케 했다.

“아아~, 중학교 때까지만 해도 내가 체력이 더 좋았는데 말이야.”

“나, 남자를…… 얕보지 마.”

“맞아…… 어느새 팔뚝도 이렇게 굵어졌네…….”

"히익……. 마, 만지지 마! 쥐가 날 것 같다고!"

"……뭐야. 지구력은 변함없네. 장기전으로 몰고 갈걸 그랬어."

자아. 전연령 라이트노벨인 만큼, 방금 말한 처절한 승부는 바로 팔씨름이었습니다!

오전 세 시 경.

카토가 잠든 후, 딱히 할일이 없어졌을 시간대.

내가 「슬슬 잘까?」 하고 말하며 잠잘 공간을 만들기 위해 테이블을 정리하고 있을 때, 미치루가 갑자기 「저기, 옛날처럼 승부 안 할래?」 하고 말하며 바닥에 엎드리더니 오른손을 내밀었다.

평소 같으면 그런 바보 같은 제안을 듣자마자 「얼간이 같은 소리 하지 마. 내일도 일찍 일어나야 할 거 아냐」 하고 말하며 바로 넘겨버렸을 것이다.

하지만 그 승부는 나가노에 있는 본가에서는 연례행사처럼 치러졌다. 그리고 작년까지 『무승부 포함해 9연패』라는 굴욕적인 역사를 쌓아왔던 나는 『올해야말로……』 하고 생각하며 반골정신에 사로잡혔다.

그리고 3분 넘게 이어진 열띤 승부 끝에, 고2 남녀의 평균적인 성장 격차를 최대한 활용한 나는 첫 승리를 거뒀다. 어떤 의미에서 보면 역사적 순간을 접한 이 SS의 독자 여러

분께서는 정말 운이 좋으신 분들이며, 이 자리를 빌려 다시 축하드립니다.

뭐, 그러니 『또 에로 오해 실망 이벤트냐. 이 작품은 진짜 성장이라는 걸 모르네』 하고 생각하며 혀를 차지 말고 끝까지 읽어주셨으면 합니다.

"하지만 몸 곳곳에 꽤 근육이 붙어있네. 오타쿠 주제에 말이야."

"오타쿠는 오타쿠라도 일하는 오타쿠거든. 작년에는 신문배달에 패밀리 레스토랑, 대여점, 그리고 이삿짐센터에서……."

"진짜네……. 팔뚝만이 아니라 가슴도…… 에잇에잇, 토모 주제에, 토모 주제에~."

"히익! 그, 그러니까 만지지 말라고. 손가락으로 누르지 마. 아, 으윽, 히익!"

"오오, 허벅지도 어느새 나랑 비슷할 정도로 굵어졌네~. ……토모, 다리 좀 쭉 펴봐~. ……영차~."

"떨어져! 다리를 떼라고, 밋짱!"

……에로 오해 이벤트를 약간의 재주로 리얼 에로 이벤트로 승화시키는 것 정도는 미치루에게 있어 식은 죽 먹기니까 말이죠.

"자, 그럼 2회전 하자."

"무리야. 팔이 움직이지 않는다고."

“나도 알아~. 이번에는 이걸로 승부하는 거야!”

“……이번에는 그거냐.”

미치루가 이번에도 오른손을 내밀었지만, 그 손의 형태는 아까와 달랐다.

“이건 팔 힘을 쓰지 않으니까, 토모도 할 수 있잖아?”

“너, 또 자기가 이길 때까지 계속 승부를 할 심산이지?”

나는 억지를 부리는 사촌을 보며 승자의 여유 섞인 쓴웃음을 지은 후, 미치루와 같은 형태로 오른손을 만들면서 내밀었다.

그리고 다음 순간, 두 사람의 네 손가락이 전철의 연결부처럼 맞물리더니, 고개를 쳐든 뱀 같은 엄지가 상대방을 살피기 시작했다.

“그럼 준비, 시작!”

“이얍!”

제2라운드, 손가락 씨름이 시작됐다…….

“에, 잇!”

“아직 멀었어!”

완력에 의해 승부가 갈리는 팔씨름과 다르게, 손가락 씨름의 전술은 약간 복잡했다.

손가락의 다양한 움직임으로 상대방을 유인하고, 팔과 몸을 이용해 최적의 포지션을 점한 다음, 상대의 엄지를 잡으면 악력으로 꼼짝 못하게 눌러야 한다…….

그런 고로, 우리는 우선 자신의 엄지가 유리한 포지션을 점하게 하기 위해 다양한 동작으로 상대를 교란했고…….

"거기다!"

"우햐햐햐햣?!"

나는 어이없게도 미치루에게 선수를 넘겨주고 말았다.

하지만 그것은 상대방이 내가 전혀 예상하지 못한 액션을 취했기 때문에…….

"어, 어이, 미치루?! 네가 지금 여기서 그걸로 왜 이런 짓을~!"

내가 육하원칙에 따라 그렇게 외치는 와중에도, 미치루는 포지션을 잡기 위해 맹공을 펼쳤다.

……구체적으로 설명하자면, 책상다리를 하고 있는 내 다리 사이에 자신의 다리를 비집어 넣은 것이다.

"좋아, 이겼어!"

사타구니를 노리는 슈퍼 교란 공격에 내가 동요한 틈에, 미치루는 내 엄지를 완전히 제압했다.

"너, 이건 약아빠졌…… 어어어어어~?!"

겨우 손가락 씨름에서 이기기 위해 여자의 무기를 주저 없이 사용하는 이 비겁한 전술에, 내가 항의를 하려 했지만…….

"우랴아아아~!"

"어어어어어~?!"

하지만, 미치루는 소소한 승리를 위해 그런 전술을 사용한 게 아니었다.

아무래도, 나는 엄청난 착각을…… 아니, 미치루의 본질을 이해하지 못한 걸지도 모르겠다.

"미, 미치루…… 이, 이건……?"

"응~? 스몰 패키지 홀드~!"

이미 미치루의 엄지는 내 엄지를 누르고 있지 않았다.

온몸을 밀착시켜 내 다리를, 팔을, 목을 조르더니, 그대로 내 두 어깨를 바닥에 닿게 하는데 전력을 다하고 있었다.

"잠깐만, 우리가 하는 건 손가락 씨름 아니었어?!"

"내가, 손가락 씨름을, 언제, 어디서, 왜, 어떤 식으로 한다고 입이라도 뻥끗했어~?"

"하, 하지만, 아까 팔 힘을 쓰지 않는다고……!"

"응. 프로레슬링에서 이기려면 완력에 의지하면 안 돼. 중요한 건 테크닉이거든~."

"인마아아아아, 우그으으으으으윽~?!"

……이 녀석이 메인인 SS에서는 매번 비슷한 전개에 비슷한 결말이라 정말 미안해.

시원찮은 그녀(히로인)를 위한 육성방법 9
이벤트 추가 패치 (사와무라 스펜서 에리리 편)

"토모야, 너!"

"아얏!"

에리리가 약간 화난 듯한 목소리로 그렇게 말하면서 자신의 발끝으로 내 정강이를 걷어찬 것은 점심시간이 10분 정도 남은 오후 한 시 직전의 일이다.

"너, 내 이야기를 제대로 듣고 있긴 한 거야?"

"아~, 듣고 있어. 아까부터 계속 듣고 있다고."

"거짓말. 내 말에 귀 기울이고 있지 않잖아. 안 그래?"

학교 제일의 상류층 아가씨와 학교 제일의 오타쿠가 책상을 딱 붙인 채 잡담을 나누며 점심을 먹는다고 하는, 학교 제일의 기묘한 광경은 당초 클래스메이트들에게 상당한 충격을 안겨준 것 같았다.

하지만 그런 행위가 30분 이상 지속되자, 다들 감각이 마비된 것 같았다. 그녀의 『상류층 아가씨답지 않은』 언동 또한 지금은 깔끔하게 무시당하고 있었다.

"에이, 그렇지 않아. 응, 이해해~. 에리리도 고생이 많네."

"아까부터 왜 그런 식으로 「이해해~」 같은 소리만 계속 반복하는 건데?"

"그야 3차원의 여자애의 말에는 반론하지 말고 전부 긍정해주면서 위로해주면 된다고, 어떤 학식(이오리) 있는 분께서……."

정확하게는 『힘들어하는 여자애를 꼬실 때』라는 전제가 붙지만, 아마 모든 방면에서 통하는 방법일 것이다.

"그건 상대방의 말을 제대로 들어준다는 전제 하에서의 이야기잖아. 너, 아까부터 내가 하는 말의 음성만 전부 스킵하고 있지?!"

"설정에서 꽤 세세하게 조정할 수 있네."

뭐, 에리리가 화를 내는 이유는 알고 있으며, 내가 이런 반응을 보이는 이유 또한 알고 있다.

그 이유란…… 뭐, 본편에서 세세하게 이야기했으니 여기서는 생략하겠다.

"애초에 남과 이야기를 나눌 때는 똑바로 쳐다보면서 해. 그것 때문에 우리 엄마한테서 몇 번이나 설교를 당했잖아?"

"사유리 씨는 나를 너무 허물없이 대한단 말이야……."

그러고 보니 그 사람과 이야기를 나눌 때, 정면에서 마주보고 이야기를 나눌 수 있는 상황이었던 적이 없었다.

"뭐, 엄마는 나나 아빠와 이야기를 나눌 때도 비슷한 태도를 취해."

"……그러니까 그만 좀 해."

"응? 뭘 말이야?"

"뭐긴 뭐야……. 네가 어머니한테서 물려받은, 그 허물없이 대하는 태도 말이야."

그렇다. 지금의 에리리처럼 말이다.

"하지만 너는 아까부터 나를 똑바로 쳐다보지 않는데다, 목소리도 평소보다 작거든? 교실 안에서는 이렇게 밀착해야 네 목소리가 겨우 들린단 말이야."

……하지만 이 거리에서는 필살기 『응? 뭐라고 했어?』가 통하지 않는다는 치명적인 문제가 존재한다.

"너 말이야. 이러다간 진짜로 남들이 너를 이상하게 여길 거라고."

"응? 어떤 식으로 말이야?"

"……나 같은 오타쿠와 죽이 맞는, 중증 오타쿠 위장 상류층 아가씨?"

"그게 사실이잖아."

"……들통 나도 괜찮은 거야?"

"당연하지~."

에리리는 지금까지 동료들에게만 보여주던, 약간 악취미적인 미소를 흘렸다.

에리리는 요즘 들어 8년 동안 계속 지켜왔던 것을, 겨우 며칠 만에 다 내팽개치려 하고 있었다.

"초등학생 때는 싫어했잖아."

나는 그것을 찰나주의적인 위험한 행동으로 여겨야 할지, 아니면 뻔뻔하게 느껴질 정도의 대담한 행동으로 여겨야 할지, 아직 판단이 서지 않았다.

“지금 생각해보니, 당시의 나는 너랑 너무 붙어 다녔던 것 같기도 해.”

“그, 그래……?”

뭐, 아무튼 간에 뻔뻔하게 느껴질 정도로 위험해 보이기는 했다.

“토모야가 하는 말은 전부 긍정하면서, 응응, 이해해~ 같은 소리만 했잖아.”

“저기, 그건 아까 제가 취한 행동과 딱히 다르지 않은 것 같은뎁쇼.”

“그러니까 다른 애들이 기분 나빠한 걸지도 모른다고 생각해…….”

“뭐……?”

“특별시하지 않고, 평범한 친구 사이처럼 싸우거나 말다툼을 했다면 그렇게는 되지 않았을지도 몰라.”

그것은 나로서도 완전히 뜻밖인, 그리고 내 정곡을 찌르는『반성의 의견』이었다.

“토모야?”

에리리가 나와 거리를 둔 것은 에리리 탓이다.

하지만 에리리에게 그런 선택지만 주어지게 만든 것은 바로 나다.

그리고 우리 둘이 절교를 한 것은 주위 녀석들이 그렇게 유도했기 때문…….

"저기, 토모야?"

하지만 그들이 그런 행동을 취하도록 유도한 이는 초등학생 남녀치고는 지나치게 사이가 좋고, 남들이 보기에 이질적인 이야기만 나누던, 그야말로 이분자였던 우리 탓……?

"저기, 토모야! 왜 내 말을 무시하는 건데?!"

"윽?!"

출구 없는 문답이 머릿속에서 펼쳐지고 있을 때, 에리리의 발끝이 내 정강이에 작렬했고…….

"어? 아~!"

"아……."

그 바람에 책상이 흔들린 바람에, 차가 들어있던 페트병이 쓰러지고 말았다.

그것도 에리리가 아직 절반가량 남아 있는 도시락을 향해서 말이다.

"꺄아~. 더러워!"

허둥지둥 페트병을 세웠지만, 이미 도시락에 들어간 차는 에리리의 점심을 촉촉하게 적시고 있었다.

"……어떻게 책임질 거야?"

"뭐, 네가 그런 소리 할 건 예상했지만, 그래도 따지고 보면…….”

“네가 「따지고 보면 네가 나를 걷어차는 바람에 이렇게 된 거잖아」 하고 말할 거라는 것도 이미 예상했어.”

“아~, 그럼 불행한 사고였던 걸로 여기며 넘어가기로…….”

“신의 섭리 때문에 내 점심이 엉망진창이 됐다는 거야? 헛소리 하지 마!”

“저기, 나도 차가 50그램 정도…….”

“하아, 이렇게 되면 네 예상을 뛰어넘는 짓을 해주겠어~!”

“우왓?! 잠깐만, 그건……!”

에리리는 뻔뻔하기 그지없게도, 절반 정도 남아있던 내 야키소바빵을 향해 손을 뻗었다.

“너, 컵라면 야키소바만 인정하는 거 아니었어?!”

“이 상황에서는 타협점을 찾을 수밖에 없거든?! 그러니까 내놔!”

그런 고로, 점심시간이 5분 정도 남았을 즈음…….

여전히 이분자인 우리는 러브코미디 느낌으로 고칼로리 음식물 쟁탈전을 벌였다.

시원찮은 그녀(히로인)를 위한 육성방법 9
이벤트 추가 패치(카스미가오카 우타하 편)

“우타하 선배, 문 열게요.”

『꺄아아아아아~. 이 변태, 어디를 보는 거야?』

“……박진감 넘치는 연기를 할 생각이 없으면, 그냥 반응 안 해도 돼요.”

우타하 선배의 비명 같지도 않은 맥없는 반응에 대충 말대꾸를 하면서, 나는 문을 열고 세면장에 들어갔다.

그래도 유리문 너머에 있는 욕실 안에서는 샤워 소리가 들려왔기에, 어쩔 수 없이 안에 있는 사람(우타하 선배)의 현재 모습을 상상하고 말았다.

“일단 젖은 옷만이라도 말려둘게요. 괜찮죠?”

하지만 지금은 그런 식으로 상상의 나래를 펼 때가 아니기에, 나는 서둘러 세탁물 안에 있는 갓 벗은…… 아, 그걸 딱히 강조할 필요는 없을 것이다. 아무튼 비에 젖은 선배의 의류를 건조기에 넣었다.

상의도, 스커트도, 빗물을 꽤 빨아들인 탓에 묵직했다. 그걸 통해 그녀가 방금까지 얼마나 춥고 힘들었을지 상상할 수 있었다.

그건 그렇고, 이렇게 겉옷을 건조기에 넣고 나니, 남아있던, 심하게 젖진 않은 의류들을 어떻게 할지 약간 고민이 되었고…….

『속옷이라면 기념 삼아 가져도 돼, 윤리 군.』

"안 해요! 윤리 군답게, 윤리에 저촉될 만한 짓은 절대 안 할 거라고요!"

그것보다, 비에 푹 젖은 이 스타킹은 어떻게 하지…….

"아직 춥나요? 욕조에 물을 덥힐까요?"

나는 덜컹덜컹덜컹~ 하고 시끄러운 소리를 내면서 돌고 있는 건조기를 쳐다보면서 유리문 너머의 욕실에 있는 선배에게 말을 걸었다.

『물이 뜨거워…….』

"직접 온도를 조절하세요."

『아아, 왠지 타인의 온기를 느끼고 싶어.』

"미지근하게 데운 술이라도 준비해둘까요?"

뭐, 라이트노벨에서도 대학생의 음주 정도는 오케이일 것이다. 애니메이션에서는 안 되겠지만 말이다.

『여전히 심술궂네…….』

"아까부터 대답하기 여의치 않은 질문만 연이어 던져대는 우타하 선배야말로 심술궂거든요?"

같은 말을 반복하는 것 같지만, 대학생이 된 우타하 선배는 자중 따위는 안 한다고나 할까, 음담패설이라는 개념만 존재하는 퇴폐적인 세계에서 살고 있는 걸 같달까…….

『하지만 우리는 한 번 몸을 섞었던 사이잖아…….』

"그런 적 없거든요?! 몸 일부가 살짝 닿기만 했거든요?!"

바로 이런 식으로 말이다.

『그때 그 감촉은 지금도 똑똑히 기억해……. 윤리 군의 뜨겁게 달아오른「그것」이 내 입안을 격렬하게 휘젓자, 나는 서 있을 수도 없을 정도의 자극에 무릎이 덜덜 떨렸어. 그리고 나의「그 부분」은…….』

"자, 자, 잠깐만요! 사실과 다르거나, 과장된 표현이거나, 오해의 소지가 있는 지시어를 쓰지 말아줄래요?!"

『하지만…… 몸 일부가 섞었던 건 사실이잖아?』

"아니, 그게…… 예."

우타하 선배는 요즘 들어 여러모로 문제가 많았다.

하지만 그것은 고등학교를 졸업했기 때문이거나, 대학생이 되었기 때문만은 아닐지도 모른다.

『우리, 키스했지?』

"……뭐, 예."

『후훗, 후후훗.』

"역시 우타하 선배는 심술궂어요……."

이건 주제넘은 생각이라는 건 알지만…….

선배가 저렇게 들떠있는 건, 아주 약간은 『그 일』과 연관이 있을지도 모른다.

"아, 그리고 여기에 목욕수건과 갈아입을 옷을 둘게요……. 내 옷이지만 이해해 주세요."

『물론 상하의 전부 준비하지는 않았지? 은근슬쩍 상의만 준비해둔 패턴이지?』

"물론 상하의 전부 준비해뒀어요! 나는 형식을 중시하는 인간이거든요!"

뭐, 가슴이 두근거릴 듯한 고찰을 간단히 박살내는 음담패설 공격을 당한 나는 머리를 감싸 쥐면서도 안도했다. 그리고 이 즐거운 공간에서 벗어나기 위해, 세면장의 문을 열었다.

"그럼 천천히 씻으세요."

『어머, 더는 이야기 상대가 되어주지 않을 거야?』

"여러모로 준비해야 할 게 있거든요."

『준비…… 베드 메이킹이라든가, 베개 밑에 『어떤 것』을 몰래 넣어둔다든가?』

"주먹밥 메이킹과, 된장국 안에 『어떤 조미료』를 몰래 넣어두려고요!"

마지막으로 선배가 문을 닫았다는 것을 알 수 있도록 쾅 소리가 나게 문을 닫은 후, 나는 부엌을 향해 걸음을 옮겼다.

냉상고를 열어서, 어제 먹고 남은 찬밥을 꺼내 전자레인지에 넣고 데웠다.

그리고 테이블 위에 소금과 비닐 랩과 접시와 그릇, 그리고 인스턴트 된장국을 뒀다.

또한 냉장고를 열어서 조림과 파 등, 주먹밥의 내용물이나 된장국 조미료가 될 만한 것들을 꺼냈다.

"그럼…… 실력 발휘 좀 해볼까요~."

나는 뜻밖이라는 생각이 들 만큼 의욕을 불태우며 부엌에 선 후, 요리라기보다 소꿉놀이에 가까운 짓에 전력을 다하기 위해 기합을 넣었다.

뭐, 카토처럼 제대로 된 요리를 만들 줄 아는 것은 아니다.

하지만 볼품없는 요리라도 대접하고 싶다는 생각이 들 만큼 소중한 손님인 것이다…….

"윤~리~군~."

"우와아아앗?!"

내가 기합을 넣은 순간, 지옥에서 흘러나온 듯한 원한에 찬 목소리가 귓가에 스며들어왔다…….

"린스가 바닥났어~."

고개를 돌려보니, 젖은 머리카락으로 얼굴을 가린 사다…… 아니, 정체불명의 여성이 있었다.

"세면장에서 부르면 되잖아요! 그리고 부엌에 올 거면 몸 좀 닦으라고요! 아, 아니, 그것보다, 뭐라도 좀 입어요오오오오~?!"

즉, 내 소중한 손님은 남자가 만든 볼품없는 요리 뿐만 아니라, 남자가 어설프게 청소하는 모습도 보여 달라고 요구한 것이다.

……아, 물론 남자의 배짱은 선보이지 않았다.

시원찮은 그녀(히로인)를 위한 육성방법 9
이벤트 추가 패치(효도 미치루 편)

"쿨, 쿨……."

"으, 응……?"

"쿠우우울, 으응~♪"

"아……?"

"쌔근~, 쌔근쌔근~."

"어, 어라, 어느새 잠든……."

"므흐흐흐흐~."

"……끄아아아아아아아아~?!"

"으윽?! 어?"

형광등과 게임기와 모니터가 전부 켜져 있고, 화면에서는 추적추적…… 아니, 무드 있는 BGM이 흘러나오고 있는, 한밤중의 내 방.

이 장소에서 울려 퍼지고 있는 건, 째지는 듯한 여자애……가 아니라 내 비명이다.

"미, 미치루! 너, 인마, 좀……."

"하아아아암~. ……왜~그~래~, 토모. 남이 기분 좋게 자고 있는데 말이야~."

그리고, 이 방에서 깨어난 이는 나, 그리고 멋대로 이 방에 쳐들어온 사촌 여자애다.

"너무 기분 좋게 자는 거 아냐?! 인마, 여기는 네 집이 아니라고!"

"에이~, 우리 집에 있을 때와 딱히 다르지도 않거든~?"

"그 점이 문제의 본질이라는 걸 이제 그만 깨달아, 밋짱!"

그럼 내가 눈을 뜬 순간에 본 광경을 시간의 흐름에 따라 묘사해볼까 한다.

우선 천장의 형광등 불빛 때문에 새하얀 빛이 눈을 비췄다.

그리고 그 빛에 익숙해지자, 눈에 들어온 것은 살색과 물색으로 이뤄진 경계선이었다.

약간 거리를 벌리면서 전체를 둘러보니, 그 살색 부분에는 두 개의 반원이 입체적으로 존재했다.

그리고, 살색과 물색의 경계선으로 갈라진 부분의 정점에는 조그마하고 원형을 이룬, 그러니까, 핑크색을 띤…….

"오~, 나도 모르는 사이에 말려 올라갔네~."

"해설할 시간 있으면 빨리 똑바로 걸쳐!"

"그러고 보니 이런 걸 오타쿠 용어로 『아랫찌찌』라고 한다며? 아하하하하~."

"3차원에서도 마찬가지라고!"

확실히 방금 그건 애니메이션의 핀업에서나 볼 법한 광경이기는 했지만, 그것을 현실에서 보고만 내 기분을 헤아려 줬으면 한다.

……뭐, 살의를 느끼고 있을 분의 심정도 이해하니, 강요는 하지 않겠지만 말이다.

"이야~, 위험했네~. 언제 돌이킬 수 없는 실수가 벌어졌어도 이상하지 않았는걸."

"바로 네 부주의 때문에 말이야!"

"진짜로 우리 사이의 이 치킨 레이스 느낌은 정말 끝내준다니깐~."

"당사자가 그런 소리 하지 말라고! 당사자가!"

내 브레이크패드는 이미 너덜너덜해졌다고요…….

"으음~, 그런데 세 시구나~. 어중간한 시간에 깼네."

"으윽, 벌써 시간이 그렇게 된 거야?"

몇 시간 전까지만 해도, 나와 미치루는 등을 마주대고 앉아서 그녀가 연주하는 기타 음색에 안긴 채로 별것 아닌 이야기를 나누고 있었……던 것 같은 느낌이 든다.

그런데 어느새 둘 다 의식을 잃어버린 걸 보면, 내가 아까까지의 시간을 기분 좋게 여겼다는 증거이기도 했다.

"자아~. 아침이 되려면 마침 두세 시간 정도 남은 것 같은데, 이제부터 뭘 할까~?"

"……으음, 아까 녹화된 심야 애니메이션이라도 볼까?"

『마침 두세 시간』이라는 게 어떤 의미인지는 제쳐두기로 하고, 나는 미치루에게 심야에 가장 시간을 유효하게 소비하는 방법을 제안해봤다.

"으음~, 배고프네~. 토모, 먹을 거 없어?"

하지만 예상대로 미치루가 관심을 가진 것은 애니메이션이 아니라 현실의 먹거리였다.

"자고 일어나서 한다는 소리가 먹을 걸 내놓으라는 거냐……. 미치루, 너는 본능에 따라 살지 좀 말고 이성적으로……."

"으음, 토모가 제안한 『애니 시청』은 이성적인 행동이라는 거야? 토모는 애니를 볼 때마다 원숭이처럼 괴성을 지르며 데굴데굴 굴러다니던데……."

"……파 돼지뼈 라면과 소금 야키소바 중에 어느 걸 먹을래?"

"토, 토모, 진심, 이야? 진짜로 나를, 원하는 거야?"

"……."

"저, 저기, 토모…… 너, 지금 짐승 같은 눈으로, 나를 쳐다보고 있거든?"

"미치루……."

"그, 그렇게…… 필사적으로 나를 갈구하면……."

"먼저 내 소금 야키소바를 훔쳐 먹은 사람은 바로 너잖아."

"그렇다고 내 차슈를 빼앗아가는 건 룰 위반이잖아! 나는 면만 먹었거든?"

"미치루, 너는 진짜 뭘 모르는 구나. 야키소바 계열의 면에는 건더기나 토핑이 잔뜩 붙어있거든? 너는 그걸 빼앗아 먹은 거야. 그러니 라면으로 갚아주게 된다면 그 나름의 부가가치가 필요해지는 게 당연하잖아."

"그건 궤변이야! 등가교환을 할 거면 옥수수 건더기 정도로 충분해! 네가 하려는 건 소금 야키소바의 분말 소스가 제대로 섞이지 않아 덩어리져있는 부분을 확 갈취하는 거나 다름없어!"

"그건 갈취한 사람과 갈취당한 사람, 양쪽에 있어서 비극 아냐?"

뭐, 오해하기 딱 쉬운 도입부 대화는 서비스SS인 점을 고려해 용서해주실 거라 믿는다. 아무튼 신중한 협의를 통한 조정 결과, 내가 소금 야키소바를 먹고 미치루가 파 돼지뼈 라면을 야식 삼아 먹기로 했다. 그러나 고등학생의 식욕은 그 정도의 타협안으로 만족할 수 있을 리가 없었고, 결국 자기 것을 절반도 채 먹기도 전에 협정을 깨며 쟁탈전을 벌인 것이다.

"그건 그렇고~, 한밤중에 먹는 컵라면은 완전 비도덕적이라 완전 최고네~."

"음, 그 점에 관해서는 동의할 수밖에 없겠군."

그런 꼴사나운 싸움을 벌이나 싶더니, 이번에는 십수 년 동안 함께 해온 동지라도 되는 것처럼(뭐, 실제로 그렇지만)

우리는 함께 야식을 탐닉했다.

상대방을 특별시하며 요리 실력을 뽐내지는 않았다.

하지만 함께 컵라면을 후르륵거리는 것도 주저하지 않았다.

나와 미치루 사이의 이 엉성한 거리감이 지금도, 그리고 앞으로도 쭉 이어져…… 나갔으면 좋겠다는 생각이 들었다. 그런 생각이 들 만큼, 가까우면서도 머나먼 관계인 것이다.

“잘 먹었습니다~. 이야~, 잘 먹었어. 그럼 수면욕과 식욕을 채웠으니까, 남은 3대 욕구는 바로…….”

“인마. 아까도 비슷한 소리 했었잖아…….”

시원찮은 그녀(히로인)를 위한 육성방법 GS 2 추가 패치(사가노 후미오 및 여동생 편)

“아까부터 그 카피 책을 열심히 읽네.”

“응~?”

이벤트를 마치고 집으로 돌아가는 길.

운전석에서 수도 고속도로의 정체에 휘말린 차의 핸들을 움켜쥔 사가노 후미오는 조수석에 앉아있는 여동생에게 말을 걸었다.

그녀를 서클 부스에 내팽개쳐두고 계속 도망…… 외출했던 후미오는 이벤트 종료 직전에 부스로 돌아온 후, 주위에 사람(주로 알고 지내는 여성)이 없는지 신경 쓰면서 철수 작업을 시작했다. 그리고 허둥지둥 주차장으로 도망가서 짐을 스테이션왜건에 실은 후, 그대로 차를 몰며 내뺐다.

“그건 옆 서클의 좀 노는 것 같던 형씨가 이벤트가 시작되기 전에 준 거지? 그런 얇은 책을 용케 질리지도 않고 계속 읽고 있네.”

“……오빠는 진짜 뭘 모른다니깐.”

그녀는 그렇게 말하며 어이없다는 눈길로 옆에 있는 오빠를 쳐다본 데에는 이유가 두 가지 있었다.

하나는 자신의 오빠가 남을 『좀 노는 것 같던 형씨』라고 부르는 게 어이없을 정도로 꽤나 노는 것 같은 겉모습을 지녔을 뿐만 아니라, 실제로도 엄청 놀아대는 사람이기 때문이다.

그리고 다른 하나는…….

"이 책이 얼마나 대단한지, 얼마나 귀여운지, 얼마나 모에한지 말이야……. 이런 초대박 책은 진짜 오래간만에 봐~."

세간에서는 팬시한 그림체 때문에 『모에의 마술사』라고 불리며 일부 팬에게 숭배 받고 있는 사가노 후미오『라 불리는』 오빠의 2차원에 대한 형편없는 안목, 그리고 모에에 대한 이해력 부족 때문이다.

"그것보다 더 대박인 건 이 그림을 그린 사람은 그 노는 것 같던 형씨의 여동생이래. 그 애, 어쩌면 중학생일지도 모른다고."

"맞아! 하시마 이즈미 양! 진짜 대단한 애라니깐. 그 어린 나이에……."

"응. 그 나이에 그 정도로 발육이 좋은(가슴이 큰) 애는 흔치 않지 않아……. 이대로 순조롭게 성장한다면 어떤 괴물(글래머)이 될지 상상도 안 되는걸."

"……오빠, 미안하지만 성희롱 발언 좀 그만해."

뭐, 그 대신 3차원에 대한 조예는 그녀와는 비교도 되지 않을 만큼 깊지만 말이다.

"아무튼 이 그림 좀 봐! 그리고 이 표정!"

"저기, 나는 운전 중이거든?"

그래도 그녀는 『얇은 책보다 커다란 가슴』을 중시하는 오빠에게 모에를 전파하려 했다.

"표정이 엄청 풍부하지 않아? 그냥 보기만 해도 대사와 스토리가 머릿속에 떠오르는 것 같지? 역시 이 작가의 강점은 폭발적인 감정 표현이야. 우는 얼굴과 웃는 얼굴이 엄청 귀여워서, 확 안아주고 싶을 지경이라니깐!"

"하지만 우는 여자애를 분위기에 휩쓸려서 안아줬다간, 나중에 성가신 일이 벌어지니 조심하는 편이……."

"……부탁이니까 3차원의 체험담 좀 늘어놓지 마."

뭐, 이렇게 몇 번이나 마음이 꺾일 뻔 했지만 말이다.

"게다가, 이런 표현력이야말로 『사가노 후미오』의 약점이거든……."

"그래?"

"응. 『그』는 지금까지 안정된 『귀여움』만을 추구해왔어. 그래서 이런 표정을 좀처럼 그리지 못해."

"으음~. 뭐, 확실히 우리 책에 나오는 여자애는 하나같이 비슷한 표정을 짓고 있기는 하지. 귀엽기는 하지만 개성이라는 의미에서는 좀 약하다고나 할까?"

"으윽……."

문제점을 지적당했는데도, 후미오는 마치 남 일이라는 것처럼 받아들이고 있었고…….

문제점을 지적한 여동생이 마치 당사자인 것처럼 괴로운 표정을 짓고 있었다.

"뭐, 그래도 그림쟁이에게도 특기 분야라는 게 있는 거잖아. 너무 신경 쓰지 않는 편이 좋지 않아?"

"그럴 수도 없어……. 사가노 후미오가 『그림만 귀여울 뿐인 일러스트레이터』라는 소리를 듣게 하고 싶지는 않거든."

"그럼 어떻게 할 건데?"

"그야 성장할 수밖에 없지 않겠어?"

그리고 당사자가 아닌데도 괴로운 표정을 짓고 있던 여동생은 당사자가 아닌데도 주먹을 꽉 말아 쥐면서 결의에 찬 표정을 지었다.

"오늘도 엄청난 연구재료를 하나 손에 넣었어……. 그녀의 이 힘을 흡수하고 말 거야."

"아, 그게 뭔지는 나도 알아. 트레이싱 맞지?"

"그런 이상한 오타쿠 용어는 안다니깐……. 그림체를 베끼겠다는 게 아냐. 혼을 흡수하겠다는 거야!"

"그건 또 무슨 소리야? 너, 악마라도 되려고?"

"악마……. 응, 그래. 엄청난 그림쟁이가 되기 위해서라면, 악마라도 되어주겠어."

"무시무시한 소리 좀 하지 말라고."

"이 책의 엄청 귀엽고 엄청 모에한 그림을 보니, 왠지 추월을 당한 것 같은 느낌이 들어. 그래서 분하다단 말이야."

그 표정도, 동작도, 언동도…… 누가 봐도, 들어도, 크리에이터 그 자체처럼 여겨질 것이다.

"하아~ 정말. 가만히 있을 수 없네. 지금까지 내가 그린 그림이 볼품없게 느껴져……."

"의욕이 불타오르나 보네."

"젠장~, 질 수야 없지~!"

그리고 고함을 지르면서 스마트폰을 꺼내더니, 엄청난 기세로 통화 버튼을 눌렀다.

"어라, 어디에 전화를 거는 거야?"

"일전에 납품한 삽화 말인데, 폐기해달라고 할 거야."

"뭐, 뭐어?!"

『오빠 서클의 도우미』라던 여동생은…….

"실은 동인지 마감과 스케줄이 겹쳐서 나도 약간 퀄리티에 납득을 못했거든……. 그러니까 전부 다시 그리게 해달라고 부탁할 거야."

크리에이터로서의 본성을 숨기려 하지 않으며, 흥분한 어조로 그런 결의를 입에 담았다.

"인마…… 상업에서 그런 짓을 하면 안 되는 거 아냐?"

"되는지 안 되는지, 일단 물어보는 것 정도는 해도 되잖아! 어쩌면 좀 더 기다려줄지도 몰라.”

“그런 무리한 요구를 했다간 후시카와 서점 쪽에서 더는 너한테 일을 안 줄지도 모른다고.”

“괜찮아! 그 대신, 예전보다 더 진화한 내 그림을 보여주면 돼!”

그것도, 아주 약간, 프로의 규율에서 벗어나는 발언을 말이다.

“아, 여보세요? 카스미 양? 나야! 사가노 후미오!”

시원찮은 그녀(히로인)를 위한 육성방법 GS 2 에필로그 추가 패치(에리리&우타하 편)

"그런데 사와무라 양."

"왜?"

『icy tail』의 라이브가 끝나고 한 시간 쯤 흘렀을 즈음.

에리리와 우타하는 아키하바라의 어느 카페에서 여전히 잡담을 나누고 있었다.

"결국 카토 양과는 어떻게 됐어? 화해를 하긴 한 거야? 이제 응어리는 남아있지 않은 거지?"

"걱정하지 마. 완전히 화해했어. 이제 무슨 일이 터져도 우리가 멀어지는 일은 절대 없어."

"……즉, 『또 무슨 일이 터질 가능성』은 부정하지 않는 거지? 응어리가 남아있을지도 모른다는 말이네?"

"……진짜 짜증나는 사람이라니깐."

우타하가 에리리의 말끝마다 존재하는 불투명한 무언가를 필요 이상으로 추궁하기 때문에, 좀처럼 잡담이 끝나지 않고 있는 것이다…….

"뭐, 여자들 간의 우정이라는 건 원래 그런 거야. 질투와

선망과 배신과 절망이 소용돌이치는 세계에 어서 오세요, 같은 느낌이려나? 또 박살이 난다면 다음 작품의 소재로 써먹기 좋을 것 같으니까, 그때는 자세하게 이야기해줘. 사와무라 양."

"그, 그러는 너야말로 그런 소리를 할 자격이 있어? …… 아니, 어쩌면 남의 걱정이나 할 정도로 완전히 메말라버린 걸지도 모르겠네~."

"……그게 무슨 소리야?"

그리고 평소 같으면 헛손질로 끝날 에리리의 도발이 우타하의 역린을 건드린 바람에 이야기가 더욱 뒤엉키기 시작했다.

"뭐, 이해해~. 대학생 님 정도 되면 고등학생의 풋풋하고 유치하며 한심한 우정이나 연애 같은 것보다, 세미나나 알바나 미팅이나 술 취한 채 남자한테 테이크아웃 당하기 같은 고차원적인 이벤트에 흥미가 향할 거야~."

"후반부는 저차원적인 이벤트에 가까운 것 같은데 말이야."

"게다가 대학생이 되면서 교우관계가 넓어졌다고 아까 자랑했었잖아. ……자기보다 어린 고등학생…… 뭐, 오타쿠라는 이점은 제쳐두더라도, 그런 옛날 남자애한테는 이제 흥미가 생기지 않더라도 이상하지 않아~."

오타쿠에 대한 가치관이 좀 이상한 점은 제쳐두기로 하고…….

에리리가 평소와 다름없이 유치한 악의로 가득 찬 독설을 던지자, 우타하는 다리가 떨리려는 것을 억지로 참으면서 순식간에 머릿속으로 시나리오를 짰다.

“맞아. 확실히 나는 예전과는 태도가 달라졌을지도 몰라.”

“흐음~, 인정하는 구나~.”

“응. 지금의 나는, 그 서클을, 그리고 그 서클의 대표를 『이끌어주는』 입장이잖아.”

“어, 아니, 그건…….”

“즉, 내가 이제부터 해야 할 건 그(윤리 군)가 어떻게 하면 좋을지 모를 때, 「그쪽이 아냐. 그래. 거기야……」 하고 말하며 손가락으로 상냥하게 입구로 인도해주는…….”

“그런 이야기 하는 게 아니거든?! 그런 소리 하는 게 아니거든?! 카스미가오카 우타하~!”

그렇다. 평소와 마찬가지로 에리리를 완전히 박살내주는, 자신에게 있어 통쾌한 시나리오를 말이다…….

“그리고 이게 사와무라 양이 한 『합숙』의 성과인 거야?”

“그래. 빗속의 결전 편이야.”

“……그런 파트는 플롯에 존재하지 않았던 걸로 기억하는데 말이지.”

“머릿속에 떠올라버렸으니 어쩔 수 없잖아.”

“어쩔 수 없다니…….”

에리리가 발끈하고, 우타하가 달랜다고 하는 상황이 평소와 다름없이 펼쳐진 후…….

어느새 두 사람은 에리리가 준비해온 또 하나의 선물인, 그녀가 여행지에서 가지고 돌아온 스케치북의 품평회를 시작했다.

"정말 끝내줬어. 주위 일대가 구름, 안개, 비로 뒤덮여서 10미터 앞도 안 보이더라니깐……. 원래 하늘을 찌를 듯이 솟아있는 거대한 산이 보여야 하는데 말이야!"

"그래서 뭐야? 그 『아무것도 보이지 않는 새하얀 경치』에 맞춘 시나리오를 추가해야 하는 거야? 바로 내가?"

"하아~, 정말. 이래서 글쟁이는 문제라니깐. 너, 이 그림이 『아무것도 보이지 않는 새하얀 경치』처럼 보여? 주위를 뒤덮은 구름의 벽 너머로 희미하게 보이는 지형이라든가, 사람 그림자 같은 게 안 보이는 거야? 눈에 힘을 주고 구석구석까지 살피란 말이야!"

"……스케치 단계에서 용케 이런 부분까지 집요하게 그리네."

"상상이 안 돼? 이렇게 비가 내리는 날에 주인공들의 운명이 걸린 싸움이 벌어지는 걸 상상하면, 왠지 마음이 뜨거워지지 않아?"

"하지만 제작 측에 말도 하지 않고 전개를 바꿨다간, 또 회의에서 혼날걸?"

"무슨 소리를 하는 거야? 우리의 적은 마르즈가 아니라 코사카 아카네잖아.”

“사와무라 양…….”

“그 내용이 재미있다면, 추가 작업이 아무리 늘어나든, 누가 죽든, 개의치 않는, 바로 그 코사카 아카네란 말이야.”

사실 최근 열린 『필즈 크로니클XⅢ』 제작회의에서는 이런 일이 드물지 않았다.

스케줄이 빡빡한 상황에서 캐릭터 디자인과 스토리 보드가 겨우겨우 제출됐나 했더니, 어찌된 영문인지 캐릭터 숫자와 장수가 『대폭 늘어나 있는 것이다』.

그리고 에리리가 「좋은 생각이 났어!」 하고 외치며 초등학생처럼 열띤 목소리로 늘어놓는 이야기 때문에, 마르즈 쪽 사람들은 골머리를 썩였다. 하지만 최종결정권을 지닌 높은 사람(코사카 아카네)은 껄껄 웃어대는 것이다…….

그리고 결국, 그 두 사람의 폭주에 휘말린 바람에 쓴 추가 텍스트를 본 그녀들에게서 「역시 너도 쓰고 싶었던 거잖아!」 같은 소리를 듣고 마는 우타하라는 구도가 탄생한다.

“너란 애는 정말…….”

또 우타하의 손에 부담이 가해졌다.

그것은, 자신의 의도와 상상을 뛰어넘으며 점점 속도를 높이고 있는 우량마를 고삐로 필사적으로 제어하느라 느끼는 부담이었다.

“자신, 없어?”

"내가 그런 하찮은 도발에 넘어갈 것 같아?"

"어~, 그럼 진짜로 안 할 거야? 모처럼 그린 건데~."

"……아직 그런 말은 안했거든?"

"당연히 그렇게 나와야지!"

결국, 우타하는 오늘도, 제어할 수 없는 이 말의 고삐를 놨다.

말과 말 주인이 폭주하도록 둔 채, 자신은 그녀들을 무사히 골로 인도하는 데만 전력을 다했다.

하지만, 우타하는 맹세했다.

올해의 끝자락을 장식할 대형 경주대회(발매일) 때까지는, 말과 말 주인을 완전히 지배하는 기수가 되겠다고 말이다.

"그런데 사와무라 양. 마지막 페이지에 있는 이 트윈 테일 여자애 러프는 뭐야?"

"아, 그건 말이지! 토모야의 시나리오에 나오는 『에리리(가명)』라는 『메인』 히로인의 러프인데, 그것도 일단 여러 패턴을 생각……."

"……사와무라 양, 이것만큼은 절대 윤리 군과 하시마 양에게 보여주면 안 돼."

하지만 경마장 밖에서의 폭주까지는 알 바 아니었다…….

시원찮은 그녀(히로인)를 위한 육성방법 GS 2 에필로그 추가 패치(메구미&토모야 편)

저기, 메구미."

"응~?"

라이브가 끝나고(GS2 본편 에필로그 직후), 뒤풀이 장소인 불고기집으로 향하던 도중…….

"으음, 이오리를 너무 미워하지는 말아줬으면 좋겠는데 말이야……."

토모야는 아까 천적(이오리)한테서 장소(토모야의 옆자리)를 강제로 빼앗은 메구미에게, 약간 난처한 것 같으면서도 실은 난처하지 않은 듯한 표정을 지으며 그렇게 말했다.

"딱히 싫어하는 건 아냐. 하지만 그 사람은 나한테 있어서는 존재감이 아예 없어서, 어느새『없는 사람』취급을 하게 되는 것뿐이야."

"아니, 객관적으로 보자면 너보다 훨씬 존재감이…… 아, 아무 것도 아닙니다."

작년만 해도 메구미에게 태클을 걸다 중단할 필요는 없었지만, 지금은 그럴 수도 없다.

그것은 메구미가 자신에 대한 혹독한 평가를 그냥 무덤덤하게 넘어가주지 않게 됐……기 때문이 아니다.

그저, 마음에 안 드는 상대를 집요하게 배제하려 드는 메구미는, 누가 봐도 다크한 쪽으로 캐릭터성을 세워가고 있기 때문이다.

"걱정하지 마. 좀 거북한 상대이기는 하지만, 그건 우리 둘 다 이해하고 있거든."

"그, 그래?"

"응. 그래서 서로의 영역에 발을 들이지 않는 거야. 핀트가 어긋난 대화를 나누는 우리 때문에 그 자리의 분위기가 나빠지는 걸 서로가 원치 않거든."

"그래. 그렇다면……."

"뭐, 아마 그 균형이 무너지는 건 게임 완성 직전 즈음이 아닐까?"

"부탁이니까 그런 불길한 소리 좀 하지 말아줄래?!"

"아, 아무튼 라이브도 무사히 끝났네. 이걸로 겨울 코믹마켓을 향해 한 걸음 전진한 걸로 보면 될 거야!"

결국 이오리에 관한 이야기를 하다간 십중팔구 지뢰를 밟게 될 거라는 걸 눈치챈 토모야는 평생 이 화제를 입에 담지 말자고 결의를 하면서 긍정적인 이야기를 입에 담았다.

"맞아. 효도 양, 오늘 엄청 빛나는 것 같아 보였어."

"그래. 심경의 변화라도 있었던 걸지도 모르지만, 마음을 다잡은 것처럼 의욕이 넘치던걸. 이제 곡 쪽은 마음 놓고 맡겨도 될 거야."

"그리고 이즈미 양도 슬럼프에서 탈출한 것 같아."

"사가노 후미오를 만나서 좋은 영향을 받았다더라고. 이제부터 이즈미가 그릴 그림이 진심으로 기대돼. 이번에는 어떤 식으로 나를 놀라게 해줄까?"

분위기 환기를 위해 앞으로의 서클 활동에 대해 이야기하다, 너무 흥분해서 상대방의 반응을 살피지 않으며 자기 이야기만 늘어놓는 것은 토모야의 평소 버릇이다.

"게다가 메구미도 의욕이 넘치잖아!"

그러니, 그런 토모야에게 항상 휘둘리던 메구미는…….

"나는 신경 쓰지 마. 어차피 크리에이터도 아니잖아."

"아냐. 너의 의욕이야말로 『blessing software』에 있어 가장 중요하다고!"

"……메인 히로인, 이기 때문이야?"

"그뿐만 아니라 서브 디렉터, 스크립트 담당, 그리고 기타 등등…… 나한테 있어서, 그리고 모두에게 있어서, 너는 가장 중요한 멤버야."

"……아~, 그런가요~."

"내가 치켜세워줄 때만이라도 좀 감격한 듯한 반응 좀 보여 달라고요!"

이 무덤덤한 반응 속에, 약간의 멋쩍음을 교묘하게 은폐시켰다.

“그럼 이제 슬슬 이야기해줘.”

“뭘 말이야?”

“에리리를 만났을 때 말이야. 아까 나중에 이야기해준다고 했었잖아?”

“아…….”

그리고 이번에야말로 『기회를 잡았다』고 느낀 토모야는 좀 더 긍정적인 목소리로 섬세한 화제를 언급했다.

“결국 화해를 하긴 한 거지? 이제 응어리 같은 건 전혀 남아있지 않은 거지?”

“응…… 뭐, 그래.”

“그래…… 그렇구나!”

“……뭐, 상대방의 입장에서 본다면 가장 중요한 부분이 해결되지 않은 것처럼 느껴질지도 모르지만 말이야~.”

“너, 요즘 나를 방방 뜨게 만들었다가 나락으로 떨어뜨리는 게 정말 능숙해졌거든?!”

흥분한 토모야의 공세를 무덤덤하게 받아넘긴 메구미는 약간 무덤덤과 거리가 먼 미소를 지으며 멈춰 섰다.

“응……. 여기였어.”

“어? 뭐가 말이야?”

"글쎄? 뭘까?"

메구미가 그렇게 말한 장소는 평범한 길이었다.

아키하바라의, 역에서 약간 떨어진 곳에 있는 교차로 근처…….

『으음, 나도 에리리라고 불러도 되지?』

『……응. 고마워, 메구미.』

그곳은 작년[4권], 메구미가 에리리라고, 에리리가 메구미라고 처음으로 부른, 바로 그 장소다.

"그럼 슬슬 보고하도록 할까."

그때도, 라이브 직후였다.

그때도, 서클은 전도다난했다.

그리고 그때도, 이 앞의 험난한 언덕길을 동료들과 함께 올라갈 각오가 되어 있었다…….

그러니, 이 장소에서 다시 시작하는 편이 가장 좋을 것이다.

"아무튼, 나는 사실만 담담하고 무덤덤하게 보고할 테니까, 토모야 군은 내 이야기를 전부 듣고 냉정하게 판단을 내려줘."

"잠깐만. 그 정도로 가슴 떨리고 스펙터클한 화해였어?"

"우선 온천 여관과 기차표를 구한 이야기부터……."

"처음부터 태클을 걸어야 할 곳이 너무 많거든?! 왜 100퍼센트 실외 촬영인 건데?! 화해하는데 돈을 얼마나 투자한 거냐고!"

초 스펙터클하고, 예산이 오버됐으며 그리고 볼품없지만 소중하기 그지없는 이야기의 리바이벌 상영이, 지금부터 시작된다.

시원찮은 그녀(히로인)를 위한 육성방법 10
이벤트 추가 패치(카토 메구미 편)

(이 SS에서는 본편 10권에서의 이런저런 일들이 『없었다』고 생각하며 읽어주시면 감사하겠습니다)

"그건 그렇고, 메구미."
"응? 토모야 군, 왜 그래?"
아타가와 온천에서의 합숙도 사흘째에 접어들면서, 내 미션은 각 히로인의 수영복 이벤트 구상 단계에 접어들었다.
즉, 수영복 히로인(의 모델)과, 단둘이서 대화 이벤트를 발생시켜야 한다는 것을 뜻하며…….
"여전히 수영복 차림이 되면 저기, 뭐랄까, 서버리는걸."
"……으음, 뭐가 서버린 건지 물어봐도 되는지 영 판단이 서지 않네."
그런고로, 나는 현재 수영복을 입은 메구미와 해변에 나란히 앉아서 바다를 보고 있었다.
"캐릭터성 말이야~ 캐릭터성~! 캐릭터성이 선다는 이야기야! 이상한 오해 하지 말라고!"

……아니, 이상한 눈길로 쳐다보지 말아줬으면 좋겠는데 말이야. 정 납득이 안 되면 너희도 게임 시나리오를 쓰라고!

"……뭐, 그럼 좀 안심이 되긴 하네. 하지만 나는 항상 「좀 캐릭터성 좀 세워」 같은 말을 툭하면 들었잖아? 그런데 캐릭터성을 세웠다고 주의를 받으니, 뭘 어쩌면 좋을지 감이 안 오네."

"아니, 수영복을 입은 너를 보니 피부가 깨끗하고, 나올 곳도 적당히 나온 데다, 들어갈 곳도 적당히 들어가서…… 너 대체 뭐야?! 대체 뭐냐고!"

아니, 내가 부러우면 너희도 게임 시나리오…… 같은 소리는 그만하겠다. 아무튼 시원찮은 메인 히로인, 카토 메구미의 수영복 차림은 전혀 시원찮지 않았다.

피규어화해서 팔아도 될 정도의 조형이라고…….

"뭐, 그 평가를 듣고 기뻐해야할지 슬퍼해야할지는 일단 제쳐두기로 하고, 토모야 군이 그렇게 쳐다보니 부끄럽지는 않아도 좀 소름이 돋기는 하네."

뭐, 언동이 히로인과는 거리가 먼 방향으로 끝내주기에 이성을 유지할 수 있다고 하는 안심감이 어떤 의미에서는 감사하지만 말이다.

"그렇다고 뚫어져라 쳐다보지 않고 고개를 돌려버리면, 단순히 히로인의 수영복 차림이 너무 눈부셔서 똑바로 쳐다보지 못하는 둔감 주인공이잖아!"

"으음, 미소녀게임에서는 그걸로 충분하지 않아?"

"무슨 소리를 하는 거야! 그런 내성적이고 몰개성적인 주인공은 유저들이 짜증나게 할 뿐이라고! 좀 더 긍정적이고, 더욱 활동적이며, 또한 야성적이어야 한다고!"

"그럼 토모야 군은 엉큼한 해프닝 스타일로 나갈 생각인 거야? 발이 미끄러지면서 히로인(나)을 덮친다든가, 그러다 『우연히』 손이 히로인의 가슴에 닿는다든가, 그리고 그 상태에서 손을 마구 꼼지락거린다든가……."

"아냐아아아앗! 나는, 내 시나리오는, 그런 정석적인 행동을 하면 안 돼! 어디까지나 왕도를 따르면서도, 아주 약간 방향을 비틀어서, 예상치 못한 모에의 화학반응을 일으키고 싶단 말이야!"

뭐, 메구미가 자신의 몸을 양손으로 미묘하게 가리면서 쓰레기라도 쳐다보는 듯한 눈길로 이쪽을 쳐다보고 있는 점은 제쳐두기로 하고, 나는 그녀에게 시나리오에 있어 절대 양보할 수 없는 부분에 대해 강력히 주장했다.

"……그럼 뭐야? 토모야 군은 나한테 이제부터 어떤 액션을 취할 생각인데?"

내 열정적인 주장을 꽤 성가시다는 듯이 흘러 넘긴 메구미는 머리카락을 쓸어 올리면서 무릎에 얼굴을 묻더니, 나를 올려다보며 그렇게 말했다.

"……그 아이디어를 이제부터 메구미와 함께 짜고 싶어."

"으~."

……그런 동작 하나하나가 내 마음을 자극하는 점을 제쳐두기로 하고, 나는 메구미에게 서브 디렉터의 사명을 전했다.

"지금까지 중증 오타쿠 크리에이터가 대량으로 만들어낸 엉터리 미소녀게임 때문에, 수영복 이벤트라는 광맥은 이미 완전히 파헤쳐졌어……. 그러니 너 같은 초식계 여자애의, 우리는 생각도 못한 새로운 관점이 필요한 거야!"

"그런 걸 보고 남에게 떠넘긴다거나 머리 쓰는 걸 관뒀다고 말하지 않아?"

"뭔가 있을 거라고! 히로인이 수영복 차림으로 바다에서 주인공과 단둘이 있을 때! 주인공이 해줬으면 하는 거 말이야!"

"변태도 아니고, 딱히 당하고 싶은 건 없거든?"

"그건 네가 주인공을 진심으로 마음에 두지 않았기 때문이야! 사랑하고 있지 않기 때문이라고!"

"하지만 수영복 이벤트는 공통 루트 아냐?"

"공통 루트에서 플래그가 형성되어도 괜찮잖아! 어차피 미소녀게임인걸!"

"아~, 그러면 진짜 손쉬운 히로인이겠네~."

"너한테 그런 소리를 듣고 싶지는 않다고!"

그렇다. 카토 메구미한테만은 이런 말을 듣고 싶지 않다.

처음 만났을 때부터 나 같은 중증 오타쿠를 살갑게 대해주고, 내팽개칠 기색조차 없는데다, 시간이 가면 갈수록, 이런 나한테도 미묘하게 특별한 태도를 취해주는, 세간에서 보자면 엄청 손쉬운…….

그리고 개인적으로 본다면, 안심감이 느끼게 해주는, 이런 녀석한테…….

"그럼, 뭐…… 서로가 아무 것도 안하는 건 어떨까?"

그런, 특별…… 아니, 쉬운 녀석이 평소와 마찬가지로 무덤덤한 어조로 제안한 것은…….

"아무 것도 하지 않고, 아무 말도 하지 않고, 이렇게 함께 앉아서 바다만 쳐다보는 건, 어떨까?"

그것은, 역시 이 녀석답게 엉성한 내용이었다.

"하지만 플레이어에게 시시하게 느껴지지 않을까?"

"토모야 군이 플레이어라면 시시하게 느껴질 것 같아?"

"뭐……."

하지만, 그렇다고 해서…….

"나와 함께 이렇게 쭉 그냥 파도가 치는 광경을 보고 있는 게…… 시시해?"

"아니, 그게……."

"나는, 시시하지 않거든?"

"그, 그렇구나……."

긍정적이지도, 활동적이지도, 하물며 야성적이지도 않은 행동과 대화가 모에하지 않느냐면, 전혀, 완전히, 눈곱만큼도…….

"하나도, 시시하지 않아."

"윽……."

그렇다. 눈곱만큼도…….

……아니, 이런 이벤트야말로 본편에 넣으라는 태클을 걸고 싶은 분들은 라이트노벨을 직접 쓰—(이하 생략).

시원찮은 그녀(히로인)를 위한 육성방법 10 이벤트 추가 패치(하시마 이즈미 편)

(이 SS에서는 본편 10권에서의 이런저런 일들이 『없었다』고 생각하며 읽어주시면 감사하겠습니다)

"자, 토모야 선배! 그 자세예요!.무릎을 좀 더 굽히고, 자세를 낮춘 다음, 등에 업은 히로인을 신경 쓰면서, 가볍게 미소 지어요! 좋아요, 바로 그거예요!"

아타가와 온천에서의 합숙도 사흘째에 접어들면서, 내 미션은 각 히로인의 수영복 이벤트 구상 단계에 접어들었다.

"저, 저기~, 이즈미."

"아, 지금 집중하고 있으니까 말 걸지 마세요."

즉, 수영복 히로인(의 모델)과, 단둘이서 대화 이벤트를 발생시켜야 한다는 것을 뜻하며…….

"하지만 주위 사람들의 기이한 시선이 너무 따가운데요……."

그런고로, 나는 현재 이즈미의 요구에 따라 모래사장에서 그녀가 원하는 포즈를 취하고 있었다.

"잘 들어요, 선배. 선배는 지금 주인공이에요. 히로인 생각으로만 머릿속이 가득 차 있는 사춘기 순정파 청소년이라고요. 지금처럼 주위의 시선 같은 걸 신경 쓸 만큼 시야가 넓지 않단 말이에요! 음란하고 엉큼하며 밝힐 뿐만 아니라 러브러브하기까지 한, 그런 핑크 빛깔과 장미 빛깔로 물든 망상으로 머릿속이 가득 차 있어요! 그걸 자각하란 말이에요!"

"그런 말을 들으면 더 현실을 자각하게 된단 말이야! 좀 작작 하라고!"

『다리를 다친 히로인을 업고 저녁노을이 진 모래사장을 걷는 주인공』이라는, 엄청 부끄러운 역할을…….

게다가 실제 히로인이 아니라, 상상 속의 에어 히로인을 업고 말이다…….

"휴우, 그럼 토모야 선배는 5분 정도 휴식을 취하세요."

"이대로 영원한 휴식에 빠져들어도 괜찮을 것 같은데……."

바닷가에서의 공개처형 느낌의 사생대회에서 일단 탈출한 나는 아직도 모래사장에서 무릎을 꿇은 채로 스케치에 열중하고 있는 이즈미의 옆에 앉았다.

"일단 주인공은 이런 느낌이 됐는데, 어떤가요?"

"뭐, 뭐어, 잘 그렸다고 생각하지만……."

거기에는『이 미남은 누구야?』느낌의 주인공이 엄청 온화한 표정으로 자신의 등 뒤편을 향해 미소 짓고 있었다.

"하지만 미소녀게임의 이벤트 그림에 주인공만 그려져 있으니 왠지 섬뜩하네."

그렇다. 주인공의 시선이 향하는 곳에 아무도 없는 점이, 미묘하게 호러 느낌을 자아내면서 제대로 된 평가를 내리는 것을 방해하고 있었다.

마치 바다에서 죽은 히로인을 잊지 못한 탓에 어느새 자신의 머릿속에만 존재하는 그녀를 만들어내고 말았으며, 지금도 망상 속 세계에서 단둘이 행복하게 살고 있는 사이코 주인공의 이벤트CG 같아 보이기도…….

"어쩔 수 없잖아요! 히로인의 모델이 다른 일을 하느라 바쁘단 말이에요!"

"그 히로인이 대체 누군데?"

"에이, 어부바하면 당연히 후배잖아요!"

"아……."

그렇다면, 지금 이 자리에서 히로인에게 포즈를 취하게 할 수는 없을 것이다.

누가 원화가를 교대해주지 않는 한 말이다.

……뭐, 나한테 있어서도 남들이 쳐다보는 상황에서 다른 모델과 함께 그런 포즈를 취하는 것은 에어 히로인을 업는 것보다 더 가혹한 시련일 것이다.

"으으…… 역시 후배 히로인은 불쌍해요~. 모처럼의 러브러브 신에서도 주인공과 함께 포즈를 취할 수 없는데다, 동갑내기 히로인의 들러리나 라이벌 혹은 대용품 취급을 당하잖아요. 너무 불쌍하다니까요~."

"아, 뭐, 뭐어, 그래도 이즈미라면 상상력을 구사해서 후배 히로인을 직접 돋보이게 만들 수도 있지 않아?!"

후배 히로인 찬밥신세론

나는 후반부의 문제제기에는 딱히 아무 말도 하지 않으면서, 스케치북을 꼭 안아들고 있는 이즈미의 어깨에 손을 얹었다.

"후배 히로인의 이벤트CG 숫자를 슬며시 늘린다거나, 노출도를 약간 올리거나 해서……."

"……그, 그렇게 대놓고 편애를 해도 되나요?"

"……다른 히로인의 퀄리티를 떨어뜨리지만 않는다면 말이야."

내가 타협안을 내놓자…….

"어쩔 수 없네요. 그렇게 해볼게요."

이즈미는 슬며시 웃음을 흘리더니, 다시 스케치북을 쳐다보면서 연필을 놀리기 시작했다.

"뭐, 제작자의 위치에서는 히로인이 경험할 수 없는 끝내주는 이벤트를 즐길 수도 있다지만 말이에요."

"뭐? 그런 것도 있어?"

"예. 예전에 시나리오에 『아~』만 하염없이 적어댄 끝에, 실제로 아~도 한 사람이 있다는 이야기를 들은 적 있어요."

애니 5화

"어디서 말이야?!"

"그러니 이렇게 히로인의 러브러브 이벤트 그림을 그리다

보면, 나중에 저도 그런 이벤트를 경험할 수 있을 거예요!"

"아, 아니, 그건……."

"선배와 함께 바다에 온 덕분에 평소보다 더 텐션이 솟구쳐서 난리법석을 떨다 조개 같은 걸 밟고 걷지 못하게 된 후배 히로인……. 선배에게 업힌 채, 미안하면서도 분한 마음에 눈물을 흘리면서도, 아주 약간이지만 기뻐하고 있는 게 또 부끄러워서, 더 눈물이……."

"현실로 돌아와, 이즈미!"

확실히, 망상력은 크리에이터의 뛰어난 자질을 알려주는 지표 중 하나다.

"죄송해요, 죄송해요, 선배……. 저, 무겁지 않나요?"

"무거운 건 후배 히로인이거든?! 이즈미가 아니라고!"

"너무해요! 후배 히로인도 그렇게 무겁지는 않다고요……. 아, 하지만, 실은 무겁지만 저를 위해 괜찮은 척 하는 선배도 모에하네요!"

"괜찮은 척 하는 건 주인공이지, 내가 아니라고!"

하지만 그 자질이 너무 뛰어난 탓에, 재능을 지니지 못한 일반인…… 즉, 주위에서 힐끔힐끔 쳐다보던 사람들에게 이해받지 못한다고 하는 양날의 검이기도 했으며…….

『타산지석』이라는 말은 이럴 때 쓰는 걸 거야…….

"아, 아무튼, 슬슬 다른 장소로 이동……."

주위의 시선을 견디지 못한 내가 다른 장소로 도망……

아니, 구도의 변경을 제안하려고 한 순간…….

"아, 아, 아야야야야야야야야~."

"……이즈미?"

내 말을 듣고 몸을 일으키려던 이즈미가 앞쪽으로 쓰러졌다.

"다, 다리가, 다리가……."

"다, 다리가?!"

"……저려요."

"아……."

자, 그럼 이쯤에서 이즈미가 어떤 자세로 앉아서 그림을 그리고 있었는지 확인하기 위해 초반부의 묘사를 떠올려줬으면 한다.

쭉 무릎을 꿇고 있었다
……그럼 어떤 상황인지 상상이 될 것이다.

"업어…… 주실, 거죠?"

시원찮은 그녀(히로인)를 위한 육성방법 10
이벤트 추가 패치(효도 미치루 편)

(이 SS에서는 본편 10권에서의 이런저런 일들이 『없었다』고 생각하며 읽어주시면 감사하겠습니다)

"어, 어이, 미치루……."

"차암, 토모~. 입 말고 손 좀 놀리란 말이야~."

아타가와 온천에서의 합숙도 사흘째에 접어들면서, 내 미션은 각 히로인의 수영복 이벤트 구상 단계에 접어들었다.

즉, 수영복 히로인(의 모델)과, 단둘이서 대화 이벤트를 발생시켜야 한다는 것을 뜻하며…….

"아, 아니, 하지만 말이야……. 선 오일 같은 건 요즘 아무도 안 바른다고……."

"토모는 뭘 모르네~. 이건 어디까지나 자외선 차단과 화상 방지를 위해 바르는 거야."

"그, 그래……?"

그런고로, 나는 현재 수영복 차림으로 누워있는 미치루의 등을 오일로 범벅이 된 손으로 매만진다고 하는…… 뭐, 됐어. 다들 태클을 걸지 말고 손의 감촉이나 상상해줘.

"아, 토모. 옆구리 쪽이라든가, 수영복 안쪽까지 세심하게 발라줘~."

"본편 아니라고 남의 페티시즘을 두들겨 패는 듯한 소리 좀 하지 말아줄래?! 밋짱!"

"하지만 네가 만들려고 하는 『미소녀게임』에는 그런 이벤트가 잔뜩 들어 있잖아? 그래서 내가 협력을 해주려고 하는 건데……."

"전면적으로 협력해주는 그 마음은 고맙고, 지금 상황을 아무렇지 않게 허용해주는 네 배포에도 감격했어! 하지만 내 심박수와 혈압만은 좀 걱정해주지 않겠어?!"

금방이라도 도망치고 싶을 만큼 아슬아슬한 감촉이 내 뇌에 다이렉트로 전해졌다.

애초부터 알고 있기는 했지만(수영복 이벤트 2회차인 만큼), 이 녀석은 알몸이 되면…… 아니, 속살을 드러내면, 스포츠 소녀답게 완벽한 몸매를 뽐내게 된다.

근육과 지방의 절묘한 비율, 온몸의 각 부위가 큼직하면서도 균형이 잡혀있는 몸매, 그리고 건강미와 선정성이 아슬아슬하게 조화를 이루고 있는 것이다.

피규어화되면 정말 끝내주겠지만…… 나오지 않는 건 인기 차이 때문일까…….

"등장 횟수와 부각 횟수 차이 때문이라고 생각하는데 말이야~.”

“내 마음을 읽은 거야?!”

“……다 됐어.”

“땡큐~ 토모. 좋아~, 이걸로 준비 완료~.”

고행이라는 이름의 열락의 시간이 끝난 후…… 아니, 특전SS이니 감정표현이 직접적인 건 이해해줬으면 좋겠다. 아무튼, 미치루는 심쿵 이벤트가 일어난 적이 없었다는 것처럼 아무렇지도 않게 몸을 일으키더니, 팔을 돌리면서 준비운동을 시작했다.

뭐, 이 녀석이 이렇게 부끄러움과는 거리가 먼 덕분에, 나 또한 번뇌에 휩싸이거나 후회를 하지 않지만 말이다.

“그럼 이제부터 뭐하면서 놀까? 아니지, 어떤 내용으로 할까? 나, 아니, 사촌 히로인의 수영복 이벤트 말이야.”

“으, 으음, 정석인 선 오일 이벤트는 했으니까, 이제 기운차게 수영이라도 하면서 활동적인 면을 묘사하면…….”

“……하지만 지금 프로레슬링 놀이를 하면 몸이 미끌미끌해서 재미있을 것 같지 않아?”

“그건 여러 가지 의미에서 위험한 짓이거든?!”

“어떤 기술을 걸까? 그래~. 작년 라이브 때처럼 옥토퍼스 홀드를 걸까? 기왕 바다에 왔으니까 말이야!”

“나는 그런 걸 당한 적(그건 애니메이션에서만 나왔다고) 없거든?!”

……하지만, 번뇌와 후회를 느끼지 않기 때문에 『다음』이나 『더욱』으로 이어져버리는 게 가장 큰 문제일지도 모른다.

"으음~, 프로레슬링 이벤트가 안 되면, 인공호흡 이벤트를……."

"그, 그건 너무 흔하니까 안 돼."

전에 나온 SS에서 했음
사실 이미 했었는데…….

"그럼 저쪽 섬까지 헤엄쳐서 갔더니, 파도가 높아진 바람에 돌아갈 수 없게 되어서 단둘이 하룻밤을…… 같은 건 어떨까?"

"나는 저런 데까지 헤엄쳐서 가는 건 무리거든?!"

애초에 이 녀석이 말한 섬은 먼 바다에 있는 이즈시치 섬이다. 진짜로 저기까지 헤엄쳐서 가려는 걸까.

"으음~, 으음…… 그럼, 해안을 따라 걷다 동굴을 발견해서 들어갔더니, 밀물이라서 나갈 수 없게 됐다~ 같은 건 어때? 그리고 추위를 견디려고 불을 피운 후, 수영복 차림으로 몸을 맞댄 두 사람은 함께 하룻밤을~, 같은 느낌으로 가는 거야!"

그것도 어디선가 본 적 있는 상황인데…….

게다가 이 작품에서는 그 모닥불 앞에서 적극적으로 공세를 펼치는 건 히로인 쪽일 것이다…….

또한 이 작품에서는, 히로인이 적극적인 공세를 펼쳤을

때, 주인공이 자제할 수 있을지 모른다고 하는 근본적인 문제가…….

"좋아~. 동굴 이벤트로 결정! 그럼 나는 동굴이 없는지 찾아보고 올게~."

"어, 어이?!"

내가 사촌 히로인과의 수영복 이벤트의 에로게임화…… 아니, 개별 루트화를 우려하고 있을 때, 당사자인 사촌 히로인은 모래사장을 전력질주하고 있었다.

그 후에 남겨진 이는 말도 안 되는 망상 때문에 번뇌에 사로잡힌 얼간이 주인공…… 아니, 시나리오라이터다.

"……하아."

뭐, 이런 허탕친 느낌이야말로 영락없는 미치루…… 아니, 이 에로 건전 사촌 히로인 이벤트의 마무리에 적합할지도 모르지만 말이다.

그러니 나는, 아니, 주인공은…….

기운 넘치는 그녀를 쓴웃음을 머금은 채 천천히 쫓아갔다.

그녀가 달리다 지쳤을 때, 적절한 타이밍에 음료수를 건네줄 수 있도록…….

"발견했어, 토모~! 동굴, 어두컴컴하고 아무도 없었어! 이미지에 딱 맞아들어가더라니깐~!"

"진짜야?!"

"자아~ 모닥불 앞에서 단둘만의 시간을 보내는 거야~! 마침 민물이니까, 밤샘 이벤트 돌입하기 딱 좋네~!"

"뭐어어어어어어어어어어~?!"

시원찮은 그녀(히로인)를 위한 육성방법 GS 2.5
(카스미 우타코&사가노 후미오 편)

『하, 한 페이지도 못 쓴 거야~?!』

"……걱정하지 마. 게임 시나리오를 완성했으니까, 이제부터는 소설에 전념할 거야."

전화기에서 흘러나오는 비통한 외침에 우타하는 지극히 차분하게 답했지만, 그녀의 관자놀이를 타고 계속 땀이 흘러내리고 있었다.

『하, 하지, 하지만…… 월말까지, 이제 며칠도…….』

"전혀 문제없어. ……나, 『사랑에 빠진 메트로놈』 때는 일주일 만에 책 한 권을 쓴 적도 있거든."

『나, 당시 일러스트레이터 분이 질렀을 비통한 외침을 완벽하게 재현할 자신이 있거든?!』

아직 늦더위가 기승을 부리고 있는 8월 하순.

카스미가오카 우타하…… 아니, 라이트노벨 작가, 카스미 우타코의 인기 시리즈 『순정 헥토파스칼』 최신간의 마감까지 열흘 남긴 어느 날의 오후다.

"뭐, 뭐어, 그러니까 당신에게 『아주 약간』 부담을 주게 될 것 같아. 그래도 당초 예정대로 간행하자."

『으음~, 이번만큼은 발간을 한 달 늦추는 게…….』

"아니, 그럴 수는 없어……. 게임 시나리오가 막히는 바람에 소설 발간이 늦어진다면, 그건 내가 코사카 아카네에게 진 거잖아."

『나는 그 승부와 전혀 상관이 없거든~?!』

"사가노 양. 당신이 지난 권에서 「삽화를 전부 다시 그리고 싶다」고 말했을 때, 나는 쾌히 승낙했었거든?"

『그 후에 「그 대신 마감을 늘려줄 수 없어」 하고 말했던 것 같은데 말이야~!』

그리고, 우타하와 전화로 격렬한 논쟁을 벌이고 있는 이는 그녀의 라이트노벨 방면에서의 비즈니스 파트너다.

『순정 헥토파스칼』 삽화 담당, 사가노 후미오.

"그러니까, 발간을 미루지 않을 거라고 말했잖아? 걱정하지 마. 대학생은 여름방학이 끝난 후에도 한가하거든."

『그렇지 않아. 그리고 여름방학이 끝난 후에도 작업을 하고 있다면, 마감이 펑크났다는 걸 의미한단 말이야~!』

……남자 같은 펜네임과 달리, 새된 비명이 수화기에서 터져 나왔다.

『그건 그렇고, 이번에는 꽤 고생했네~. 뭐, 지난 번 게임 때도 그렇게 순조롭지는 않았던 것 같지만 말이야.』

"이런저런 일이 있었어……. 남들에게 말할 수 없는 일이 산더미처럼 말이야."

『하지만 카스미 양은 코사카 아카네와 같이 일하고 있는 거잖아? 정말 대단하네~. 동경할 것만 같아~.』

"윽…… 그 귀신 들린 그 쓰레기 귀신 할망구의 어디에 동경할 만한 요소가 있는 건데?"

『무슨 일이 있었던 건지는 모르겠지만, 무슨 일이 있었던 건 확실한 것 같네…….』

"좋아. 아무 것도 모르는 당신에게 가르쳐줄게……. 그 여자가 얼마나 제멋대로에, 안하무인에, 비인간적일 뿐만 아니라, 타인을 아무렇지도 않게 망가뜨리는 인간말종인지를 말이야……."

『……으음, 그 『이런저런 일』은 남들에게 말할 수 없는 거 아니었어?』

※ ※ ※

"나는 그때, 무너져버릴 뻔 했어……. 그래. 작가로서도, 그의 스승으로서도 말이야."

『아…… 응.』

우타하의 코사카 아카네를 향한 푸념은 아직 계속……되고 있지는 않았다.

“그래도 그는 나에게 글을 쓰라고, 앞으로 나아가라고…… 자신이 성장한 모습을 보여주며, 호소한 거야.”

그녀의 이야기는 코사카 아카네의 인격 부정을 지나, 자신이 처했던 작가로서의 위기, 그리고 그것을 극복하는 계기가 된 『한 시나리오』에 대해 이야기했다. 그것은 어느새 초 스펙터클한 연애 드라마로 발전한 것이다.

『이, 이야~, 하지만 사실 그 사람은 자신이 쓴 시나리오를 카스미 양에게 체크해줬으면 했던 게…….』

『……사가노 양, 당신이 대체 그에 대해 뭘 안다고 그런 소리를 하는 거야?』

『뭐……?』

“그는 일부러 나와 비슷한 히로인을 출연시켜서, 그 히로인이 벽에 부딪쳤는데도 다시 일어서는 이야기를 썼어. 이게 어떤 의미를 지니는지 모르겠어?”

『아, 그, 글쎄~?』

“그건 분명 나를 향한 고백…… 그래, 프러포즈야! 나에게 부정당하는 것조차 개의치 않으며 나에게 보낸, 혼신의 힘을 다한, 성원이었던 거야…….”

『아, 으음…… 그래?』

낯가림이 심한…… 아니, 타인에게 좀처럼 마음을 열지 않는 우타하가 이렇게까지 이야기했다는 것을 과거의 그녀를 아는 이들이 봤다면, 가슴이 벅차올랐을 것이다.

“그, 그런 각오마저 어린 그의 마음을 당신은 실없는 말이나 늘어놓으며 그냥 넘기려고 하는 거야? 요, 용서 못해……. 나는, 절대 용납 못해!”

『아아아아앗?! 미안해! 잘못했어! 카스미 양이 말이 맞아! 그는 분명 최선을 다했을 거야~!』

하지만 과거의 그녀를 알지 못할 뿐만 아니라, 이게 푸념인지 자랑인지 알 수 없는 넋두리를 끝도 없이 듣고 있는 이가 그런 자초지종을 알 리가 없다고나 할까…….

『뭐, 뭐어, 그의 노력이 카스미 양에게 있어 정말 엄청난 일이라는 건 잘 알았어. 하지만…….』

그래도, 우타하의 끈덕진…… 아니, 한결같은 마음은 전화를 통해서도 안타까울 만큼 전해지고 있었다.

『하지만 그한테는 애인이 있잖아?』

“애인이 아니라 메인 히로인이야!”

하지만 그렇기 때문에 이 진지함이 안타깝게 여겨진다고나 할까…….

그리고, 그런 우타하…… 카스미 우타코이기에, 그녀가 자아낸 이야기는 이렇게 사람들의 마음을 뒤흔들어놓는 걸지도 모른다.

『저, 저기, 카스미 양.』

“왜 그래? 또 나를 놀리려는 거야?”

『아, 그런 게 아니라…… 그 후배라는 남자애를 내 앞에 한 번만 데려와줘.』

"뭐……?"

그렇기에 사가노 후미오……라는 오해사기 좋은 펜네임을 지닌 『그녀』는…….

『내가 딱 잘라서 한 마디 해줄게. 카스미 양을 책임지란 말이야! 하고 말이야.』

카스미가오카 우타하라는 『여자애』를, 진심으로 응원하기로 결심했다.

하지만…….

"……그럴 필요 없어."

『어째서야?! 당신은 그를…….』

"그래도, 당신과 만나게 해주고 싶지 않아."

『어, 어~, 이유가 뭔데?』

"그, 그게…… 당신과 그의 취향이나 행동 패턴 같은 걸 보면, 왠지 죽이 잘 맞을 것 같아서……."

『아하하하하, 그럴 리가 없어~!』

"정말? 진짜지? 이쪽(본편)은 몰라도, 저쪽(사랑메트)에서 쓸데없는 짓 하면 절대 용서 안 할 거야!"

『……미안한데, 네가 하는 말을 눈곱만큼도 이해하지 못하겠거든?』

시원찮은 그녀(히로인)를 위한 육성방법 GS 2.6
(카스미 우타코&카시와기 에리 편)

“아, 앗, 뭔가 움직였어! 역시 이 방에 있나 봐!”

“……아, 그래?”

“사, 사와무라 양, 쌍안경! 빨리 줘!”

“카스미가오카 우타하, 남의 집 베란다에서 당당히 엿보기를 하려고 하지 마! 이 변태야! 이웃들이 보기라도 하면 어쩌려고 그래?!”

언덕 위에 있는 사와무라 저택 2층에 있는 에리리의 방 베란다에서는 그녀가 사는 마을의 풍경이 한눈에 들어온다.

……물론, 언덕 아래 수백 미터 앞에 있는 아키 토모야네 집 2층 방의 창문도 보이는 것이다.

“당신이야말로 이런 비밀의 화원을 아무에게도 알려주지 않고 혼자서 즐긴 변태잖아?”

“즐긴 적 없거든? 쌍안경 같은 것도 이 방에는 없거든?”

“아아, 당신의 방에 이런 천국이 숨겨져 있다는 걸 알았다면, 옛날부터 이 방에 눌러앉았을 텐데…….”

“……미안하지만, 내일부터는 출입금지해도 되지?”

9월 첫 일요일.

신작 RPG『필즈 크로니클XⅢ』의 시나리오 집필 및 수정을 며칠 전에 끝내고, 또한 인기 라이트노벨 시리즈『순정 헥토파스칼』신간 집필도『바로 어제』마친, 소설가 겸 시나리오라이터, 카스미 우타코(본명 : 카스미가오카 우타하)는 이곳에 온 당초의 목적을 깔끔하게 잊은 채, 베란다에서 보이는 절경(의 극히 일부)을 즐기고 있었다.

그리고 이 방의 주인 — 우타하의 게임 방면에서의 비즈니스 파트너,『필즈 크로니클XⅢ』캐릭터 디자인 겸 원화 담당, 카시와기 에리(본명 : 사와무라 스펜서 에리리) —은 텐션이 하늘을 찌르는 우타하를 말리는 것을 일찌감치 포기한 후, 아직 끝날 기색도 보이지 않는 자신의 업무에 집중하기 위해 책상 앞에 앉았다.

"저, 저기, 사와무라 양……. 윤리 군, 요즘 어떻게 지내?"

"그냥 잘 지내는 것 같아."

"나, 나에 대해 무슨 말 안 해? 일전의 일을 후회한다거나, 꼭 만나고 싶다거나, 역시 잊을 수 없다거나……."

"아~, 그런 말은 한 마디도 안 했어. 너에 대한 이야기는 전혀, 완전히, 눈곱만큼도 한 적 없어."

"……그건, 나에 대한 이야기에 관해 의도적으로 보도규제를 하고 있는 매스컴(당신)에 문제가 있는 게 아닐까?"

"아~, 그럴지도 모르겠네~. 잘못했습니다~."

에리리는 일에 집중하면서도, 우타하의 말에 계속 반박했다.

사실 우타하가 다시 일어섰고, 지금도 최선을 다하고 있다는 것을 얼마 전에 세세하게 전했는데도 말이다.

※ ※ ※

"이게 뭐야……. 이번 작화도 칼로리가 엄청나네."

"남이 최선을 다한 성과물을 그렇게 폄하하지 좀 마. 내 의욕이 날 말을 해주면 덧나기라도 하는 거야? 「이렇게 멋진 그림은 본 적이 없어」, 「당신은 역시 천재야」, 「이걸 판화로 만들어서 시리얼 넘버를 넣는다면 ●●만 엔에 팔 수 있을 거야」 같은 소리를 해달란 말이야!"

"……마지막 그 말도 들으면 기쁠 것 같아?"

잡담에도 질린 두 사람은 오늘 목적인 게임 관련 회의를 시작했다.

경사스럽게도 우타하의 시나리오가 완성됐고, 이벤트CG 지시도 전부 내렸으니, 회의의 의제는 그 지시에 따라 완성되기 시작한 에리리의 이벤트 원화였다.

"아무튼, 이 선화는 오케이인 거지? 그럼 코사카 아카네에게 보낸다?"

"오케이는 무슨…… 당신은 여전히 자기 자신을 궁지에 몰아넣는 걸 좋아하네."

하지만 에리리의 성과물을 본 우타하는 이곳에 온 목적을 상실하고 있었다.

……너무 완성도가 뛰어났기에, 글쟁이로서 의견을 내놓는다는 것 자체가 바보 같은 짓처럼 느껴진 것이다.

그 정도로, 에리리의 그림에는 자신의 문장과 조화를 이루는, 아니, 문장을 초월한 표현이 존재했다.

"나를 이 정도로 몰아넣은 시나리오가 문제인 거야."

"이렇게 무모한 그림을 그려달라는 지시를 한 적은 없는데……."

"그런 의미가……."

"대체 그림 한 장을 그리는데 얼마나 수고를 들이는 거야? 이달 안에 서른 장은 더 그려야 하잖아?"

"서른 장이 아니라 스물세 장이야. 자아, 봐."

에리리가 천천히 내민 여섯 장의 선화를 본 우타하는 마음속 깊은 곳에서 웃음이 치밀어 오르는 듯한 느낌을 받았다.

일주일 만에 그린 일곱 장의 그림 중 하나로는 도저히 보이지 않을 만큼 엄청난 완성도와, 이 그림에 채색을 해야 할 CG팀의 고난을 상상하면서…….

개발이 종반에 이르면서, 열 명 이상이나 되는 CG팀 측은 에리리 한 명이 자아내는 질과 양을 제대로 소화하지 못했다.

차례차례 넘어오는 어마어마한 정보량의 선화에 대한 채색 작업에 시간이 과도하게 걸리고 있었으며, 퀄리티 또한 선화의 수준에 부합되지 않았다.

그래도 겨우겨우 완성된 CG는 에리리에게 퇴짜를 먹을 뿐만 아니라, 그녀가 직접 수정을 했다. 게다가 그것을 통해 마음이 무너져도 이상하지 않을 수준의 실력 차를 실감하게 되는 것이다.

현재 에리리는「따라오지 못하는 너희가 나빠」하고 말하는 것처럼, 최고이자 최악의 해충…… 아니, 외주가 되어가고 있었다.

"당신이라면, 진짜로 코사카 아카네를 쓰러뜨릴지도 몰라……."

그런 개발팀 전체의 혼란에, 그녀들의(코사카 아카네) 보스는 두 사람을 끌어들이려 하지 않았다.

그저 순수하게 텍스트와 그림의 퀄리티만을 추구했고, 그녀가 원하는 레벨에 도달하기만 한다면 뭐든 오케이 했으며, 결코 사내 정치나 돈 문제 같은 이야기는 꺼내지 않았다.

……그렇기에, 그 싸움에 코사카 아카네가 어느 정도의 에너지를 소모하고 있는지, 두 사람은 알려고도 하지 않았다.

그저 그림과 텍스트로 싸우며, 그 최종 보스를 쓰러뜨릴 생각뿐이었다.

"무슨 소리를 하는 거야……. 게임은 종합예술이잖아?"

"사와무라 양……?"

"시나리오가 내 그림을 빛나게 해주지 않으면, 그 괴물에게 이길 수는 없어."

"하지만, 나는 이제 아무 것도 할 수 없어. 이제 시나리오를 수정할 수 있는 시기를 지났잖아."

"그건 나도 알아……."

"아……."

그렇다. 에리리의 입장에서 본다면, 뭘 모르는 사람은 바로 우타하다.

카시와기 에리의 이 그림을 이끌어낸 이는 다름 아닌, 카스미 우타코라는 괴물이 쓴 그 정신 나간 시나리오였으니까…….

"『우리』라면, 진짜로 코사카 아카네를 쓰러뜨릴지도 몰라……."

그래서 우타하는 아까 했던 말을 고쳤다.

"쓰러뜨릴 거야. 당연하잖아?"

그리고, 에리리는 주저 없이 대답했다.

그런 두 사람의, 아니, 세 사람의 게임 개발이라는 이름의 싸움은, 드디어 결판이 나려 하고 있었다.

"그럼 잠시 쉬자. 자, 카스미가오카 우타하. 이걸 베란다에 설치해."

"아, 사와무라 양. 이건 망원경……."

"쌍안경처럼 배율이 낮은 게 이 방에 있을 리가 없잖아?"

시원찮은 그녀(히로인)를 위한 육성방법 GS 2.7
(카스미가오카 우타하&효도 미치루 편)

“이, 이게…… 윤리 군이 직접 만진…….”

“자아, 만져보는 건 500엔이야~.”

9월 중순, 어느 역 인근에 있는 카페.

“……싫어하지 않네.”

“이래봬도 여고에 다니거든~. 이 정도 스킨십은 일상다반사야~.”

“귀는 처녀면서 몸은 정직……이 아니라, 권태기구나.”

“……정정하기 전이나 후나 전부 무례한 소리 아냐?”

그곳에서는, 창가 자리에 앉아있던 흑발 롱헤어 미녀가 자신과 마주보고 앉아있는 곱슬머리 단발 미녀의 티셔츠 안에 손을 집어넣어서 피부를 만진다고 하는, 매우 기묘하면서도 음란한 광경이 펼쳐지고 있었다.

9월 중순의 일요일. 카스미가오카 우타하의 집 근처에 있는 역 인근의 카페.

그곳에는 최근까지 다양한 마감과 격렬한 공방전을 펼치

느라 모든 것을 불살라버리고 빈껍데기만 남은 소설가 겸 시나리오라이터, 카스미 우타코(본명 : 카스미가오카 우타하)와, BGM이 필요한 다음 시나리오가 넘어올 때까지 시간이 펑펑 남아도는 밴드 보컬 겸 작곡가, mitchie(본명 : 효도 미치루)가 축 늘어진 표정으로 얼굴을 마주하고 있었다.

"슬럼프……?"

"일주일 동안 시나리오를 한 줄도 못 썼나 봐."

"그 정도는 별일 아니지 않아? 나는 『순정 헥토파스칼』을 시작할 때, 당초 예정보다 반년이나……."

"아~, 작가 특유의 느림보 자랑은 다음에 해~."

뭔가를 이뤄낸 두 사람의 화제는 자연스레 아직 뭔가를 해내지 못한 누군가…… 사촌인 토모이자 후배인 윤리 군인 한 남자애로 귀결됐다.

뭐, 이 두 사람이 모여서 나눌 이야기라고는 그것뿐이겠지만 말이다.

"그건 그렇고, 토모 녀석은 왜 갑자기 기운이 빠진 걸까~? 얼마 전에 내가 밤새도록 함께 있어주며 격려해줬는데……."

"뭘 모르나 본데, 그가 하룻밤을 같이 보낸 여성은 셀 수도 없을 만큼 많거든? 그저, 그 누구와도 끝까지 가지 않았을 뿐이야."

"그 말, 선배가 자랑스레 할 말은 아니지 않아?"

참고로 말하자면, 이 두 사람이 그 남자애에 대해 이야기

야한 걸 밝히면 안 된다고 생각합니다
할 때, 품위나 배려 같은 것 또한 평소와 다름없다.

"그, 그것보다 윤리 군은 좀 어때? 식사를 거르지 않는 거야? 잠은 잘 자? 서, 설마, 「우타하 선배~, 돌아와줘어어어~!」 하고 외치며 방바닥을 데굴데굴 굴러다니지는 않아?!"

"……선배의 희망사항으로 가득 찬 그 기분 나쁜 망상은 제쳐두기로 하고, 그렇게 걱정되면 직접 연락을 취하면 되잖아."

"그, 그게……."

하지만 그 남자애에 대한 이야기를 즐겁게 나누면서도,
10권에서
둘 중 한 사람…… 얼마 전에 그 남자애와 『이런저런 일이 있었던』 그녀는 입을 다물더니, 심각한 표정을 지으며 고개를 숙였다.

"연락을 취하기 좀 그래? 일전에 다퉜다는 이야기는 들었어."

"다툰 게 아냐. 그저 창작의 방향성 때문에 충돌했을 뿐……."

"뭐야~, 다툰 게 아냐? 그럼 딱히……."

"그렇기 때문에 연락을 할 수 없어……. 창작의 방향성이 다르다는 걸 안 이상, 나는 그에게 적절한 어드바이스를 해줄 수 없어. 나는 이제, 그의 스승이 아닌걸."

"우와, 거 되게 성가시네."

"맞아……. 나는 성가신 애야."

그때, 우타하는 그가 내민 손을 잡을 수 없었다. 아니, 일부러 잡지 않았다.

그런 결과가 되고 만 것은 그녀의 마음속에 존재하는 괜한 고집 때문인지, 아니면 확고한 의지 때문인지, 아직도 알 수 없었다.

하지만…….

"……하, 하지만 그 성가신 면이 오히려 이점으로 작용하지 않을까? 이런 느낌으로 고민에 잠겨 있으면, 『옛날에 이런저런 일이 있었고, 지금도 서로를 마음에 품고 있는 애절한 연인들』 같아 보이려나?!"

"방금 그 말만 안했어도 그렇게 보였을지도 몰라……."

뭐, 본인은 아직 여유가 있는 것 같다고나 할까, 저 잿빛 뇌세포에는 꽃이 흐드러지게 피어있는 것 같다고나 할까…….

※ ※ ※

"아……."

"에헤헤헤~, 어때? 눈물 나지? 토모는 엉엉 울었다니깐~."

테이블 위에 놓인 노트북 컴퓨터에서는 안타까운 BGM이 흘러나오고 있었다.

그것은 이야기가 얼추 끝났다고 생각한 우타하가 가게를 나서려던 순간, 미치루는 날린 오늘 최대의 서프라이즈였다.

그것은, 미치루가 속한 『blessing software』가 개발 중인 겨울 코믹마켓용 신작 『시원찮은 그녀(히로인)를 위한 육성방법(가

제)』의 개발판이다.

그리고 지금 화면에 나오는 것은 연상 히로인인 카스미가오카 우타하(가명) 시나리오의 클라이맥스 장면이다.

"하, 하지만, 이, 이건……."

그러나 그것은 우타하가 알고 있는 이야기와 소금 달랐다…….

"내 음악 덕분에 멋진 장면이 된 것 같지 않아?"

그것은 그녀가 부정했던, 아무런 걱정도 우려도 없이 지금까지 히로인이 해온 노력이 간단히 보답 받는, 그런 달콤한 시나리오가 아니다.

그녀가 『자신이라면 이렇게 할 것이다』하고 생각하며 그에게 들려줬던, 히로인의 강한 의지와 고결함을 우선한 약간 씁쓸한 시나리오에 한없이 가까웠다.

"이거…… 설마, 수정한 거야?"

"아냐. 이걸 먼저 쓴 것 같았어. 하지만 토모가 지금 시나리오로 뜯어고쳐버렸대."

"그랬구나……."

그 이야기 안에서 숨 쉬고 있는 히로인의 심정을 접한 우타하는 드디어 깨달았다.

아니, 다시 믿을 수 있었다.

그의 안에는, 분명 자신이…… 카스미 우타코에게서 이어받은 시나리오라이터의 피가, 지금도 흐르고 있다는 것을 말이다.

“그러고 보니 이건 카토가 만들어준 건데, 선배에게 보여준다고 말했더니 그 애가 이상한 소리를 하더라니깐?”

“이상한 소리?”

“뭐라더라, 「보여주고 싶지만, 한편으로는 보여주고 싶지 않네」……라고 했었지, 아마?”

“……카토 양은 요즘 들어 집착녀가 되어가는 것 같아서 좀 그러네.”

“으음, 카토도 선배한테는 그런 말을 듣고 싶지 않다고 생각할걸?”

“응……. 그럴지도 몰라. 후훗.”

그렇기에, 우타하는 미치루에게 한 번도 보여준 적이 없는 부드러운 미소를 지었다.

그것은 9월 중순의 일요일. 부드러운 가을 햇살이 쏟아지는 낮.

……같은 시각, 그녀들이 화제로 삼고 있는 남자애가 어디 사는 도둑고양이…… 아니, 여자애와 스카이프를 통해 애정행각을 벌이고 있다는 사실을, 이 두 사람은 알지 못했다.

시원찮은 그녀(히로인)를 위한 육성방법 12 IF루트

~만약 두 사람이 예정대로 데이트를 했다면(영화관 편)~

"그럼 일단 영화를 보고, 차라도 마신 다음, 쇼핑을 하고, 마지막에 식사를 하는 건 어때?"

"정석 코스네~."

9월 하순, 토요일.

눈부신 햇살이 쏟아지는 휴일 오후에, 나와 메구미는 이케부쿠로 역에서 예정대로 합류했다.

메구미는 약속장소에서, 평소와 마찬가지로 인파 속에 숨은 채 무덤덤하게 스마트폰을 만지작거리고 있었지만…….

그래도 줄곧 나와 LINE으로 이야기를 나누고 있었으니, 무덤덤하다는 표현은 적절하지 않을지도 모른다.

"좋아. 그럼 영화관으로 향하자! 뭐니 뭐니 해도 영화관은 데이트 이벤트의 정석이거든. 다양한 해프닝 이벤트로 가득 차 있는 보물창고라고……."

"오늘은 시나리오 소재 수집은 안 하기로 약속했지? 평범하게 데이트를 하기로 약속했지?"

"으, 응……."

언뜻 보기에는 평소와 마찬가지로 『쓸데없이 기합이 들어간 나에게, 메구미가 냉정하게 다짐을 받고 있는 것』처럼 보이겠지만…….

그러나 메구미가 다짐을 받은 내용이 『이것은 엄연한 데이트』라는 점이 영 익숙하지 않다고나 할까, 참신하다고나 할까…….

"그런데 메구미. 어떤 영화를 볼까? 일단 유감스러운 퀄리티의 미디어믹스 실사화 영화도, 거금을 쏟아 부었는데도 폭사를 한 비참한 할리우드 영화도 있는 것 같은데……."

"왜 그런 미묘한 타이틀만 추천하는 건지는 일단 제쳐두기로 하고, 그냥 애니메이션이나 보자."

"그, 그래? 아, 하지만 애니메이션이기는 해도 데이트 정석 영화의 최고봉이라 불리는 그게 있기는 한데……."

"어차피 그런 건 보고 싶지 않잖아? 다른 걸 봐도 돼."

"……배려해주셔서 감사합니다."

하지만 데이트를 의식하게 만든 메구미가 중요한 부분을 이렇게 대충 넘어가주는 덕분에 마음이 편해졌다.

"좋아! 그럼 S○NY그룹과 KAD○KAWA그룹에 충성을 맹세하며, 극장판 SA○를 보자!"

"우와~, 단어를 숨길 의도가 전혀 없는 느낌이 팍팍 나."

그래서 나는 오타쿠 느낌이 물씬 나는…… 아니, 여자애의 취향은 전혀 고려하지 않으며, 평소와 마찬가지로 폭주했다.

그렇다. 메구미가 툭하면 나한테 화를 내는 것도, 그녀가 나에게 너무 관용적이라서 그럴지도 모른다는 적반하장식 생각까지 하면서 말이다…….

"뭐, 걱정하지 마! 이 작품에도 커플이 있거든! 분명 러브러브 묘사가 잔뜩 들어있을 거야!"

"으음~, 러브러브 묘사가 있다는 걸 토모야 군이 어필해 봤자, 어떤 반응을 보이면 좋을지 모르겠는걸."

"그럼 그런 점을 기대하지 않아도 돼! 같이 전투 장면을 보면서 손에 땀이나 쥐자!"

"응. 참 기대되네~."

땀만이 아니라, 상대방의 손도 잡을 수 있다면…… 같은 생각을 하고 있다는 건 전혀 티를 내지 않으며(아마도), 우리는 신호가 바뀐 횡단보도를 건너면서 번화가를 향해 걸음을 옮겼다.

※ ※ ※

"시간이 비네~."

"……그래."

도착한 영화관의 매표소는…… 예상보다 훨씬 혼잡했다.

우리가 볼 영화는 SONY그룹과 KADOKAWA그룹이 총력을 기울여 만든 초대작이기 때문에(이하 유사 묘사 생략), 티켓이 남아있는 건 일곱 시간 이후인 오후 여덟 시 즈음에 상영하는 편뿐이었다.

아, 참고로 영화 개봉 스케줄과 이 작품의 시간축 같은 건 신경 쓰지 말아줬으면 한다.

"티켓을 산 다음에는 뭘 할까? 영화 보기 전에 밥이라도 먹을래?"

"그냥 자리가 남아있는 영화로 바꿀까? 아니면 영화는 포기하고 다른 곳에 간다든가……."

"왜? 나는 그냥 그 영화를 봐도 돼."

"하지만 딱히 보고 싶었던 영화는 아니잖아?"

줄이 좀처럼 짧아지지 않는데도, 메구미는 평소보다 아주 약간, 그리고 명백하게 즐거워 보이는 표정을 지으며…….

"그야, 이런 해프닝도 재미있는걸."

"뭐……."

"첫 데이트가 실패한 에피소드…… 둘만의 추억으로서는 괜찮지 않을까?"

"윽……."

그 말이 내 마음 깊숙한 곳에 박혔다.

그것도, 순식간에 내 얼굴이 꼴사나워…… 아니, 새빨개

질 정도로 말이다.

"게다가, 영화가 밤 열 시 즈음에 끝난다면, 지금부터 열 시간 정도는 함께 있을 수 있다는 거잖아."

"~~윽."

그리고, 겸사겸사 내 마음을 도려냈다.

그 말을 들은 순간, 온몸의 혈액이 집중…… 아니, 끓어올랐다.

"메, 메구, 메구, 메구미…… 너, 뭐랄까~, 진짜 대충…… 아니, 쉬운…… 아니지, 상냥한 애구나. 화나지 않았을 때는 말이야."

"칭찬 같기는 한데, 그래도 방금 한 발언 중에 정정을 요구하고 싶은 곳이 세 부분 정도 있거든?"

그런 식으로 내가 거동수상자 같은 반응을 보이는 와중에도, 메구미는 평소의 무덤덤함에서 아주 약간만 핀트가 어긋나고 있었다.

하지만 그 약간의 어긋남이, 정말, 정말…….

※ ※ ※

"자아, 티켓도 손에 넣었으니까 차라도 마시러 가자."

"으, 으, 응……."

매표소 앞의 행렬에서 서우서우 벗어난 것은 약속장소에

서 메구미와 만나고 30분 정도 지났을 즈음이었다.

그 사이에 내가 손에 넣은 것은 손바닥에 난 땀 때문에 약간 눅눅해진 티켓 두 장 뿐이다.

"그럼 이제부터 밤 열 시까지는 다투고 헤어지는 사태가 발생하지 않도록 조심해야겠네. 티켓 값이 아까우니까 말이야."

"무시무시한 소리 좀 하지 말라고!"

아마 오늘 우리가 다툴 일은 없을 것이다.

하지만, 어쩌면, 우리에게 있어 『그 너머』로 나아가기 위해 걸음을 내딛은 결과, 「……돌아갈까?」, 「……응」 같은 분위기가 될 가능성은 남아있다.

그렇기에, 오늘 메구미가 나에게 건네는 가벼운 말 한 마디 한 마디는 얼음송곳이 되어 내 마음에 박히고 있었다.

하지만…….

"뭐, 아무튼…… 서로가 조심하도록 하자. 티켓 값을 위해서라도 말이야."

"……응. 티켓 값을 위해서 말이야."

그러니 나는 그 4천 엔 어치 각오와 함께, 메구미의 손을 꼭 잡았다.

그리고 메구미 또한, 그런 내 각오에 2천 엔 어치의 힘으로 호응했다.

결국, 이렇게 영화관 안에서 시도하려 했던 행위를, 영화가 시작되기도 전에 달성한 나는…….

진짜 목적인 『우리에게 있어 「그 너머」를 확인하는 이벤트』까지의 기나긴 시간을, 미친 듯이 뛰고 있는 가슴을 안은 채 보내게 됐다.

하지만, 만약…….

그렇게 늦은 시간에, 그 이벤트를 위해 돌린 가챠에서, 만약 SSR 카토 메구미가 나온다면…….

그때 느낄 흥분은, 낮에 같은 이벤트가 일어났을 때보다 몇 배는 더 위험하지 않을까 하는 생각이 들었다.

(주석)그런 이야기로 이어지지는 않습니다.

시원찮은 그녀(히로인)를 위한 육성방법 12 IF루트

～만약 두 사람이 예정대로 데이트를 했다면(백화점 편)～

"그럼 한 번 입어볼게."

9월 중순, 토요일.

시계는 오후 세 시를 가리키고 있었다.

이케부쿠로에서 오후 한 시에 만난 우리는 두 시간 동안 마을 안을 돌아다니거나 차를 마신 후, 지금은 이케부쿠로 히가시구치에 있는 백화점의 부티크에서 쇼핑 중이다.

"여러 번 입어 봐도 돼. 나는 가게 밖에 있을 테니까, 이것저것 다 입어보면서 계속 고민해도 된다고."

"토모야 군, 그럴 수는 없어……."

"그래도 영화는 오후 여덟 시 넘어서 시작하니까, 시간은 충분히……."

"으음, 내가 그럴 수 없다고 말한 건 시간 때문이 아니라 우리 사이의 거리 때문이야."

"뭐?"

"토모야 군은 이 가게의 옷을 입어본 나를 보고 감상을 말한다고 하는 간단한 일을 맡아줘야 하잖아."

"……뭐어?"

"그러니까, 탈의실 앞에서 기다려줬으면 해."

"죄송하지만 그런 데이트같은 짓은 무리예요! 좀 봐주세요!"

"우리가 뭘 하고 있는 건지 잊은 건 아니지?"

"으윽……."

그렇다. 메구미가 지적했다시피, 우리가 하고 있는 건 바로 그 데이트라는 행위가 틀림없는 것이다.

"토모야 군, 이런 게 싫으면 부티크에 가는 걸 거부했으면 되잖아."

"하지만 메구미는 옷을 고르는 걸 좋아하지? 오타쿠 예비군이면서 말이야."

"오타쿠와 패션을 억지로 단절시키려는 사상은 이제 그만 포기하는 게 어때?"

"하지만 세간에는 오타쿠에 대한 차별이 깊이 뿌리내려 있거든? 예를 들어, 내가 좋은 옷을 차려 입으면 패션 오타쿠라는 비웃음을……."

"그건 말의 의미가 다를 뿐만 아니라, 문제가 되는 건 토모야 군이 입으려는 옷이 아니라 옷을 입는 방식에 문제가 있다고 생각해."

"그런 소리 하면 말짱 꽝이잖아~!"

내 단말마를 아무렇지 않게 흘려 넘긴 메구미는 자기가 고른 옷을 안아든 채, 그대로 탈의실에 들어가서 커튼을 쳤다.

……내가 이 자리에서 도망치는 것을 금지한 채로 말이다.

※ ※ ※

"그러고 보니 우리가 첫 데이트를 한 곳은 로쿠텐바 몰이었네. 토모야 군은 그런 곳을 질색하는데도 말이야."

"그야 그때는 메구미가 하도 가고 싶어 해서……."

도망칠 기회를 놓친 나는 탈의실 앞에서 커튼 너머에서 들려오는 메구미의 목소리, 그리고 옷깃 스치는 소리를 듣고 있었다.

즉, 메구미는 지금 옷을 벗으면서 나와 아무렇지 않게 이야기를 나누고 있는 것이다…….

"그러고 보니 토모야 군은 때때로 미묘하게 이성에게 친절해진다니깐. 평소에는 완전 이기적인데 말이야."

"그럼 안 되는 거야?! 나는 그저 남이 원하는 걸 손에 넣고 기뻐하는 모습을 보고 싶을 뿐이거든?!"

대화만 들으면 내가 시답잖은 이유로 발끈하는 것 같지만…….

하지만 치마의 지퍼를 내리는 소리를 내면서 대답을 하는 사람이야말로 문제가 있는 것 같지 않아?

"물론 괜찮아."

"그렇지? 그렇지?!"

"문제가 많은 방식을 취하는 것과 주위 사람들의 시선 같은 점은 제쳐두기로 하고, 어디까지나 개인적으로는 토모야 군의 그런 면을 싫어하지 않거든."

"그 전제조건만 입에 담지 않는다면, 나도 방금 그 말을 듣고 감격했을지도 몰라……."

"게다가 상대가 누구든 간에~, 변함없이 이런 태도를 취할 수 있는 점도 토모야 군 답다고 생각해."

방금 그 말은 아까까지 하던 말에 비해 톤이 낮고, 건성으로 말한 것 같은 느낌이 들지만…….

그래도, 후크를 거는 소리에 정신이 팔린 나머지, 제대로 된 판단을 내릴 수가 없었다.

"그렇지 않아. 특히 메구미가 기뻐하는 표정을 보면 나도 아주 약간 의욕이 상승하거든."

"……아주, 약간?"

"그야 메구미는 항상 나보다 더 나를 열심히 신경써주잖아."

"……항상 내 태도를 『무덤덤하게 대충 넘기는 것 같다』고 말했으면서~."

방금 그 말과 약간의 침묵에서, 삐친 듯한 뉘앙스가 느껴지지 않은 건 아니지만…….

그래도 탈의실 안에서, 으음~, 이건 무슨 소리지? 추측하는 것 자체도 정신적으로 한계인데 말이야.

"그러니까, 그 『신경 쓰지 않는 점』이야말로 메구미의 상냥함 그 자체라는 거야."

"으음~, 왠지 대충 얼버무리고 있는 듯한 느낌이 드는데……."

"그렇지, 않아……."

"토모야 군……?"

그렇다. 그렇지 않다.

『신경 쓰지 않는다』는 점이야말로, 나 같은 밑바닥 오타쿠에게 있어 얼마나 큰 구원이자, 위로인지…….

아마(귀엽기는 하지만) 평범한 여자애인 메구미는 모를 것이다.

이것은, 어디까지나 내 망상이지만…….

만약, 카토 메구미라는 여자애가 초등학교 저학년인 나와…… 나와 에리리와 같은 반이었다면 어땠을지 계속 상상하게 됐다.

오타쿠라고, 말라깽이 안경이라고, 혼혈이라고, 미소녀라고, 이유 아닌 이유로 박해를 당하던 우리 사이에 이 단발머리(아마도) 여자애가 있었다면…….

물론, 우리한테 전혀 관심을 주지 않으며 무시했을지도 모른다.

어쩌면, 어쩔 수 없이 다른 애들과 함께 우리를 놀려댔을지도 모른다.

하지만, 어찌된 영문인지, 상상을 하게 되는 것이다.

오타쿠 토크로 열을 올리는 나와 에리리 옆에, 그런 이야기에는 딱히 흥미가 없고, 적의도 드러내지 않으며, 그냥 함께해주는 같은 반 여자애가 있는, 그런 과거를…….

"……왜 그래?"

"아, 아무 것도 아냐."

어느새, 탈의실의 커튼이 걷혔다.

그리고 새로운 코스튬…… 아니, 옷으로 갈아입은 메구미가 모습을 드러냈다.

"하지만, 눈가에……."

"메구미가 정말 좋은 녀석이라는 걸 재확인하던 참이야."

"……흐음, 정말이야?"

뭐, 안구에 습기가 찬 탓에 잘 보이지는 않았지만 말이다.

"정말 잘 어울리네. 역시 메구미는 패션 센스가 있어. 뭐, 나는 패션 같은 건 잘 모르지만 말이야."

"으음, 좀 치켜세워주는 척 하다 나락으로 떨어뜨리지 말아줄래?"

"좋아, 이걸 사자! 저기~, 점원 분!"

"아, 안 돼. 이건……."

"괜찮아. 오늘은 메구미의 생일이니까…… 윽."

얼굴에 어려 있던 미묘한 표정을 숨기기 위해 빨리 계산을 마치려 하던 나에게 메구미가 보여준 것은…….

옷소매에 달려 있던, 36000엔이라는 숫자가 적힌, 가격표였다.

……게다가 옆에 『특가품』이라는 글자가 붙어 있거든요, 사모님?!

"……사지도 않을 옷을 입어보는 일, 의외로 자주 있다니깐."

"삼만…… 육천……."

게다가 특가품이다.

"자아, 그럼 다음에는 58000엔짜리 옷에 도전해볼게. 또 감상을 말해줘."

내가 얼이 나가있는 사이, 메구미는(이 녀석치고는) 개구쟁이 같은 미소를 지으면서 다시 커튼을 쳤다.

그리고 몇 초도 채 지나기 전에, 또 옷깃 스치는 소리가 들려왔다.

다시 한 번 나에게 또 다른 서프라이즈를 주기 위해…….

"저기, 메구미……."

"응~?"

"다음에 아까 그 옷을 꼭 선물해줄게."

그렇다면, 나도 그녀에게 무언가를 줘야만 한다.

지금은 단순한 마음뿐일지도 모르지만 말이다.

"괜찮아. 딱히 그런 기대는 안 해."

하지만 언젠가…….

"아냐, 꼭 기대해줘! 우리의 최강 미소녀게임으로 대박을 터트려서, 서클 경비로 아까 그 옷들을 사줄게!"

"……그건 하나도 기쁘지 않을 뿐만 아니라, 세무 관련 문제로 발전할 가능성도 있을 것 같은데 말이야."

시원찮은 그녀(히로인)를 위한 육성방법 12 IF루트

~만약 두 사람이 예정대로 데이트를 했다면(레스토랑 편)~

"꽤 걸었네~. 좀 피곤한 것 같아."

"좀 있다 영화를 봐야 하잖아. 상영 중에 졸지 마."

9월 중순, 토요일.

시계는 오후 일곱 시를 가리키고 있었다.

오후 한 시부터 시작된 나와 메구미의 이케부쿠로 데이트는 여섯 시간이 경과되며 해가 졌을 즈음, 어느 골목에 있던 이탈리아 요리점(주석 : 적당한 가격)에서 이어지고 있었다.

"그럼 오늘은 하루 동안 수고 많았어."

"그러니까, 아직 영화가……."

"건배~."

"뭐, 됐어. ……건배."

우리는 데이트의 세미 피날레를 장식하기 위해, 와인…… 잔에 담긴 탄산수로 건배를 했고…….

"자, 어떻게 할래? 코스를 시킬까? 아니면 단품으로 피자와 파스타의 물량공세로 할까?"

"단품으로 하자. 그편이 나눠먹으면서 이것저것 즐길 수 있을 거야."

그리고, 한 모금 마신 후에 바로 메뉴와 눈싸움을 시작한 우리는 여섯 시간 넘게 제대로 된 음식을 먹지 않은 배와 상의했다.

"그럼 식사는 토모야 군이 골라줘. 나는 디저트를 고를게."

"기왕이면 디저트까지 포함해서 전부 나한테 맡겨주지 않겠어? 걱정하지 마! 여기 음식은 전부 맛있……다고 들었거든."

기왕 생일 데이트를 하는데, 이런 식으로 평소와 다름없는 분위기여도 괜찮은 걸까? 하고 생각할지도 모른다.

하지만 서프라이즈라는 것은 평소와 다름없는 화기애애한 분위기 속에서의 급격한 변화가 가장 효과적이라는 사실은 이미 통계를 통해 증명되어 있다(출처 필요).

즉, 내가 노리는 것은…….

"그건 상관없는데, 이것만은 관두자."

"……어?"

내가 자신의 완벽한 작전을 떠올리며 음흉한 미소를 지으려던 순간…….

"여기 적힌 『버스데이 스페셜 스위츠』라는 메뉴 말이야."

"……어~."

메구미가 가리킨 메뉴가 내 얼굴근육을 맹렬하게 자극했다.

그렇다. 그것이야말로 내가 이 가게를 예약할 때, 사전에 예약해뒀던 회심의 서프라이즈다.

대량의 케이크와 아이스크림으로 만든 디저트에 촛불을 꽂은 게 나오고, 가게 안을 어둡게 한 후에 점원의 목소리에 맞춰 가게 안에 있는 이들 모두가 해피버스데이 노래를 합창한다고 하는, 여자애라면 누구나 기뻐할 법한…….

"다른 손님들도 끌어들여서 일제히 해피버스데이 노래를 부르는 건, 나는 너무 부끄러워서 무리야. 뭐, 토모야 군이 그런 『리얼충』스러운 이벤트 메뉴를 주문했을 거라고는 생각하지 않지만 말이야."

"……어어어어어~."

※ ※ ※

"오래 걸렸네. 나 먼저 먹고 있어."

"아, 응……."

화장실에 가는 척하면서 스페셜 메뉴의 캔슬 처리를 마친 후(점원 분이 난처한 표정을 짓고 있었기에 케이크만 포장해 달라고 말해뒀다), 자리로 돌아가 보니 테이블 위에는 내가 시킨 요리가 즐비하게 놓여 있었다.

"응. 전부 맛있어. 진짜 토모야 군『치고는』 센스 있는 초이

스였네."

"하하……."

아무래도 오늘 내가 준비한 최고의 생일 서프라이즈 계획은 실행에 옮기지도 못할 것 같았다.

우리 둘 사이에서는 평온한 분위기가 흐르고 있었으며, 『생일에 단둘이 레스토랑에 와서 축하』라는 두근두근 이벤트 느낌은 완전히 사라져버렸다…….

"응. 생햄이 들어간 이 샐러드도 맛있어. 자, 토모야 군도 채소 좀……."

"저, 저기, 메구미!"

"응~?"

하지만 메구미의 엄마 같은 배려에 만족할 때가 아니었다.

"받아줘……. 선물이야."

"어……."

그것도 그럴 것이, 오늘은 1년에 한 번 뿐인 중요한 날이다.

그리고 나…… 아니, 우리에게 있어서는 평생 한 번밖에 없을지도 모르는 소중한 날이 될지도 모르는, 기념일인 것이다.

"뭐야. 선물을 준비했구나. 그럼 부티크에서 그렇게 허세부리지 않아도 됐겠네."

테이블을 가득 채운 접시 사이에, 손바닥만 한 사이즈의 종이 꾸러미가 놓여 있었다.

"아니, 뭐…… 아무튼, 열어봐."

그리고 나는 약간 멋쩍은 표정을 지으며 그렇게 말했다.

"으, 응……."

내가 기념일에 걸맞은 태도를 취하자, 메구미는 가벼운 농담을 흘리면서도 약간 볼을 붉혔다.

그녀는 그 꾸러미를 쥐더니, 테이프를 조심조심 뗀 후, 꽤 기대에 찬 듯한 표정을 지으며 내용물을 확인했고…….

"놀랐지~?! 그건 평범한 명함이에요~."

"뭐……."

그리고 그녀의 손바닥 위에 투박한 플라스틱 케이스 안에 미끄러져 나온 순간, 나의『첫번째 서프라이즈』는 완성됐다.

동인 게임 제작 서클　blessing software

부대표·서브 디렉터·메인 히로인

카토 메구미

케이스 안에서 나온, 투명 필름에 쌓인 명함 크기의 카드 다발(명함이니 당연하겠지만)에는 그런 심플한 서명과 HP의 URL, 그리고 문의용 메일 어드레스가 적혀 있었다.

"좀 있으면 겨울 코믹마켓이 열리잖아? 그러니 다른 서클이나 매장 분들과 인사를 나눌 때에 대비해, 멤버 전원의 명함을 만들었어."

"……."

그런 나의 『단순한 업무 보고』를 들은 메구미가 내 예상대로 평소와 마찬가지로 무덤덤한 표정을 짓더니, 멍하니 명함을 쳐다보았다.

뭐, 이 타이밍에 이런 식으로 골탕을 먹일 거라고는 생각도 못했으리라.

"하하, 미안해. 장난이 심했지? 실은 이게 진짜……."

그리고 나는 어젯밤에 필사적으로 짠(그런 것치고는 한심한) 『추락 후 상승』 작전에 따라, 이번에야말로 제대로 된 선물을 테이블 위에…….

"……읍."

"……어?"

"저기, 그게, 너무…… 기, 뻐……."

"어? 어? 어?"

……올려놓으려고 했지만, 이번에는 내가 너무 놀란 바람에 그대로 굳어버렸다.

"아하하……. 너무, 기뻐하니까, 바보, 같지……?"

"메, 메구미……?"

그것도 그럴 것이, 메구미는 진심으로 울고 있었다.

이게 거짓 눈물이라면 내 평생 최고의 서프라이즈일 정도로, 진심어린 감격을 하고 있는 것처럼 보였다.

하지만…….

“힘내자. 응?”

“아…….”

“이번에야말로, 다같이 겨울코믹을 성공시켜서 다함께 진심으로, 환하게 웃는 거야.”

“……응.”

아마, 나는 그녀에게 있어 가장 소중한 것이 무엇인지, 아직 이해하지 못했을 뿐이리라.

이해하지 못했으면서, 정답에 도달하고 말았을 뿐인 것이다.

서클과 동료들과 그리고 나…….

카토 메구미라는 여자애는, 그 누구보다도 『함께』를 사랑하는 여자애인 것이다.

“받아줘……. 토모야 군에게 처음으로 내 명함을 주고 싶어.”

“으, 응……. 그럼 내 명함도 받아줘.”

“……앞으로도, 잘 부탁드려요. ……이럴 때, 그렇게 말하는 거 맞지?”

시원찮은 그녀(히로인)를 위한 육성방법 GS 3 12.6.5.5화

금요일 아침.

오늘 하루만 지겨운 수업을 버티면 주말을 맞이한다고 하는, 어쩌면 학생들이 가장 고대해 마지않는 시간대.

"이런 꼭두새벽부터 대체 무슨 일이야, 선배……."

『미안해. 좀 상의할 일이 있어서 말이야.』

그런 가슴 뛰는 아침에 느닷없이 울린 스마트폰의 착신음을 듣고 기분이 나빠진 미치루가 핸드폰을 귀에 대자, 꽤 귀에 익기는 했지만 전화를 걸어오는 일이 거의 없는 이의 목소리가 들렸다.

"상의는 괜찮은데…… 너무 꼭두새벽 아냐~?"

『중요하면서도 서둘러야 할 일이야. 그것도 오늘 안에 어떻게 해야 할 정도지.』

"하지만 지금 그렇게 중요한 이야기를 하다간, 나는 학교에 지각하고 말 거야……."

『이미 등교 시간이 지났어.』

"……오~."

금요일 아침.

오늘 하루만 지겨운 수업을 버티면 주말을 맞이한다고 하는, 어쩌면 학생들이 가장 고대해 마지않는 시간대.

……하지만, 시곗바늘은 이미 수업이 시작되었을 오전 아홉 시 반을 가리키고 있었다.

"토모와 카토가…… 진짜야?"

"뭐, 적어도 그녀가 완전히 뚜껑이 열렸고, 그런데도 그는 미련이 철철 넘치는 건 틀림없는 것 같아."

그리고 그로부터 한 시간 후.

서둘러 등교하는 건 고사하고 아예 등교 자체를 포기한 미치루는 부모님 눈길 때문에 교복 차림으로 집을 나섰고…….

지금은 인근 카페에서 아까 전화통화를 했던 우타하와 직접 만나서, 그녀가 사준 카페 모닝 세트를 먹어치우고 있었다.

"맙소사~. 연애 문제로 서클 붕괴인 거네~. 역시 토모 녀석은 리얼충을 만끽하고 있는 거잖아아아아~!"

얼마 전, 미치루는 분명 『메인 히로인과 주인공에게 또 파란이 벌어질 것 같다』라고 하는, 지금 생각해보면 미래예지라고 해도 과언이 아닌 혜안을 선보였다.

하지만 그것은 어디까지나 메인 히로인과 주인공에 관한 것이며, 서클 부대표와 대표의 연애에 관한 이야기는 아니었는데…… 아무래도 사태는 미치루가 상상한 것보다 훨씬 급박하게 진행되고 있는 것 같았다. 그것도(어찌 보면) 절망적인 방향으로 말이다.

"그러니까, 그렇게 되지 않도록 『blessing software』를 지키는 거야. ……당신과 내가 말이야."

"어, 괜찮겠어? 선배한테 있어서 그건 자살행위 아냐?"

게다가 미치루의 예측이 비껴나는 일이 발생했다.

이런 사태가 벌어졌을 때, 눈앞에 있는 이 미련 덩어리 얀데레 여자 대학생이라면 지금과는 정 반대되는, 그야말로 절망적일 정도로 부정적인 반응을 보일 거라고 생각했는데…….

"일전에 당신이 나에게 말했지? 나에게는 서클을 도울 의무가 있다고……."

하지만 지금 그녀…… 카스미가오카 우타하는 서클에 있어, 그리고 『아키 토모야와 카토 메구미』에게 있어, 가장 이상적인 결말에 대해 이야기하고 있었다.

선배로서의 책임감 때문에 이러는 건지, 옛날 여자로서의 고집 때문에 이러는 건지, 엣 서클 멤버로서 느끼고 있는 마음의 빚 때문에 이러는 건지, 실은 우타하 본인도 모르지만…….

"선배, 정말 괜찮겠어? 토모 같은 우량 매물을 진짜로 포기할 거야?"

"우량 매물…… 효도 양, 진심으로 하는 말이야?"

"응~. 그 녀석은 머리도 좋고, 삐뚤어지지도 않았을 뿐만 아니라, 귀엽잖아~."

"……당신만큼 윤리 군을 높게 평가하는 사람은 드물다니깐. 한 핏줄이라 편드는 것 뿐일지도 모르지만 말이야."

사와무라 에리리도, 카토 메구미도, 그리고 우타하 본인도…… 그 저돌적인 오타쿠 서클 대표를 이렇게 높이 평가한다는 것은 불가능했다.

그녀들이 그에게 품고 있는 호의는 어디까지나 『개인적인 절대평가』에 지나지 않는다는 것을 자각하고 있는 것이다.

"무슨 소리를 하는 거야. 친척들이 모이면, 하나같이 「토모는 참 대단하네」 같은 소리만 한단 말이야."

"……그래?"

"뭐, 시골 촌사람들 모임이나 다름없거든~. 도쿄의 유명 사립고에 다니는 것만으로도 엘리트 취급을 받아. 나중에는 도쿄 대학 아니면 소오 대학에 갈 거라고 여기던걸?"

"……고등학교를 졸업하자마자 평가가 급락할 것 같네."

"나처럼 운동은 잘해도 공부는 제쳐놓고 밴드나 하는 애는 날라리 낙제생 취급이거든. 항상 토모와 비교를 당한다니깐."

"……낙제생인 건 사실이니까 어쩔 수 없지 않아?"

"게다가 그 녀석은 붙임성도 좋고, 대답도 또박또박하잖아."

"……『항상 목소리가 클 뿐』인 것 같은 느낌도 들지만, 말이라는 건 하기 나름이네."

"친척어른들은 하나같이 토모를 가장 마음에 들어 해. 그

녀석은 어떤 이야기든 즐겁게 늘어놓는데다, 남 칭찬도 서슴없이 하거든."

"……."

"선배, 왜 그래?"

"아무 것도 아냐……."

우타하는 그렇게 말하면서, 어딘가 그리우면서도 멋쩍고, 또한 약간 안타까운 기억을 떠올렸다.

자신을, 자신의 작품을 허심탄회하게 칭찬하며 짓던, 그의 넉살 좋은 미소를…….

작가의 눈앞에서 정경묘사에 눈물 흘리고, 캐릭터에 모에 했으며 텍스트에 웃음 짓던, 상대의 모든 것을 긍정하는 것 같던 그 시원시원한 말들을…….

그것은 지금 눈앞에서 그의 사촌이 선보이고 있는 친척 편들기와 똑같았던 것이다.

"……그저 당신이 바보에 단순할 뿐만 아니라 짜증나는 애라는 걸, 다시 인식했을 뿐이야."

"그건 또 무슨 소리야~! 선배, 나한테 부탁이 있어서 찾아온 거 아니었어?!"

"맞아……. 효도 양, 꼭 협력해줘야겠어."

그렇기 때문에, 자각했다.

자신의 계획에는 그와 비슷한 환경에서 자랐고, 그와 비슷한 정신구조를 지녔으며, 그와 혈연관계인 그녀가 필요하다는 것을…….

자신의 힘만으로는, 마음의 문을 완전히 닫아버린 그녀를 밖으로 나오게 할 수 없다는 것을 말이다.

"우리 둘이서 그 두 사람을…… 원래 관계로 되돌려 놓는 거야."

"……그럼 내가 뭘 하면 되는데~?"

그리고, 또 하나의 사실을 자각했다.

미치루의 어이없을 정도의 긍정적인 태도는 역시 진실이었다.

개인적 견해 같은 게, 아닌 것이다.

"내가 대본을 쓸게. 그러니까 당신은 평소처럼 카토 양을 억지로 끌어들이는 거야."

"나한테 연기를 하라는 거야? 카토처럼?"

"아니, 당신은 연기를 하지 않아도 돼……."

바보에, 단순하며, 짜증나는…… 아니, 긍정적이고, 매사에 열심이며 순수한 그이기에 자신은 끌렸던 것이다.

"그저, 내 말을 당신이 생각하는 대로 말하기만 하면 돼."

그 사랑은, 결코 한순간의 실수가 아니었던 것이다.

시원찮은 그녀(히로인)를 위한 육성방법 GS 3 12.7.5.5화

요일이 토요일로 바뀌고, 다섯 시간 가량 흘렀을 즈음.

"저기, 이즈미 양."

"왜 그러세요? 메구미 씨."

예의 『여자 모임』이, 메구미의 『충격적인 고백』 때문에 중단된(GS3 본편 참조) 후에도, 세 사람의…… 아니, 두 사람의 게임 개발 합숙은 계속됐다.

메인 히로인인 카노 메구리 시나리오의 이벤트CG 러프 작성을 위해 포즈를 취하고 있는…… 아니, 마지못해 이런 저런 포즈를 취하고 있는 메구미와, 그런 모델의 몸 구석구석까지 핥듯이 살피며 연필로 스케치 중인 이즈미는 새벽이 됐는데도 잠이 오지 않을 만큼 흥분한 상태에서 새로운 성과물을 차례차례 내놓고 있었다.

또한, 또 한 명의 합숙 참가자인 미치루는 배터리가 바닥난 것인지 지금은 소파에서 숙면 모드에 들어가 있었다.

"으음, 실은 아까부터 계속 신경 쓰였던 건데…… 이 구도라면, 히로인의 속옷이 보이지 않아?"

"물론 보여요."

"……미안한데, 포즈를 바꿔도 돼?"

"어~! 어째서요?"

그런 두 사람이 현재 하고 있는 것은 이벤트 번호로는『메구리15』…… 메구리 개별 루트에 돌입하게 되는 고백 이벤트의 구도였다.

그런 결정적인 이벤트 원화를 위해 메구미가 취한 포즈는 벽에 등을 맡긴 채 두 무릎을 세운 채로 앉는다고 하는, 흔히 11권 표지…… 아니, 무릎 끌어안고 앉기 자세였다.

"으음, 이즈미 양. 그야……."

그렇다면 설정상 사복이 무릎 언저리까지 오는 치마인 메인 히로인, 카노 메구리의 이벤트 그림은 현재 이즈미와 메구미의 위치관계에서 본다면, 명백하게 치마 안쪽이 보이는 앵글이 될 것이다.

참고로, 현재 메구미의 복장에서도 팬티가 보일지 말지는…… 이야~, 복장 설정은 미사키 씨에게 전부 떠넘겨서 모르겠네.

"하지만, 이게 이 장면에서 메구리가 자연스럽게 취한 자세죠? 메구미 씨가 그렇게 생각했기 때문에, 이 포즈를 취한 거잖아요?"

"아~, 으음, 그건, 저기…… 유저에게 속옷이 보이는 건 고려하지 않았다고나 할까……."

“즉, 토모야 선…… 애인한테만 보여주고 싶다는 건가요? 치마 안을 은근슬쩍 보여주며 유혹할 대상은 애인뿐이라는 말이죠?”

“아니거든? 나는 그런 짓 하는 변태가 아니거든? 일부러 보여줄 생각은 없거든?”

뭐, 결과적으로 과감한 노출을 하게 되어서 메구미는 움츠러든 것 같지만, 맹렬히 스케치 중인 이즈미는 그녀의 의견을 수용해줄 생각이 눈곱만큼도 없었다.

“아뇨, 변태 오케이예요! 정말 고혹적이라고요, 메구미 씨! 치마를 아슬아슬한 부분까지 말아 올려서 허벅지 안쪽을 힐끔힐끔 드러나게 해 상대방을 유혹하면서도, 애인이 그걸 신경 쓰기 시작하면 전부 상대방 탓으로 떠넘기는 교활함! 그야말로 최고의 메인 히로인이에요!”

“명백하게 망상이 섞여 있거든? 이즈미 양의 그런 부분은 에리리를 쏙 빼닮았네.”

“하지만 메구미 씨도 이게 주인공에게 고백을 받는 메인 히로인의 포즈가 이거라고 생각하는 거죠? 그렇다면……!”

“그렇지 않거든? 어디까지나 전화 통화 중이거든? 실제로 속옷을 보여주며 유혹하고 있는 게 아니거든?”

“어, 이 장면에서 전화로 고백을 하는 건가요? 하지만 시나리오에선…….”

“으음, 시나리오는 다르지만…… 토모야 군과의 리허설 때는…….”

그래서 메구미는 어쩔 수 없이 이 시나리오의 집필 당시 상황을 아주 약간 밝혀서, 이즈미의 착각이라는 이름의 폭주를 막으려 했지만…….

“리허설? 토모야 선배와요?”

“아.”

하지만 자신이 입 밖으로 튀어나오고 싶어 안달이 난 『임금님 귀의 진실』을 마음속에 품고 있다는 사실까지는 생각이 미치지 않은 탓에…….

“저, 저기, 혹시, 이 시나리오는 두 사람의 실제 체험담…….”

“아냐! 절대 그런 게 아니거든?”

“하, 하지만! 리허설이라고 방금 말했잖아요! 토모야 선배와 리허설을 했다면서요!”

모처럼 재개된 심야의 사생대회는 순식간에 심야의 여자 모임으로 되돌아가고 말았다.

“에이~, 이제 숨길 필요는 없잖아요~. 아까 자기 입으로 고백했으니까요~.”

“그것과 이건 이야기가 다……른 게 아니라, 고백은 안 했어. 전혀, 완전히, 눈곱만큼도 안 했어.”

“메구미 씨는 진짜 체념할 줄을 모르네요……. 이렇게 된 거, 확 카스미가오카 선배를 불러서…….”

“아, 아~, 메일 왔네. 메일 왔어. 미안한데 잠시만 작업을 멈추자~."

"어~, 모처럼 흐름을 탔는데~!"

"스케치가 아니라 잡담이 말이야."

메구미는 이즈미에게 그렇게 말한 후, 새벽녘이라는 매너에 어긋나는 시간대에 온 메일을 확인해보니…….

"……우왓."

"우왓?"

"아……."

그리고 대놓고 의미심장한 리액션을 취했다.

"메일, 누구한테서 온 건가요?"

"별거 아냐~. 진짜야~."

"메구미 씨, 거짓말하는 게 티나는 리액션 좀 취하지 마세요."

"으……."

무의식적으로 그런 건지, 혹은 과시욕 때문에 그런 건지는 본인조차 알 수 없지만…….

"토모야 선배한테서…… 온 거죠?"

"이즈미 양, 그건 딱히 중요하지 않다고 생각해."

"이 시간에 메일을 보내는 걸 보면, 역시 두 사람은 범상치 않은 관계네요."

"그건 알 수 없어. 어쩌면 해외에서 보낸 걸지도 모르잖아~."

"그럼 해외에서 온 건가요?"

“말꼬투리를 잡고 늘어지는 듯한 발언은 좋지 않다고 생각하는데 말이야~.”

그리고 필사적으로 얼버무리면서도 부정은 하지 않는 점을 보면…….

“그럼 말꼬투리 잡지 말고 대놓고 본론으로 들어갈게요……. 그 메일, 보여주세요.”

“그, 그건 문제의 소지가 있지 않을까? 개인정보보호법의 관점에서도…….”

“여자들의 우정은 그런 법에 얽매이지 않아요~.”

“이즈미 양, 나는 그런 말을 들어본 적이 없는데…….”

“아무튼, 보여주세요……. 빨리요!”

“으, 음~.”

이즈미가 말도 안 되는 이유를 대며 밀어붙이는데도, 메구미는 딱 잘라 거절하지 못하면서 계속 미적거렸다.

그런 행동에 어떤 의도가 있는지는 본인도 모르는 것 같았다.

하지만, 그런 한순간의 빈틈을 놓칠 여자『들』이 아니었고…….

“잡았다아아아아~!”

“효도 양?!”

“미치루 선배, 나이스예요!”

방금까지 자고 있었지만, 비밀의 냄새를 맡고 깨어난 미치루가 메구미의 등 뒤에서 잽싸게 스마트폰을 낚아챘다.

"자, 잠깐, 안 돼, 보지 마……."

"그럴 수야 없지~! 하시마 양, 엄호 부탁해!"

"저만 믿으세요! 자아, 메구미 씨! 움직이지 마세요!"

"아아아아아~, 이즈미 양, 놔줘~."

그리고 3분 후…….

메구미의 스마트폰 화면에 표시된 진척 보고로도 사죄로도 고백으로도 메구리 시나리오로도 받아들일 수 있는 장문의 메일을 끝까지 읽어본 세 사람은…….

"우와아…… 토모야 선배는 정말……."

"이 메일은 진짜 너무하네. 내 사촌이지만, 진짜 기분 나빠."

"그래서 보여주고 싶지 않았던 건데……."

시원찮은 그녀(히로인)를 위한 육성방법 GS 3 에필로그 2

"집에 갔나 했더니…… 이런 곳에 있었던 거니? 에리리."

"아……."

일요일, 오후 여덟 시를 30분 정도 지났을 즈음.

정원의 나무에 등을 맡긴 채 지면에 앉아서 하늘을 올려다보며 스케치북에 연필로 그림을 그리던 에리리의 뒤편에서, 어릴 적부터 익숙한…… 아니, 어릴 적부터 전혀 변하지 않은 목소리가 들려왔다.

"밤에는 꽤 쌀쌀해졌으니까, 이제 그만 집에 들어가지 않으면 감기에 걸릴 거야."

고개를 돌려보니, 에리리와 비슷한 키에 비슷한 머리 모양, 하지만 기모노를 입은 흑발의 귀부인……이라기에는 외모가 너무 젊어 보이는 귀부인이 서있었다.

"미안해, 엄마. 조그만 더 있다 들어갈게."

저 귀부인의 이름은 사와무라 사유리.

외교관의 부인이자, 부녀자(腐女子), 그리고 에리리의 모친이다.

"뭘 그리고 있니?"

"야경을 좀 그리고 있어."

그런 걱정과 흥미를 뒤섞인 목소리로 그렇게 말하는 어머니에게서 스케치북을 숨기려하면서도, 에리리는 계속 스케치를 했다.

"어머?"

하지만 에리리가 그런 행동을 취한 이상, 부모님을 그녀를 더 신경 쓰는 것 또한 어찌 보면 당연했다.

"이건…… 에리리와 토모 군 아니니? 그것도 어릴 적의 두 사람이구나."

"아냐."

그렇다면 이 풍경화 안에 은근슬쩍 그려 넣은 어린 남녀를 발견하는 것 또한 어찌 보면 당연했다.

"왜 부끄러워하는 거니? 잘 그렸구나. 마치 여성향 게임의 주인공과 남자 주인공 같아."

일부러 여성향 게임에 비유할 정도의 썩어빠진 감성은 제쳐두고, 확실히 그림 속의 두 사람은 귀엽고, 화사했다.

어느새 여자애는 드레스를, 남자애는 턱시도를 입고 있었다.

그 모습은 마치 『두 사람은 행복하게 살았습니다』라는 말로 끝맺음이 되는 이야기의 한 장면 같았다.

하지만…….

"그러니까 아닌 거야……."

"에리리?"

"이건 여성향 게임의 주인공과 남자 주인공이야……. 그러니까, 나와 토모야가 아냐……."

"……."

아까까지만 해도 경쾌하게 움직이던 연필이 어느새 움직임을 멈췄다.

스케치북을 쳐다보던 에리리의 시선은 어느새 지면을 향하고 있었다.

그리고, 어두워서 잘 보이지 않지만…….

지면을 응시하고 있는 그녀의 표정은 그림 속에 있는 드레스 차림의 여자애와는 명백하게 달라 보였다…….

상쾌한 바람이 정원에 불자, 나무들이 살랑거렸다.

그 바람에 휘날린 건지는 모르겠지만…… 에리리가 입은 옷의 소매가 희미하게 흔들리고 있었다.

"엄마, 나, 나 말이지……."

"역시…… 이건, 너와 토모 군이야."

"뭐……."

"여기 그려진 건 옛날이야기의 한 장면일지도 몰라. 그리고 지금의 현실과 다를지도 몰라."

하지만, 겨우 몇 초 만에…….

"……그래도, 당시의 주인공과 남자 주인공의 마음은 진짜

였어."

사유리는 어머니로서, 딸의 마음을 헤아린 후, 그리고 그것을 받아줬다.

"당시의 너는 조그마한 세계에 있었어."

일요일, 밤 여덟 시에서 한 시간 정도 지났을 즈음……즉, 밤 아홉 시 경.

"아빠와, 엄마와, 토모 군 밖에 없는, 조그마한 세계에 말이야."

정원에 있던 나무에 등을 맡기며 지면에 앉아서, 하늘을 올려다보고 있는 이는 어느새 두 명으로 늘어났다.

"하지만 말이야. 지금의 네 세계는 훨씬 넓어졌어……. 인간으로서도, 크리에이터로서도 말이야."

어머니는 딸의 어깨를 안아줬다.

"딱히, 좋아서 넓어진 건……."

딸은 어머니의 가슴에 얼굴을 묻었다.

"그래도 기왕 넓어졌으니, 그 커다란 세계의 구석구석까지 살펴보는 게 어떻겠니?"

"엄마……."

어머니의 사랑에 감싸인 에리리는 자기보다 한 살 많은 『절친』을 떠올렸다.

그녀는 그때, 지금 자신의 곁에 있는 어머니처럼 커다란 세계에 홀로 내던져진 에리리를 힘차게 상냥하게 감싸줬다.

커다란 세계를 나아갈 수밖에 없게 된 에리리의 첫 번째 걸음 아니 두 번째 걸음이 되어줬다.

"수많은 사람을 크리에이터를 접하고…… 인간으로서 크리에이터로서 더욱 성장하렴."

하지만, 그녀도 지금 이 자리에 있는 어머니도 세 번째 발걸음이 네 번째 발걸음이 되어줄 수 없다.

앞으로는 에리리가 직접 걸음을 내디딜 수밖에 없는 것이다.

"그리고 언젠가…… 넓은 세계로 날아오른 토모 군과 다시 만나는 거란다. 크리에이터로서 친구로서 그리고……."

그리고 아마 그녀도 지금 곁에 있는 어머니도 그것을 바라고 있으리라.

"그때, 에리리에게 토모 군이 어떻게 보일지…… 벌써부터 기대되는구나."

달이, 어느새 조그마한 구름에 가렸다.

하늘은 더욱 어두워졌지만, 불가사의하게도 하늘을 수놓은 별들이 찬란히 빛나고 있었다.

마치, 에리리가 들어선 넓은 세계에 존재할 수많은 동료와 라이벌의 위치를 알려주는 것처럼 말이다.

"어떻게, 보일까……."

하지만 에리리는 순식간에 찾아냈다.

"전혀 변함이 없을 것 같은데 말이야."

도회지답지 않게 수많은 별들 중에서 환하게 빛나고 있는, 그리고 10년 전부터 변함없는, 자신이 마음에 들어 했던 그 유일한 별을 말이다.

"그렇다면, 너는 정말 대단한 『여자애』구나."

사유리는 마치 두 손 두 발 다 들었다는 듯이 웃음을 흘렸다.

고집이 세고, 융통성이 없으며, 어리석을 뿐만 아니라, 우직하게 실수를 연발하는 못난 딸을, 진심으로 자랑스럽게 여기고 있었다.

"다 그릴 때까지, 기다려줘."

"그래……."

에리리는 다시 연필을 쥐었다.

스케치북에서 다시 매끄러운 소리가 흘러나왔다.

그리고 사유리는 자신의 기량을 아득히 뛰어넘은 딸의 스케치를 마치 손이 많이 가는 자식을 쳐다보는 듯한 눈길로 응시했다.

……마지막으로 딸이 하늘에 떠있는 커다란 별을 그릴 때까지 말이다.

시원찮은 완결 후에 속내를 털어놓는 방법
(에리리&우타하 편)

2017년 10월 모일.

도쿄 모처, KADOKAWA 제3빌딩 회의실 안.

이 밀실 안에서는 『시원찮은 그녀(히로인)를 위한 육성방법』 완결을 기념해, 독자에게서 받은 다양한 질문 중에서 『완결이 된 후라서 대답할 수 있는』 내용에 관해 진지하게 이야기해 본다고 하는, 상업서적에 재수록되기 어려운, 그야말로 소책자라 가능한 이벤트가 열리려 하고 있었다.

"자아, 그럼 시작하자. 카스미가오카 우타하."

"잠깐만 기다려, 사와무라 양. 지금 엽서를 선별 중이야……."

또한, 이 이벤트의 진행은 사와무라 스펜서 에리리와 카스미가오카 우타하, 2대 서브 히로인이 진행하게 됐다.

"준비 다 됐어? 그럼 첫 번째 질문부터 보자!"

"으음, 치바 현의 T씨가 보낸 거네……. 스핀오프 코미컬라이즈에 대해 질문을 드립니다. 우타하 선배가 메인인 『사랑에 빠진 메트로놈』은 원작과 전혀 다른 오리지널 스토리로 현재도 계속되고 있습니다만, 에리리가 메인인 『egoistic lily』는 거의 원작에 가까운 전개로 완결이 됐습니다. 왜 이렇게 차이가 난 거죠?"

"……이딴 걸 첫 번째 질문으로 고른 거야? 너, 진짜 배짱 한 번 끝내주네."

"아, 엽서다발의 가장 위에 있는 걸 그냥 읽었을 뿐이야."

"방금 엄선했었잖아! 엽서를 마구 뒤져댔었잖아!"

"뭐, 그래도 이 질문에 관해서는 『그냥 넘어가주세요』라고나 할까, 원작 측 캐릭터에 대한 애정 차이라고나 할까……."

"애정 차이 같은 거 아냐! 자세한 건 이야기 못하지만 피치 못할 사정이 있었을 뿐이야!"

"……그래서야 『완결이 된 후라서 해줄 수 있는 대답』과는 거리가 머네."

"구상은 됐어! 당초에는 『1권만』 원작에 따라 진행한 후에 오리지널 스토리로 진입하자는 플롯이었어! 그 증거로 기획서에도 『한밤중의 미술준비실에서 단둘 뿐. 경비원에게 들킬 뻔 하며 펼치는 두근두근 탈출편』이라는 문장이……!"

"……뭐, 그 문장의 식상함은 눈감아주기로 하고, 그럼 왜 개별 루트 분기에 진입하지 않은 거야?"

"그게 피치 못할 사정이, 피치 못할 사정이이이이~!"

"아~, 그래그래. 그럼 다음 엽서는…… 이번에는 당신이 골라봐, 사와무라 양."

"흐, 흥. 그럼 이번에야말로 엄선하겠어……. 특히, 당신의 비웃음을 살 것 같은 질문은 절대 고르지 않을 거야."

"알았으니까 서둘러줘. 시간이 많지 않거든."

"좋아, 그럼 이걸로 하겠어! 으음~, 치바 현의 S씨한테서 온 거네……. 원작 완결 축하드립니다. 그런데 원작에서는 순조롭게 메구미 엔딩으로 끝났습니다만, 원작 진행 중에 에리리와 우타하 엔딩이 될 여지는 조금이라도 있었나요?"

"……나한테 비웃음을 사지 않도록 엄선한 질문이 이거야? 사와무라 양, 이런 건 나까지 끌어들여 벌인 자폭 테러라고 할 수 있지 않을까?"

"하, 하지만! 이 질문에 있어서만큼은 내가 너보다 어드밴티지가 있단 말이야!"

"근소한 차이의 2위도 압도적으로 뒤떨어진 꼴찌도 히로인 레이스에서 지면 거기서 거기라고 생각하는데……."

"그래도 너보다는 내가 관계자들에게 사랑받고 있거든?! 미사키 씨도 6권이 나왔을 즈음에 「그냥 에리리 엔딩으로 끝내는 게 어떨까요」 하고 말했어!"

"……그 사람, 2권이 나왔을 즈음에는 내가 최고라고 말했었는데 말이야."

"그리고, 후반부에서는 메구미와 나의 더블 히로인 체제로 진행됐잖아! 12권도, GS 3권도 우리 두 사람이 표지였어!"

"뭐, 그 덕분에 13권이 카토 양 단독 표지로 됐을 때 당신의 패배가 완전 부각됐지만 말이야."

"그래도! 10권에서 표지를 장식한 후로는 완전히 패전 처리 모드였던 너와는 레벨이 달라! 아니, 네 클라이맥스는 7권의 키스 장면에서 끝났단 말이야, 카스미가오카 우타하!"

"그러고 보니, 작품 안에서 윤리 군과 키스를 한 사람은 나와 카토 양, 둘 뿐이네."

"아냐! 토모야의 첫 키스 상대는 바로 나야! 초등학생 때 했단 말이야!"

"그건 원작자의 머릿속에만 존재하는 설정이고, 작품 안에서는 한 번도 언급되지 않았던 것 같은데……."

"그렇기 때문에, 『완결된 후에야 해줄 수 있는 대답』이라는 콘셉트에 딱 맞잖아!"

"그런 건 본편 안에서 언급하는 편이 좋을 것 같은데…… 뭐, 좋아. 그럼 의외의 뒷설정도 언급됐으니, 이걸 마지막 질문으로 할게. 이번에는 치바 현의 M씨……."

"……또 치바야?"

너무 치바만 뽑히는 것 때문에 눈썹을 찌푸리는 이가 있을지도 모르지만, 실제로 팬레터 중에는 치바에서 온 것이 압도적으로 많다는 점을 이 자리를 빌려 밝혀두겠다. 내●코로 라이트노벨에 눈뜬 사람들인 걸까?

"그럼 읽을게. 에리리와 우타하, 두 사람의 미래에 관한 질문이에요. 원작에서는 『필즈 크로니클XIII』 이후에도 둘이서 콤비를 짜서 라이트노벨을 만든다는 이야기가 있는데, 원작 종료 후에 두 사람은 어떻게 되나요? 일을 애인으로 삼을지, 새로운 사랑을 시작할지, 아니면 백합에 눈뜰지…….”

“……당사자 앞에서 할 말은 아니지만, 백합은 절대 아냐.”

“뭐, 동성혼을 부정할 생각은 없지만 그래도 그 점에 관해서는 사와무라 양과 같은 의견이네. 애초에 남녀를 불문하고 새로운 파트너를 찾는다는 전개 자체도 그 누구에게도 득이 되지 않지만 말이야.”

“유저 측이 원하는 답 말고 자기 본심을 말해봐! 좀 솔직하게 속내를 털어봐!”

“예를 들자면?”

“으음, 예를 들자면, 토모야에게 버림 받고 절망한 나머지 마음이 망가져서 약물 중독이 된 끝에 여러 남자를 전전하며 타락하는…….”

“……그건 내 속내라기보다, 동인 작가 카시와기 에리의 속내 같은데 말이야.”

“뭣하면 내가 그려줄까? 이번 겨울 코믹마켓은 원작 완결과 거의 비슷한 타이밍이니까 꽤 잘 팔릴 것 같네.”

“남 말고 자기를 소재 삼아 돈벌이를 하는 게 어때? 윤리군을 감금해두고, 그 눈앞에서 자기가 고용한 남자들에게 카토 양을 둘러싸게 한 후, 무시무시한 미소를 지으며 「꼴좋네, 메구미」 하고…….”

“저기 말이야! 자기가 멋대로 타락하는 거라면 몰라도, 절친을 능욕하는 음흉한 묘사는 자제해줄래?!”

“뭐, 음흉한 건 메인 히로인만으로 충분하긴 해.”

“……저기, 서서히 『완결된 후에도 거론해선 안 되는』 내용이 되어가고 있는 것 같지 않아?”

“뭐, 그런 것 같으니 슬슬 끝내도록 할까.”

“그런데, 진짜로 우리는 앞으로 어떻게 될까?”

“그 이야기를 지금 이 자리에서 할 수는 없어. 이미 후일담 오퍼가 들어와 있거든.”

“……이 작품, 진짜로 끝낼 생각이 있기는 한 거야?”

시원찮은 완결 후에 속내를 털어놓는 방법 (이즈미&미치루 편)

2017년 10월 모일.

도쿄, KADOKAWA 제3빌딩 회의실 안.

이 밀실 안에서는 『시원찮은 그녀(히로인)를 위한 육성방법』 완결을 기념해, 독자에게서 받은 다양한 질문 중에서 『완결이 된 후라서 대답할 수 있는』 내용에 관해 진지하게 이야기해 본다고 하는, 상업서적에 재수록되기 어려운, 그야말로 소책자라 가능한 이벤트가 열리려 하고 있었다.

"그럼 슬슬 시작하자, 하시마 양."

"자, 잠깐만 기다려주세요, 미치루 선배. 아직 준비가 덜 됐어요~."

또한, 이번 진행은 하시마 이즈미와 효도 미치루라고 하는 하위 선발, 아니지, 으음…… 도중 참가 2대 히로인께서 맡아주기로 했다…….

"……방금 누군가에게 엄청 무시당한 것 같은 느낌이 드는데 말이야. 뭐, 시간도 없으니 바로 첫 번째 엽서부터 읽어 보자."

“……의욕이 밑바닥까지 떨어지기는 했지만, 일단 마음을 추스르도록 할게요. 첫 번째 엽서는 효고 현의 I씨가 보내주신 거네요. 제2부(8권부터)의 전개에 관한 질문입니다. 9권에서 에리리, 10권에서 우타하, 11권에서 메구미를 게임 히로인화한 러브러브 시나리오가 나옵니다만, 왜 이즈미와 미치루의 러브러브 시나리오는 다뤄지지 않은 거죠? 혹시 그겁니까? 이제 와서 이즈미와 미치루를 메인으로 삼는 편을 쓴다면 작품을 질질 끄는 느낌이 들 것 같아서 그냥 넘어간…….”

“자, 다음 엽서로 넘어가자~! 다음!”

“……으음~, 미치루 선배. 이러는 건 엽서를 보내준 팬 분에게 실례 아닐까요? 뭐, 후반부의 고찰 같은 건 진심으로 필요 없다고 생각하지만요.”

“오, 이건 괜찮은 질문이네. 카나가와의 K군한테서 온 거야. 13권의 후기에서 (우선 그걸 먼저 읽어둬) 작가 분이 당초에는 캐릭터 설정도 지금과 완전히 달랐다고 말했는데, 실제로 옛날 캐릭터 설정이 어땠는지 조금만이라도 가르쳐 주시면 안 될까요?”

“아하~. 그건 저도 흥미가 있어요. 하지만 미치루 선배, 그런 옛날 설정이 남아있을 리가…….”

“헷헷헷~, 나를 얕보지 마, 하시마 양~. ……짜잔, 이게 뭘 것 같아?”

“이건…… 『소설 기획서 제4고 2012년 ●월 ●일 개정』……
어, 어어엇?!”

“그래! 실제로 『시원그녀』의 기획에 판타지아 편집부가 오케이를 한, 그 기념비적인 기획서야~!”

“어~, 보고 싶어요! 제 설정은 어떻게 되어 있을까요~?!”

“뭐~, 이 보물을 찾은 사람은 나니까, 우선 내 설정부터 보자~……. 으음~, 히로인4 이름 효도 미치루. 담당 홍보, 마케팅……?”

“아~, 처음에는 음악 담당이 아니라 홍보 담당이었다는 게 진짜였군요~.”

“속성, 여동생…….”

“어……?”

“주인공을 부르는 호칭, 토모야 선배, 혹은 선배…….”

“…….”

“…….”

“어어어어어~?! 어떻게 된 거예요?! 이건 저잖아요~!”

“맙소사…… 처음에는 여동생 계열 히로인의 이름이 『효도 미치루』였다는 거야……?”

“그, 그, 그럼, 제 이름은요? 하시마 이즈미는 어디에 있죠~?!”

“으, 으음~, 뒤쪽에 있는 이거 같네? 히로인, 이름 하토리 이즈미…….”

"……하토리 이즈미?"

"담당, 프로그램. 속성, 내성적, 무뚝뚝, 안경."

"……저나 미치루 선배로 볼 수 없을 만큼 원형이 남아있지 않네요."

"이상한걸~. 이게 집필 오케이를 받은 기획서가 분명한데, 달라도 너무 다르잖아. 아이돌 은퇴에 버금갈 정도로 뜬금없네."

"뭐, 저는 3권에서 등장했고, 미치루 선배는 4권에서 나왔으니까요. 이야기가 진행되면서 저자 분이 원래 설정을 깜빡한 것 아니려나요……."

"지, 진짜 무책임하네……."

"저자 분도 미치루 선배한테만큼은 그런 말이 듣고 싶지 않다고 생각할지도 모르겠네요……."

소설은 쉽게 상하는 것이며, 기획서에도 유통기한이 있어요. 그러니 당연한 결과라 할 수 있죠…….

"뭐, 뭐어, 뜻밖의 사실도 판명됐으니, 그냥 마지막 질문으로 넘어갈까~."

"예. 으음~, 이번에는 토쿠시마 현의 O씨께서 보내주신 거네요~. 『시원찮은 그녀를 위한 육성방법』 완결 축하드립니다. 독자로서는 기쁘기도 하고, 한편으로 쓸쓸하기도 합니다. 본편이 완결이 되었는데, 애니메이션 같은 미디어믹스는 앞으로도 계속되나요? 개인적으로는 이즈미와 미치루의 스핀오프를 보고 싶은데요……."

"……아~."

"……애니는 어떻게 될까요~. 아직 애니화되지 않은 원작 분량이 있긴 한데 말이에요. 하지만 최종회가 꽤 깔끔하게 끝나기는 했죠. 으음~."

"그것보다, 아무리 속내를 털어놓는다고 해도 애니는 KADOKAWA가 단독으로 만드는 게 아니잖아~."

"제작위원회와도 연관이 있고요~."

"그런고로 애니에 관해서는 애니플렉스 쪽에 물어봐주세요~ 라고 말할 수밖에 없겠어."

"마지막 질문에 제대로 답해주지 못했더니 마음이 편치 않네요."

"……."

"이렇게 끝내는 건 죄송하지만, 엽서를 한 통 더 읽을 시간도 없고……."

"……큭큭큭."

"……미치루 선배?"

"애니메이션에 대해서는 이야기 못하거든? 애니메이션에 관해서는, 말이야."

"아, 아직…… 아직 소재가 남아있는 건가요?"

"짜자잔~! 이게 최후, 최대의 히든카드야~!"

"으, 으음…… 『코미컬라이즈 기획서 미치루 편 초고 2014

년 ●월 ●일』……어어어어어어어어어어~?!"

"이야~, 실은 애니 방송시기 전후에 언급은 됐다지 뭐야~. 당시의 담당 편집자가 「이 타이밍이면 기획이 통과될걸요?」 하고 부추긴 바람에, 원작자가 희희낙락하며 구상을 짰대~."

"정말인가요?! 사실인가요?! 그런 이야기가 있었던 건가요?!"

"뭐~, 결국 중단된 것 같지만 말이야."

"어, 어째서 실현되지 않은 거죠……? 아, 애니메이션 전후면 원작자가 바빠서……."

"뭐~ 그렇기는 한데, 기획서의 내용도 문제였거든~."

"예? 좀 읽어볼게요. 으음…… 『콘셉트는 시골 여름 방학. 나가노의 본가에 놀러간 중학교 2학년인 토모야와 미치루. 산과 들을 뛰어다니고, 강에서 놀다 소나기 때문에 허둥지둥 동굴로 피난한다. 젖은 셔츠와 차가워진 피부. 감기에 걸리지 않도록 서로의 몸을 따뜻하게 해주려 하던 두 사람은……』 으, 으음, 중학교 2학년……?"

"뭐, 전연령판으로 낼 수 있는 내용이 아니라서 실현되지 않았습니다~. 아무래도 편집자는 『icy tail』을 전면에 내놓은 밴드물을 기대했는데, 완전 딴판이라서 바로 퇴짜를 놓았대."

"역시 전직 에로게임 시나리오라이터……."

"이야~, 나는 완전 오케이인데 말이지~. 그것과 비슷한 상황이 실제로…….”

“여러분, 엽서 보내주셔서 감사합니다! 그럼 이만 마치겠습니다~!”

시원찮은 완결 후에 속내를 털어놓는 방법 (메구미&토모야 편)

2017년 10월 모일.

도쿄, KADOKAWA 제3빌딩 회의실 안.

이 밀실 안에서는 『시원찮은 그녀(히로인)를 위한 육성방법』 완결을 기념해, 독자에게서 받은 다양한 질문 중에서 『완결이 된 후라서 대답할 수 있는』 내용에 관해 진지하게 이야기해 본다고 하는, 상업서적에 재수록되기 어려운, 그야말로 소책자라 가능한 이벤트가 열리려 하고 있었다.

"그럼 토모야 군. 엽서를 읽을게."

"응. 얼마든지 읽어보라고!"

또한, 이 이벤트는 카토 메구미와 아키 토모야라고 하는…… 뭐, 다른 캐릭터에게 반감을 살 것 같은 콤비가 전해드리고 있으니 양해 부탁드립니다.

"요즘 들어 나를 욕심쟁이 캐릭터로 치부하려는 움직임이 격심한 데 말이야. 그건 개의치 않으며 이벤트를 진행할 테니까 잘 부탁해."

"……개의치 않을 거라면 그런 코멘트를 입에 담을 필요

자체가 없지 않을까?"

"……으음, 처음 엽서는 이바라키 현의 W씨가 보내준 거네. 완결 축하드립니다. 그런데 과거의 원작자 인터뷰에서, 이 작품은 원래 게임 제작보다 상업 쪽의 다양한 소재를 캐릭터들이 대충 늘어놓는다고 하는, 굳이 따지자면 『학●회의 ●존』 계열로 할 예정이었다고 들었습니다. 그렇다면 원래는 더 위험한 업계 이야기를 작품에서 다룰 생각이었습니까? 완결 후라 밝힐 수 있는 그런 소재가 있다면 가르쳐 주십시오."

"……자기 입으로 『위험한 업계 이야기』라고 말하는 걸, 우리가 밝힐 수 있을 거라고 생각하는 걸까?"

"으음~, 지금 내가 들고 있는 이 입안 초기 기획서의 『소재 후보』 페이지에서 몇 개 읽어볼게."

"메구미도 『일택그녀 카토 메구미』의 취침 전 대화처럼 아무렇지 않게 공개하려고 하지 마!"

"업계 소재 1. 어떤 게임 회사에, 모르는 남자가 보낸 메일이 도착했습니다. 거기에는 『귀사의 게임에 감동했습니다. 영화화를 하고 싶어서 그러니, 만나주셨으면 합니다. 걱정하지 마십시오. 이미 제작회사와 조율 중입니다』라는 내용이……."

"우와, 무시무시한 이야기를 하고 있네?"

"그로부터 며칠 후, 같은 사람한테서 또 메일이 왔습니다.

그 메일에는 『답장이 없습니다만, 상황은 어떻게 되어가고 있는지요? 답변을 주시지 않는다면, 유감이지만 저희 쪽에서 독자적으로 추진하겠습니다』라고……."

"판권 같은 걸 깡그리 무시하며 일을 추진하네?!"

"그럼 업계 소재2."

"게다가 결국 어떻게 됐는지 알려주지도 않는 거냐?!"

"그로부터 며칠 후, 이번에는 다른 사람한테서 메일이 왔습니다. 거기에는 『저는 엄청난 기획을 가지고 있습니다. 저를 고용해 주십시오. 귀사의 간판 시나리오라이터와 간판 원화가와 함께 제가 기획한 게임을 만들고 싶습니다』라고……."

"또 무시무시한 이야기를 하고 있어~!"

"그로부터 사흘 후, 또 메일이 왔습니다. 거기에는 『사흘 기다렸습니다만, 답장을 주지 않으시는 군요. 어떻게 되어가고 있죠? 그러고 보니 이 업계에는 채용은 하지 않고 소재만 채가는 메이커가 넘친다고 들었습니다. 귀사가 그런 곳이라 여기고 싶지는 않습니다만, 이런 식의 대응이 계속된다면 그렇게 여길 수밖에 없을 것 같습니다』라고……."

"그 회사, 왠지 궁지에 몰리고 있는 것 같지 않아?!"

"그럼 업계 소재3……."

"이제 됐어! 그만큼으로 충분하니까, 이제 좀 쉬어……!"

그 외에도 시나리오라이터가 도망쳐서 자기가 하루 만에

집필한 히로인이 그 게임에서 가장 인기 있는 캐릭터가 되어서 패키지를 장식했다거나, 발표 후에 갑자기 도망쳤던 시나리오라이터가 나타나서 『이야~ 그 히로인 때는 고생했지』 같은 소리를 인터넷 상에서 늘어놓는 등……. 아무튼 이 이야기는 이쯤에서 마치겠습니다.

또한, 자기가 이 이야기의 관련자가 생각하시는 분이 계시면 연락 부탁드립니다. 고기를 사드리죠. 잘 부탁드립니다.

"그럼 다음 엽서로 넘어갈게. 이번에는 교토에 사는 S씨한테서 온 거네. 매장 특전에 관해 질문 드립니다. 처음에는 SS만이 아니라 북커버나 포스터처럼 선택이 폭이 넓었습니다만, 권수가 늘어날수록 SS일변도가 되고 있습니다. 게다가 두세 종류로 늘어나면서 밸런스가 나쁘다는 느낌이 듭니다. KADOKAWA 측에서 다른 종류의 특전을 추가할 예정 같은 건 없나요?"

"……다음으로 넘어가자."

"에이~, 독자 여러분의 질문에 대답하지 않아도 괜찮은 거야?"

"괜찮아!"

그렇다. 애니메이션이 시작하면서 업무 부담의 밸런스가 무너지면서, 이 시기에 일을 할 수 있는 이가 자신…… 아니, 원작자뿐이었다 같은 그런 아무래도 상관없는 이야기를 할 필요는 없다.

또한, 원작자도 한가했던 것은 아니며, 일러스트레…… 다른 분들이 너무 바쁘셨을 뿐이라는 점을 이 자리를 빌려 밝힐까 한다. 뭐, 밝히지 않아도 다들 알고 있겠지만 말이다.

"자아, 그럼 마지막 질문으로 넘어갈게. 이번에는 아이치현의 M씨가 보낸 엽서야. 미디어믹스에 관해 질문을 드립니다. 하지만 애니 속편에 관해 묻는 게 아닙니다. 그것보다, 원작자와 일러스트레이터의 특성을 살릴 수 있는 미디어믹스가 있다고 저는 생각합니다. 즉……."

"즉?"

"……그럼 질문 코너는 이만 마치겠습니다. 여러분, 엽서 보내주셔서 감사해요~."

"자, 자, 잠깐만?!"

"으음~, 아까 독자 여러분의 질문에 답하지 않아도 괜찮다고 토모야 군이……."

"그, 그, 그래도 질문의 내용은 소개하자고! 원작자와 일러스트레이터의 특성을 살릴 수 있는 미디어믹스가 뭔데? 검토의 여지는 있지 않아?"

"……이거, 진짜로 읽어도 돼?"

"아니, 그러니까 소개를 하지 않으면, 그런 판단조차도……."

"그, 그럼, 어쩔 수 없으니까 읽을게. ……즉, 19금 게임화예요."

"아~."

“원작자는 원래 에로게임 시나리오라이터였고, 일러스트레이터 또한 에로게임 원화 경험이 있죠. 이것은 바로 선조회귀이자 원점회귀. 가장 적절한 어프로치라고 할 수 있을 거예요.”

“으음~, 아이치 현의 M씨? 제작위원회라는 것의 성립과정부터 설명해줄까?”

“에로게임화를 어떻게 생각하십니까? 시나리오 3메가바이트 이상, 원화 100장 이상, 공략 캐릭터는 시크릿 히로인을 포함해 아홉 명, 각 캐릭터 당 에로 신 3회 이상으로 부탁드립니다.”

“게다가 미디어믹스치고는 너무 초대작 아냐?!”

“진지하게 검토해주시지 않는다면, 법적 조치도 시야에 넣고…….”

“이 엽서를 보낸 사람, 왠지 아까 업계 소재의 웃기는 블랙 컨슈머와 비슷한 레벨 아냐?!”

“그러니까 그냥 끝내자고 말한 건데…….”

“잘못했어. 내가 잘못했다고……. 그럼 여러분, 잘 지내세요…….”

“으음~, 기왕이면 끝까지 읽을게. 만약 그런 대작이 힘든 상황이라면, 예를 들어 3월에 발매될 『시원찮은 그녀를 위한 육성방법 Memorial』에 특전으로 주는 미니게임은 어떨까요? 상황은 13권 에필로그 직후의 하룻밤을…….”

“메구미 너, 대체 무슨 생각으로 그런 걸 읽고 있는 거야?!”

마루토 후미아키&

Chapter 03

미사키 쿠레히토 인터뷰

Interview

마루토 후미아키

Fumiaki Maruto
(Author)

INTERVIEW

「쓸 거라면 성공을 목표로 삼겠다 그런 결심으로 시작한 「시원그녀」」

―「시원찮은 그녀를 위한 육성방법」을 쓰게 된 경위를 말씀해 주십시오.

처음에는 말이죠. 후지미 쇼보의 편집자 분이 시나리오라이터 집단인 기획옥(企劃屋)에 다른 작품에 관한 일로 찾아왔어요. 그때 저는 게임 「WHITE ALBUM2」를 마쳐서 큰 짐을 내려놓은 상태였죠. 그래서 한동안 게임 쪽 일은 안 해도 되겠다고 생각하고 있었어요. 그 작품을 2007년부터 쓰기 시작해서 2009년에 완성했지만, 발매는 2011년에 됐습니다. 그 사이, 제 성과물을 이 세상에 내놓지 못해서, 세간의 기억에서 잊힐지도 모른다는 공포를 느끼고 있었어요. 작품 자체의 평판은 좋아서 결과적으로 보답을 받기는 했지만, 역시 실제로 평가가 나올 때까지는 스트레스랄까, 공포를 느꼈죠. 그런 의미에서 본다면 라이트노벨은 매권마다 평가가 나오니 팬으로부터의 피드백도 게임보다 빠르고, 자신의 이름을 남길 수 있을 거라 생각했습니다. 그리고 「WHITE ALBUM2」 덕분에 제 이름도 꽤 알려졌을 거라는 생각이 들어서, 라이트노벨을 쓰고 싶다고 편집자 분에게 말했죠. 그 결과, 「시원그녀」를 쓰게 된 겁니다.

하지만 그때는 저도 기고만장했죠. 엄청 틈새시장을 노리는 플롯을 소설로 써보려고 생각했고, 이걸로 쓸 수 없다면 그냥 쓰지 말자고 여겼죠. 하지만 그 플롯을 본 편집자 분이 이런 걸 쓰고 싶어 하는 심정은 이해하지만 라이트노벨에 도전하기로 한 이상, 실패해도 괜찮으니 자기가 좋아하는 것을 추구하겠다는 생각은 좋지 않다고 말했죠. 어차피 할 거면 성공을 목표로 삼자고 한 거예요. 그래야 판촉을 하는 입장에서도 보람을 느낀다더군요. 그 결과, 라이트노벨로서 작품을 성공시키기 위해 시행착오를 시작했습니다. 참고로 제가 당초에 생각한 플롯은 실종된 아버지를 대신해 고등학생이 회사에 몰래 들어가 일을 하는 내용이었어요(웃음).

—히로인도 주인공보다 연상인데다, 이혼녀였다는 소문을 들었습니다…….

예. 그래서 우선 히로인의 연령대를 낮추는 노력부터 시작했죠.

—「시원그녀」의 콘셉트는 당초에 어떤 느낌이었나요?

대화극을 쓰고 싶다는 마음이 있어서, 우선 그린 이야기로 꾸며봤습니다. 「학생회의 일존」을 히트시킨 판타지아 문고에서는 대화극이 받아들여지는 토양이 있을 테니, 그런 쪽으로 가보고 싶었죠.

—참고로 「시원찮은 그녀를 위한 육성방법」이라는 타이틀은 누가 생각한 건가요……?

제가 생각한 타이틀은 전부 퇴짜를 맞았습니다(웃음). 타이틀을 정한 건 담당 편집자 분, 그리고 당시 후지미 쇼보의 사장님이었던 걸로 기억합니다. 편집자 분에게서 들은 이야기에 따르면, 타이틀만이라도 문예 풍으로 해서 라이트 층에 어프로치해보자는 생각을 가지고 있었다더군요. 제가 생각한 제목은 「네 캐릭터성은 이미 죽어있다」 같은 거였죠. 퇴짜를 맞을 만 했다니까요(웃음). 그래서 「단 하나 뿐인 시원시원한 방법」이라는 해외 SF작품을 의식한 타이틀이 되었습니다.

—처음 라이트노벨을 쓰면서, 게임 시나리오와의 차이점 때문에 고생한 점은 없습니까?

게임은 대화극이죠. 즉, 대화를 계속 이어나가는 느낌의 표현방법입니다. 하지만 독자 여러분은 이해하기 힘든 것 같았기에, 1권이 나왔을 즈음에는 꽤 비난을 당했습니다. 지문도 있기는 했지만, 그것은 어디까지나 캐릭터의 심정을 표현하는 것이며, 「누구누구가 무엇을 했다」 같은 상황 설명은 거의 필요하지 않다고 생각했죠. 문예 소설이라면 지문에 기교를 부려서 상황을 표현하며, 그것만으로도 성립되게 하는 작품이 많습니다. 라이트노벨은 회화 중심이지만, 그 회화를 중심으로 이야기를 진행하는 과중에서 짧은 지문이 존재하지만, 저한테는 그런 방식이 맞지 않다고 느꼈습니다. 여러 표현을 구사해 상황을 묘사하면 그것이 작가의 기교로 인식되겠지만, 라이트노벨의 짧은 지문에서는 좀처럼 그런 색을 드러낼 수 없죠. 그래서 색이 드러나지 않는 문장을 쓰는 걸 저는 받아들이지 못했고, 또한 넣고 싶지 않았습니다.

저는 문장 전체에 색을 부여하고 싶었어요. 그래서 지문에도 색을 넣고 싶었죠. 하지만, 짧을 뿐만 아니라 상황을 적절히 전하는 지문을 쓰려고 하면 제 색을 그 안에 담을 수 없어요. 그래서 1권에서 어떻게 했냐면, 대부분 대화문으로 이어가면서 지문을 없앴죠. 즉, 게임과 같은 방법을 쓴 겁니다. 게임에서는 상황이 화면에 표시되기 때문에 지문이 필요 없죠. 하지만, 라이트노벨에서는 화면이 존재하지 않아요. 그래서 상황을 파악하기 어렵다고 비난을 당한 것 같아요(웃음). 2권에서는 한두 줄 정도 되는 짧은 지문에서 어떻게 상황 설명과 자신의 색을 드러낼지 고민하며, 열심히 썼습니다. 그것이 라이트노벨에 익숙해져가는 과정이겠죠. 처음에는 정말 엉망진창이었어요. 제 자신이 부끄러울 지경이었죠. 지문을 한 줄 쓰고, 재미없으니 지우는 짓을 반복했습니다. 그러면서 정말 고생했죠. 하지만 도중부터는 상황 설명이 그다지 필요 없다고 생각하면서, 캐릭터의 심정만 쓰게 됐어요. 그래서 누가 말을 하는가, 캐릭터가 몇 명 있는가, 그런 건 알 수 있지만, 실제로 어디에 있고, 어떤 자세를 취하며, 어쩌고 있는지는 알 수가 없는 겁니다.

—확실히 「시원그녀」에서는 장소 설명, 캐릭터 행동 및 복장에 관한 묘사가 거의 없죠.

예, 없어요. 하지만 그런 면에서는 애니메이션 덕을 톡톡히 봤습니다. 애니를 본 분들이 원작을 읽으면서 상황을 상상해주시죠. 그런 의미에서 본다면, 애니메이션은 이 소설을 보완해주는 역할을 멋지게 수행하고 있습니다.

—원작에서 정경 묘사가 적었기 때문에, 애니메이션에서는 표현의 폭을 넓힐 수 있었을지도 모르고, 애초에 원작 자체가 애니메이션 각본처럼 느껴진 걸지도 모르겠군요.

그럴지도 모릅니다. 저는 애초부터 대화극을 쓰고 싶었으니까요. 상황 묘사를 하면, 그 만큼 대화에 할애할 문장력이 줄어버리거든요(웃음).

—상황 설명에 있어서는 애니메이션 연출에 어찌 보면 맡겨졌다고 할 수 있을 테니, 애니메이션 스태프 분들이 부담을 느끼셨을 지도 모르겠군요.

확실히 애니메이션을 맡았던 카메이 칸타 감독은 고민을 많이 하셨죠. 특히 애니메이션 1기의 #2에서 현저했는데, B파트는 토모야의 방에서 계속 대화만 하는 부분이었으니까요. 그 편은 정말 힘들었을 거라고 생각합니다. 애니메이션은 아무리 무대가 한정되고, 배경이 적더라도, 세세한 연출이 필요하니까요.

—「시원그녀」는 전체적으로 볼 때, 무대가 꽤 한정되니까요.

이야기의 대부분은 토모야의 방에서 전개됩니다. 학교보다도 거기가 더 압도적이죠. 학교행사도 다루지 않고, 문화제도 무시한 채, 방에 틀어박혀 있어요. 애니메이션에서의 페티즘 넘치는 묘사도 어찌 보면 전화위복일지도 모르겠군요. 아~ 화면을 전환시킬 수가 없어, 그럼 다리를 클로즈업할까, 같은 느낌으로요(웃음).

[미사키 쿠레히토의 참가로 절묘한 콜라보레이션이 성립]

—미사키 쿠레히토 씨가 일러스트를 담당하게 된 경위를 가르쳐 주십시오.

당시, 일러스트를 미사키 씨가 담당하게 된 것은 저와 담당 편집자분에게 있어서는 큰 사건이었어요. 일러스트를 어느 분에게 부탁할지 고민하고 있을 때 갑자기 미사키 씨가 언급됐고, 아마 무리일 거라고 생각했는데 오케이해주셔서 「뭐어?!」 하고 외쳤죠. 그럴 만도 한 게, 당초의 일러스트레이터 후보 중에는 미사키 씨가 없었어요. 담당 편집자 분한테서 어느 일러스트레이터 분에게 부탁드리고 싶냐는 질문을 받기는 했지만, 저는 지명을 하지 않았죠. 설령 지명을 하더라도, 제가 부탁을 드려도 되는 분과 그러면 안 되는 분이 있을 테니까요. 저는 미사키 씨가 후자라고 생각했어요. 저와는 레벨이 다른 분이라고 여긴 거죠.

—같은 업계에 있는 크리에이터인 만큼, 미사키 씨를 예전부터 의식하고 계셨나요?

어찌 보면 성가신 라이벌이었죠. 미사키 씨가 관여한 게임을 잘 팔리거든요(웃음). 이 일러스트는 제 시나리오의 몇 배 이상 되는 가치를 지닌 건가! 같은 생각을 하며 질투하기도 했죠. 미사키 씨가 게임 원화가로 데뷔한 건 저보다 한참 나중이었다고 생각하는데, 매상으로는 단숨에 추월당했어요. 이미 일러스트레이터로서는 업계 최정상에 있는 느낌인지라, 그런 분이 제 소설의 일러스트를 맡아주다니…… 같은 느낌이었습니다.

하지만, 미사키 씨는 당시에 엄청 인기가 있어서 여러 일을 하고 있었죠. 그래서 만나자마자 한다는 말이 「일은 맡겠지만, 처음부터 마감과 사투를 펼치게 될 것 같습니다」였어요(웃음). 실제로 일이 시작된 후로는 제가 원고를 다 쓰고 한참 후에 일러스트가 한 장 씩 왔죠. 1권 마감 직전에는 예전 담당 편집자 분이 미사키 씨한테서 일러스트가 올 때마다 「지금 삽화가 왔습니다!」, 「이제 한 장 남았어요!」 같은 연락을 줘서, 박진감이 넘쳤습니다.

—그런 미사키 씨는 마루토 씨가 만든 게임의 열렬한 팬이어서, 캐릭터 디자인 때는 마루토 씨의 과거 작품의 캐릭터도 고려해가며 고안했다고 하셨습니다.

제 게임은 마니아한테 인기가 있거든요(웃음). 그리고 업계인에게 인기가 있어요. 하지만 라이트층에는 인기가 없죠. 그러니 미사키 씨가 코어 유저였다는 게 하나의 포인트였을 겁니다. 우타하를 검은색 스타킹으로 해달라는 요청은 드린 것 같지만, 아무튼 제 성적 취향을 잘 이해하고 계시죠(웃음).

—각 캐릭터는 미사키 씨와 어떤 식으로 콜라보를 하며 만드셨나요?

미사키 씨는 제 게임을 플레이해보셨기 때문에, 「그럼 그 캐릭터는 그 캐릭터입니다」 같은 느낌의 커뮤니케이션이 저희 두 사람 사이에서는 가능했습니다(웃음). 물론 캐릭터 설정도 만들기는 했지만, 이즈미 이후로는 꽤 대충대충이었죠. 하지만 우타하와 에리리는 철저하게 구상해서 만들었으며, 제가 만든 게임 중에서도 인기가 있었던 패턴의 캐릭터에서 모티브를 따왔습니다. 선배 캐릭터와 금발 캐릭터. 하지만, 이 두 패턴에도 여러 계통이 있기 때문에, 그것을 어느 정도 섞었습니다. 제가 만든 게임에 비유한다면, 가장 인기 있는 히로인과 시크릿 히로인이죠. 미사키 씨는 그 설명만으로도 제 말을 이해하셔서, 더는 설명을 할 필요가 없었습니다. 미사키 씨도 「아, 그거군요」 같은 느낌이었고, 자신이라면 그 캐릭터를 이렇게 그릴 것이다 같은 느낌의 본인만의 해석을 넣으며 그림을 그려주셨죠.

판매량에 있어 저보다 큰 힘을 발휘하는 분에게 맡기는 게 저도 편하고(웃음), 효과적이거든요. 작가가 자기 욕망을 담으면 담을수록 불순물이 섞이고, 작품 또한 안 팔리니까요(웃음). 비주얼에 있어서는 프로에게 맡기는 편이 좋다고 생각합니다.

—히로인이 그랬다면, 토모야의 디자인은 어땠습니까?

토모야에 관해서는 미사키 씨에게 오타쿠라는 점만 전했습니다. 그리고 디자인을 본 순간, 이렇게 오타쿠스러워도 괜찮을까 하는 생각이 들었죠. 도련님 헤어스타일에 안경 오타쿠였으니까요. 미사키 씨가 꽤 자신감을 가지고 그린 것 같았는데, 나중에 후회를 했다는 것 같더군요(웃음). 인기가 너무 없다면서요. 미소녀게임의 주인공은 하나같이 오타쿠가 아니죠. 존재감이 없고, 토모야 같은 겉모습을 지닌 주인공은 있지만, 성격은 비교적 평범해요. 하지만 토모야는 캐릭터성이 짙고, 미소녀게임의 주인공 캐릭터로서는 적합하지 않죠. 하지만 그런 녀석이 안경만 벗으면 그런 미남이 될 줄은 몰랐습니다. 「시원그녀」의 이벤트에서, 미사키 씨가 안경을 쓰지 않은 토모야를 그려줬는데, 그것을 본 사람들은 에리리와 우타하는 몰라도 메구미가 토모야를 좋아하게 된 건 그가 잘생겼기 때문일 거라고 말하더군요(웃음).

애니메이션 시리즈 구성과 각본도 담당 작품에 대한 책임을 자신이 질 각오

—애니메이션에서 시리즈 구성과 각본을 담당하게 된 계기를 이야기해주십시오.

애니플렉스의 프로듀서인 카시와다 신이치로 씨 덕분입니다. 그리고 미사키 씨의 의향도 영향을 끼쳤을지도 모르겠군요. 그리고 당시에는 한창 제작 중이지만, 「시원그녀」이전에 애니메이션 각본가로 데뷔한 적이 있다는 게 크게 작용했을 겁니다. 그 경험 덕분에 의뢰가 들어온다면 받아들이기로 마음먹고 있었죠. 하지만 대체 왜 저한테 의뢰를 한 건지 도통 모르겠네요(웃음).

—혹시 「시원그녀」의 애니메이션 각본을 쓰고 싶다는 생각을 가지고 있었습니까?

자기가 써서 실패하면 자기 탓이다, 같은 생각은 가지고 있었습니다. 실패하더라도 납득할 수 있을 것 같았죠. 자신이 전혀 관여하지도 않은 상태에서, 자신의 작품이 유린당하는 건 괴로우니까요. 그럴 바에야 자기 작품은 자기가 직접 유린하자는 생각을 가졌습니다. 뭐, 그런 부분은 빅간간 코믹스의 「사랑에 빠진 메트로놈」에서 다루고 있습니다(웃음).

—선전입니까(웃음)!

선전이기도 하지만, 사실이니까요. 그 작품에서 나온 말들은 대부분 제 속내나 다름없습니다.

—애니메이션의 각본은 역시 게임 시나리오나 라이트노벨과는 다른가요?

다르죠. 연출 부분에서는 색깔을 드러내면 안 된다든가 같은 것 말이죠. 1기#1의 각본을 제출했을 때, 카메이 감독은 이걸로 제대로 된 작품을 만들 수 있을지 걱정했나 보더군요. 하지만 다른 현장에서는 이걸로 오케이였죠. 애니메이션 각본은 대사에서 색깔을 드러내도 되지만, 연출 문장에서는 감독에게 맞춰야 한다고 생각합니다. 그래서 처음에는 감독과 호흡을 맞추는 게 힘들었지만, 애니메이션 2기의 「♭」에서는 감독님도 아무 말을 안 하더군요. 1기에서는 다른 스태프에게도 의도를 전해야만 하니 서로를 깊이 이해할 필요가 있었지만, 2기에서는 감독님이 직접 그림 콘티를 그릴 정도였으니 이제 괜찮을 거라는 생각도 들었습니다.

—애니메이션이 제작되는 과정에서, 인상적인 추억이 잔뜩 있었을 거라고 생각합니다만.

이벤트에서 속편이 발표되었을 때의 뜨거운 열기는 1기 때도, 2기 때도 정말 감동적이었습니다. 2기 발표 때는 에리리 역을 맡아주신 오오니시 사오리 씨가 평소처럼 오열했을 뿐만 아니라(웃음), 우타하 역의 카야노 아이 씨도 약간 울먹거리셨죠. 아무튼 팬의 흥분을 느낄 수 있어 정말 좋았습니다. 그리고, 좀 속물 같은 이야기입니다만, 1기 BD&DVD의 매상이 발표됐을 때도 충격을 받았습니다. 출하량을 들어서 꽤 팔릴 거라 생각했는데, 매상을 직접 듣고 약간 고개를 갸우뚱했죠. 하지만 담당 편집자 님이 제 반응을 눈치채시고, 이건 애니플렉스+에서의 판매량이 더해지지 않았어요. 그러니 다음 주에는 확 늘어날 테니 안심하세요! 하고 말하시더군요(웃음). 그리고 진짜로 2주차에 쑥 늘어났고, 그 후로도 매상이 좋았습니다. 그 외에도 #0이 방송됐을 때의 시청자들의 당혹스러운 반응이 기억에 남는 군요.

—당혹……인가요(웃음).

간단히 말해, 뭐하는 건지 모르겠어! 였죠. 확실히 모를 겁니다. 아무런 설명도 없었으니까요(웃음). 애니메이션 제작진에서는 아무런 설명도 없는 편을 첫 화로 삼아도 되겠느냐는 이야기가 오고갔죠. 뭐, 예상대로 인터넷상의 반응은 좋지 않더군요. 하지만 #3에서 그렇게 뜨거운 반응을 보여줄 거라고는 생각도 못했습니다. 2기에서는 역시 #8와 #9의 갭이려나요. #8에서 메구미의 인기가 쑥쑥 올라간 후의 #9 때문에 일주일 동안 팬 분들이 거친 반응을 보였죠. 확실히 천국에서 지옥에서 떨어진 거니까요. 정말 힘든 일주일이었어요. 괴로운 전개 이후에는 다들 앞으로 어떻게 될지 모르니 계속 괴로워할 수밖에 없죠. 그런 상황에서 인터넷에 올라오는 감상은 진짜 거칩니다. 뭐, 감상이 없는 것보다는 거친 감상이라도 올라오는 편이 낫죠. 그만큼 화제가 되고 있는 거니까요.

—요즘 애니메이션 스태프는 멘탈 면에서 강해질 필요도 있는 거군요…….

예. 리얼타임으로 반응을 접하니까요. 옛날에는 팬의 심정은 다음 달에 발매되는 애니메이션 잡지를 통해서만 접할 수 있었죠(웃음). 엽서 코너에 실린 독자들의 거친 반응을 보고, 역시 다들 나와 같은 생각이구나! 한다거나요. 뭐, 애니메이션 제작에 관한 잡다한 이야기가 궁금하시면 「사랑에 빠진 메트로놈」을 읽어보세요! 아, 이것도 선전 같네요(웃음).

[메구미와의 애정행각 장면은 워킹을 하면서 단숨에 집필?!]

—「시원그녀」 13권이 완성됐을 때의 심정을 들려주십시오.

13권을 다 쓴 직후, 패키지 특전소설을 비롯해 이것저것 쓰느라 끝난 느낌이 전혀 들지 않았죠. 지금도 극장판 작업을 하느라 상황은 마찬가지입니다. 아직 전혀 끝나지 않았기 때문에, 저는 아직 「시원그녀」에 대한 상실감을 느끼지 못했습니다. 물론 달성감은 느끼고 있지만요.

―「Memorial」의 신작 에피소드에 대해 한 말씀 부탁드립니다.

담당 편집자 분의 요청으로, 에피소드0 느낌의 이야기가 됐습니다. 3년 전, 토모야가 입학시험을 치르던 시절과, 13권 직후, 같은 시간축이군요. 토요가사키 학원은 사립에 꽤 레벨이 높은데, 토모야가 용케도 들어갔다고 생각하는 분도 계실 테니, 그 답을 알려드리는 의미에서 말이죠. 에리리도 공부는 잘 하는 편이 아니지만, 실은……. 이 책에 수록되어 있는 이야기이니, 나중에 실제로 읽어봐 주십시오.

―카토 메구미가 인기를 얻은 이유는 무엇일까요?

그건 제 덕이 아니라, 애니메이션을 만든 분들의 콘셉트가 시청자 여러분의 마음을 사로잡았기 때문이라고 생각합니다. 원작 또한 최종적으로는 메구미를 메인 히로인으로 하기로 애초부터 구상이 되어 있었죠. 「마루토는 우타하 선배를 메인 히로인으로 삼고 싶어 할 것이다」, 「아니, 에리리다」 처럼, 나는 마루토에 대해 잘 안다는 듯한 느낌의 코멘트도 봤습니다. 하지만 저는 상업 작가니까요(웃음). 저는 작품의 콘셉트에 따라, 표준적으로 이야기를 쓰고 있으니, 우타하나 에리리가 메인으로 삼는 것은 일종의 외길 루트인 소설에서는 무리입니다.

메구미가 메인 히로인이라는 걸 저는 알고 있었습니다만, 3권 혹은 4권 발매 즈음의 사인회에서 팬 분들에게 직접 들은 감상으로 본다면 메구미의 인기는 그렇게 좋지 않았습니다. 확실히 슬로 스타트로 갈 생각이었지만, 이렇게 인기가 없을 줄은 몰랐죠. 스케줄상으로는

7권에서 인기를 정점에 도달하게 할 생각이었습니다만, 4, 5, 6권에서도 우타하와 에리리가 더 인기를 모았죠. 원작만 본다면 말이죠. 아아, 큰일 났다. 자기 힘만으로는 메구미를 정상의 자리로 이끌 수 없다고 생각하고 있을 즈음에 애니메이션이 시작되었고, #3에서 단숨에 메구미의 인기가 급상승했습니다. 그러니 애니메이션 스태프를 비롯한 많은 분들이 메구미를 위해 힘써주신 덕분에 이렇게 인기를 얻게 된 것이라고 생각합니다. 그리고 원작 8권 이후는 애니메이션의 반응에 영향을 받았죠. 애니메이션에서 성장한 메구미가 원작에서도 확약한다, 같은 느낌이었습니다. 왠지 1.5군 혹은 2군이었던 선수가 렌탈 이적했다가 돌아와 보니 엄청난 선수로 성장해있었다, 같은 느낌입니다(웃음).

—인기로 치자면, 지금은 메구미가 단독 선두군요.

당시 같으면 생각도 못할 일입니다. 원작소설 뿐이었던 시기에는 우타하, 에리리, 그리고 약간 뒤쳐져서 메구미 순서였으니까요. 애니메이션을 제작하기 전, 애니메이션 스태프 측으로부터 이 작품의 메인 히로인이 메구미가 맞는지 확인 질문을 하더군요. 그때는 예, 그렇습니다. 아직은 그렇지 않지만요, 하고 대답했습니다. 그리고 그 대답에 기반해 콘셉트를 잡아서 애니메이션을 만들자는 이야기가 되었고, 그래서 애니메이션에이션은 성공을 거뒀다고 생각합니다.

—메구미는 히로인으로서 형용하기가 힘드네요. 헤어스타일이나 복장처럼 캐릭터의 기호로 설명할 수는 있겠지만 말이죠.

그런 기호를 써서 같은 캐릭터를 만들었을 때, 메구미와 마찬가지로 인기를 얻을지 솔직히 자신이 없습니다.

—기호보다는 이야기 안에서 프로듀스되고 있는 면이 강하기 때문일까요.

그렇죠. 그리고 2부에서 메구미의 성가신 일면과 음흉함이 드러나지만, 그 안에도 법칙이 있습니다. 바로 「주인공에게만 향하는」 성가신 일면과 음흉함이죠. 메구미는 주인공에게만 높은 허들을 적용합니다. 주인공은 노력해야만 하죠. 하지만 노력하지 않고 그냥 내팽개쳐두더라도, 다른 곳에 가거나 다른 남자에게 가버리지 않습니다. 그런 의미에서 본다면 정말 쉬운 히로인이군요.

—그럼, 가장 좋아하는 캐릭터를 알려 주십시오.

뭐, 다른 데서말 말한 적 있습니다만, 미치루입니다. ●● 같은 걸 한다면 밋치와 하겠죠(웃음). 하지만 지금은 메구미에게도 꽤 애착이 갑니다.

—작품 속 캐릭터를 연인, 여동생(or누나), 아내로 삼는다면, 누구를 무엇으로 삼겠습니까?

결국 「시원그녀」는 토모야에게 저 자신을 투영하며 만든 작품이니, 저와 캐릭터의 관계성도 토모야와 히로인들의 관계성에 가깝다고 생각합니다. 저 자신=토모야라는 말이면 대답이 될 거라 생각합니다.

—가장 인상 깊었던 에피소드는 무엇입니까?

메구미를 향한 마음이 깊어졌던, 혹은 변했던 7권과 11권이군요. 7권 후반부는 인터넷 카페에서 새벽부터 밤까지 자리를 차지하고 앉아서 나흘 만에 썼습니다. ……뭐, 마감이 코앞까지 닥쳤거든요. 7권 후반부는 이 작품 안에서도 특히 핵심이 되는 부분이지만, 실은 집필 기간은 가장 짧았습니다. 그때, 제가 가장 「시원그녀」에 전력을 다하고 있었다고 느꼈습니다.

11권은 후반부에 메구미와 애정행각을 벌이는 장면이 있는데, 그 부분은 워킹을 하면서 썼습니다. 걷고 있을 때와 목욕을 하며 마음을 비웠을 때, 불쑥 아이디어가 떠오르는 일이 꽤 있죠. 딱 그런 상황이었습니다. 워킹을 하고 있는 애정행각 장면의 아이디어가 잔뜩 떠오르더군요. 그래서 편의점에 뛰어 들어가서 볼펜과 메모장을 샀는데, 멈춰서면 생각도 멈추더군요. 그래서 다시 걷기 시작했는데, 사실 그때는 밤이었어요. 주위가 어둑어둑한데 메모를 하면서 워킹을 하는 사람은…… 엄청 수상하죠(웃음). 수상하기도 하고, 차에 치일 수도 있죠. 게다가 당시에는 여름이라서 땀도 엄청 흘렸습니다(웃음). 하지만 그러다 보니 메모장이 아이디어로 가득 차더군요. 그리고 그걸 문장화했더니, 호평을 받았습니다.

—앞으로 쓰고 싶은 에피소드가 있으시다면, 알려 주십시오.

이런 에피소드가 보고 싶다, 읽고 싶다 같은 생각은 저보다 독자 여러분의 마음속에서 샘솟을 거라고 생각합니다. 저희는 그것을 제공해드릴 뿐이죠.

센스 있는 지인과 절차탁마해 실력을 갈고닦았으면 한다

—작가가 되고 싶어 하는 사람들에게, 조언을 부탁드립니다.

이런 질문을 받으면, 예전에는 우선 생활기반을 정돈해서 생활이 힘들지 않을 때 글을 쓰라고 말했습니다. 좀 더 진지하게 이야기를 드리자면, 많은 작품을 접하면서, 자신을 어떤 식으로 베낄지를 항상 생각해보는 것도 좋겠죠. 베낀다는 부분을 착각해서 사고를 치는 분도 있습니다만, 베낀다는 것은 어디까지나 원전에 자신이 어떤 색을 칠해서, 어떤 반응을 이끌어낼 것인가. 그런 것을 생각하다보면 직접 뭔가를 만들자고 생각했을 때에 자신만의 소재로서 쓸 수 있게 됩니다.

자주 듣는 말입니다만, 이 세상에는 이제 「오리지널」이라는 것은 존재하지 않으니까요. 그렇다면 이미 존재하는 것을 자신이라면 어떤 식으로 표현할지를 항상 생각하며 거기에 태그를 붙여 아이디어로 삼는 것이 좋다고 생각합니다. 그리고 중요한 것은 우선 수치심을 가지는 거죠. 이대로 똑같이 베끼면 부끄러울 거야, 그럼 부끄럽지 않으려면 어떻게 어레인지 하면 좋을까, 그런 부분을 생각하는 겁니다. 다음은 항상 남에게 받아들여지고 싶어 하십시오. 잘 쓴 작품은 남에게 보여주라고 하는데, 그것과 마찬가지입니다. 자신에게 있어 재미있는 작품이 남에게도 재미있는 작품일 거라고 단정할 수는 없으니까요. 때로는 그게 일치하는 천재도 있지만, 그것만은 운에 맡길 수밖에 없죠. 운에 좌우될 확률을 줄이기 위해서는 언제 어디서든 타인에게 받아들여지기 위해 노력하는, 그런 연예인 근성 같은 것을 가질 필요가 있습니다.

저는 사회인 생활을 경험하고 이 업계에 들어왔습니다만, 대학시절부터 사회인 초창기까지는 게임 시나리오나 라이트노벨을 쓸 센스가 없었다고 생각합니다. 그런 센스를 갈고 닦은 것은 인터넷에서 팬 활동을 하며 오타쿠적인 응수를 의식하게 되었고 상대방도 거기에 응해주면서 재미있는 커뮤니티를 만들었던 경험이 있는데, 그 결과 여러 작품이 세상에 나오게 됐죠. 그러니 센스가 있는 친구를 사귀는 것도 중요하다고 생각합니다. 자기보다 똑똑하거나 센스가 있는 사람과 친구가 되어서, 그 사람들보다 뛰어난 인물이 되고 싶다는 생각하는, 그런 인간관계에서의 향상심이 가지는 것도 좋겠군요.

—그런 응수를 하다보면, 때로는 비판을 당할 때도 있지 않을까요.

그렇죠. 그런 점을 생각해보면, 너무 성가시진 않은 친구가 좋으려나요(웃음). 어른에, 머리가 좋고, 센스가 뛰어난 친구가 있으면 좋겠네요. 언어적 센스가 뛰어난 사람들이 주위에 있었기 때문에, 지금의 제가 존재한다고 생각합니다. 그런 사람들에게는 지금도 당해낼 수가 없죠.

—세상에는 다짜고짜 부정부터 하는 사람들도 있죠.

그런 사람과는 친구가 되면 안 됩니다(웃음). 문장의 테크닉이라는 것은 나중에라도 얼마든지 익힐 수 있죠. 문법이 명백하게 이상한데도, 재미있는 작품은 팔리니까요.

—요즘 들어 「소설가가 되자」, 「카쿠요무」 등을 통해 소설을 써서 발표하는 것의 허들이 예전부터 내려갔습니다.

그런 곳에서 작품을 써서 인기를 얻는 사람은 아까 제가 말했던, 자신이 재미있다고 여기는 작품과 남이 재미있게 여기는 작품이 일치하는, 그런 천재들이 아닐까 생각합니다. 저와는 다른 방식으로 접근하는, 좋아하는 것을 좋아하는 대로 써서 인기를 얻는 그런 사람들에게 저는 분명 이길 수 없겠죠. 하지만 그런 사람들은 극히 일부에 불과해요. 그럼 왜 그런 사람들이 이제 와서 등장했냐면 「소설가가 되자」, 「카쿠요무」처럼 분모가 커지는 장소가 만들어졌기 때문일 겁니다. 많은 사람들이 소설가를 목표로 삼는다면, 그 중에서 저런 천재가 몇 명은 모습을 드러내겠죠.

—그런 토양에는 자신이 쓰고 싶은 것을 쓰는 이들 이외에도, 유행하는 장르에 편승해서 글을 쓰려는 사람들도 있는 것 같습니다.

그런 사람들은 저와 같은 사고방식을 지녔을 거라 생각합니다. 천재에게는 이길 수 없다는 것도 알고 있지 않으려나요. 하지만 그렇게 자기 자신을 이해하는 것도 중요하다고 생각합니다.

—마지막으로 「시원그녀」의 팬 여러분에게 한 말씀 부탁드립니다.

여러분, 최종권까지 읽어주셔서, 그리고 최종권을 읽고도 과격한 반응을 보이지 않아주셔서 정말 감사합니다(웃음). 열심히 썼고, 도중에 의욕이 바닥나거나 글이 막히는 일도 없이, 무사히 끝까지 집필을 마쳐서 안도하고 있습니다. 5년 동안 평화롭고 즐겁게 지내게 해주셔서, 정말 감사합니다.

—마지막으로 하나 더 부탁을 드립니다. 극장판에 관해, 이야기해주실 수 있는 범위 안에서 알려 주십시오.

일단 완결까지 다룰 겁니다. 하지만 ♭에서 원작과 전개가 달라졌기 때문에, 현재 각본을 쓰면서 고생하고 있습니다. 어떻게 앞뒤를 맞춰야 될까요. 그리고 분명한 것은 절대 총집편이 아닙니다! 그러니 기대해 주십시오!

—극장판이 정말 기대됩니다. 오늘 정말 감사했습니다.

시원찮은 그녀(히로인)를 위한 육성방법

Memorial(메모리얼)

미사키 쿠레히토

Kurehito Misaki
(Illustrator)

INTERVIEW

「시원그녀」 탄생비화 마루토 씨와의 콜라보하며 운명을 느꼈다

—「시원찮은 그녀를 위한 육성방법」의 일러스트를 담당하게 되신 경위와, 1권을 읽었을 때의 감상을 말씀해 주십시오.

우선 일러스트에 관한 이야기를 말씀드리자면, 예전 담당 편집자 분이 계기가 되었습니다. 2012년 카도카와 측의 신년회에서 만났을 때, 저는 주정뱅이가 되어 있었는데(웃음), 그때 일거리를 달라는 소리를 했던 것 같아요. 그리고 마침 그때 마루토 씨가 시나리오를 쓰신 「WHITE ALBUM2」를 플레이하고 있어서, 그 게임이 재미있었다는 이야기도 했죠. 그랬더니, 이틀 후 즈음에 느닷없이 판타지아 문고 측으로부터 마루토 씨와 일을 해보지 않겠냐는 연락을 받았죠. 신년회 때의 제가 했던 넋두리 같은 이야기를 귀 기울여 들어주셨던 것 같아요. 그게 「시원그녀」로 이어진 겁니다. 당시 「WHITE ALBUM2」 덕분에 의욕이 불타오르고 있었던 데다, 라이트노벨 쪽 일은 한동안 하지 않았던 시기라, 그대로 맡기로 했죠.

—그럼, 일 연락을 받았을 때는…….

마루토 씨 작품? 할래, 할래! 같은 느낌이었을 겁니다(웃음). 그때는 플롯도 읽어보지 않아서, 첫 회의 때에 이런저런 이야기라는 설명을 들었죠. 마루토 씨에게서 들은 1권을 읽은 독자 여러분의 감상 중에는 「누가 어떤 대사를 말하는 건지 알기 어렵다」는 게 많다더군요(웃음). 하지만 저는 머릿속으로 대사를 캐릭터에 맞춰 변화해 읽는 버릇이 있는지라, 누가 무슨 말을 하는 건지는 딱히 신경 쓰이지 않았습니다. 게다가 「WHITE ALBUM2」 이전에 마루토 씨가 만든 게임도 플레이해본 적이 있었고, 테이스트 또한 캐릭터간의 그 독특한 대화를 통해 마루토 씨가 쓴 거라는 걸 한눈에 알 수 있는 양식이죠. 그래서 저는 단순히 재미있다고 생각했지만, 찬반양론이었던 것도 이해는 됩니다. 독자 중에는 책 한 권을 통해 이야기가 완결되는 것을 전제로 하는 분도 계실 테니, 그런 분에게는 좀 아쉬움이 남았겠죠. 저는 앞으로도 이어질 이야기라고 생각하며 읽었기 때문에, 앞으로 캐릭터들이 어떻게 행동할지에 대한 기대치 쪽이 더 컸습니다.

—확실히, 1권에서는 「blessing software」도 결성되지 않았으니까요…….

게임조차 만들지 않았죠(웃음). 등장인물의 소개만으로 이야기가 끝나버렸다는 감상도 꽤 있었습니다.

—마루토 씨와는 「사에카노」를 통해서 처음으로 만나신 건가요?

예. 회의 때, 처음 만났습니다. 서로의 존재 자체는 인식하고 있었지만 말이죠.

—두 분이 활약하는 필드가 같으니까요.

하지만 저는 게임 원화를 2.5작품 정도만 담당했던지라, 경력은 짧은 편입니다. 뭐, 그 적은 작품으로 게임 원화가로 알려질 수 있었던 점은 영광이지만요. 당초에 「시원그녀」의 일러스트 후보자 리스트에 저는 없었을 겁니다. 그러니, 이 일을 하게 된 것에서 운명을 느꼈죠.

아이돌을 연구해 이뤄낸
트렌드를 내다보는 캐릭터 디자인

—각 캐릭터 디자인에 관한 콘셉트, 그리고 신경 쓴 점을 알려 주십시오.

라이트노벨 삽화 오퍼를 받고, 저는 바로 미디어믹스를 염두에 뒀습니다. ……확증은 없지만, 성공이 확실시되는 멤버 구성이라고 생각했거든요.

—처음부터 거기까지 생각하는 건 쉽지 않은 일인데 말이죠(웃음).

뭐, 이건 「시원그녀」만이 아니라, 어느 작품에 참여할 때도 염두에 두려 합니다. 코미컬라이즈와 애니메이션 제작을 하게 됐을 때, 캐릭터가 움직이기 쉽고, 실루엣으로 분간이 되도록 캐릭터 디자인을 하려고 게임 원화를 맡던 시절부터 노력해왔죠. 「시원그녀」의 캐릭터도 저 개인적으로는 그리기 쉬운 디자인으로 짰다고 생각합니다만, 역시 제 버릇이 남아있었나 봅니다……. 교복 디자인 등에도 무늬가 너무 많으면 애니메이션에서 활동시키기 어려울 듯 해서 가능한 한 그런 요소를 줄이며 그려봤습니다. 그런 심플함의 상징이 카토 메구미죠.

메구미는 여러 캐릭터적 기호를 전부 잘라내고도 귀여워 보일 수 있도록 디자인하려 했습니다. 「시원찮다」라는 말을 듣지만, 귀엽지 않으면 인기가 없으니까요. 그리고 에리리와 우타하보다 나중에 그렸기 때문에, 그 두 사람과 겹치지 않도록 신경 썼습니다. 그야말로 「소거법」에 의해 완성된 히로인이죠. 그리고 메구미는 다섯 명의 히로인의 한가운데에 서도 묻히지 않는 헤어스타일로 설정해봤습니다. 당시에 저는 여자애 집단 안에서 어떤 애가 눈에 띄는지 연구할 생각으로 아이돌을 유심히 관찰했습니다. 그러자 머리카락이 긴 애나 염색을 한 애보다 단발머리 여자애가 개인적으로는 더 눈길이 가더군요. 그런 점도 참고해서 메구미를 완성했습니다.

—예전의 라이트노벨에서는 머리카락이 긴 히로인이 많았고, 그런 캐릭터에게 인기가 집중됐는데, 요즘은 메구미 이외에도 「Re:제로부터 시작하는 이세계 생활」의 렘이나 「Fate/Grand Order」의 마슈 등, 단발인데도 인기 있는 히로인이 많아졌다고 생각합니다.

그런 의미에서 본다면 트렌드를 내다봤다고 생각합니다. 버라이어티 방송이나 영화도 좋아해서, 2차원뿐만 아니라 리얼에서도 아이디어를 모으고 있죠. 흑발 롱헤어 히로인은 정통파라는 이미지가 있지 않습니까. 그래서 흑발 롱헤어 메구미도 염두에 두면서, 저는 마루토 씨에게 언젠가 메구미가 흑발 롱헤어로 성장하는 건 어떨까요, 하고 꽤 이른 단계에 제안을 했습니다.

—헤어스타일이 변하는 히로인은 의외로 흔치 않죠.

머리카락을 싹둑 자르는 히로인은 있지만, 저는 좋아하지 않습니다. 거꾸로 기르면 재미있을 거라는 생각이 들더군요. 그리고 그게 원래대로 되돌아가기 위해 자르는 거라면 충분히 용납될 거라고 생각했습니다. 일상계 라이트노벨은 외모에 변화가 없으면 질릴지도 모른다고 생각했습니다. 그래서, 여러 장치를 저 나름대로 고안해봤죠.

에리리와 우타하에게는 마루토 씨가 「금발」과 「흑발」로 지정하셨기 때문에 그에 따랐습니다. 에리리는 마루토 씨가 시나리오를 담당했던 게임에서 금발 트윈 테일인 유명 캐릭터가 있었기 때문에 그 캐릭터를 의식하면서, 역대 게임의 금발 트윈 테일 캐릭터와 겹치지 않도록, 공주컷 트윈 테일로 해봤죠.

—우타하의 검은색 스타킹도 마루토 씨가 지정한 건가요?

그건 확실치 않지만, 마루토 씨의 검은색 스타킹 사랑은 업계에서 유명한지라……. 이미 다양한 인터뷰에서도 언급하셨죠. 그리고 검은색 스타킹이 어울릴 만한 캐릭터가 바로 우타하였습니다. 마루토 씨의 과거작을 고려하며 디자인을 했으니, 역시 과거작을 플레이해보기를 잘했다는 생각이 드네요. 여담입니다만, 우타하의 흰색 헤어밴드는 제 취향입니다. 옛날에 「하급생」이라는 게임이 있었는데, 그 게임의 히로인이 흰색 헤어밴드를 하고 있었죠. 제가 처음 플레이한 미소녀게임이자, 지금도 좋아하는 요소이기 때문에 담아보고 싶어서……. 그렇게, 마루토 씨의 취향 이외에도 미사키의 취향도 들어간 캐릭터가 완성된 겁니다.

—이즈미는 어떤가요?

이즈미가 등장한 3권 즈음에는 너무 바빠서 정신이 없었던 지라……. 직감적으로 그렸기 때문에, 실은 3권 이후의 캐릭터들에게는 설정화가 없습니다……. 아마 그때는 「세일러문」에 푹 빠져 있었을 거예요. 옛날에도 본 적이 있지만, 다시 보면 어떤 느낌인지 궁금해서 말이죠. 그리고 세일러문에 영향을 받아서 경단머리로 해봤습니다. 그리고 「센티멘털 그래피티」라는 게임에 같은 헤어스타일의 캐릭터가 있는데, 이 두 이미지에서 탄생한 캐릭터가 바로 이즈미입니다.

—이즈미도 도중에 헤어스타일이 바뀌었습니다만…….

7권 마지막 부분에서 바뀌었죠. 고등학생이 하기에 예전 헤어스타일이 너무 오타쿠스럽다는 생각, 그리고 좀 더 인기를 얻어줬으면 하는 생각에 땋은 머리카락으로 바꿔봤습니다. 그쪽이 더 어른스러워보이기도 했고요.

미치루는 쇼트 컷인 캐릭터가 없어서 그 헤어스타일로 해봤습니다만, 다른 작품의 캐릭터들에게 묻힐 것 같았기에 웨이브를 넣어봤습니다. 당시에는 꽤 흔치 않은 헤어스타일이었죠. 그리고 제가 보이시한 캐릭터를 좋아하지 않는다고나 할까, 너무 짧은 헤어스타일은 그리고 싶지가 않더군요. 그래서 웨이브를 넣은 것이기도 합니다. 또한 귀밑머리를 길게 한 결과, 지금 같은 디자인이 되었습니다. 솔직히 말해, 당시의 저한테는 마음에 드는 디자인이 아니었습니다만, 머지않아 마음에 쏙 들게 되더군요. 머리카락의 색깔은 토모야와 같은 계통으로 해봤습니다. 사촌이라는 설정이니까요.

토모야는 이 작품이 미소녀게임을 테마로 한 라이트노벨이기에, 미소녀게임에 흔히 나오는 앞 머리카락으로 표정을 가리는 디자인으로 꾸며봤습니다. 그리고 오타쿠스러워 보이도록 안경을 씌웠죠. 하지만…… 평판이 좋지 않네요. 7권 즈음에도, 그리고 애니메이션이 시작되었을 즈음에도 독자 여러분에게 인기가 없었습니다. 완전 미움 받는 주인공이죠. 그래서 조금이라도 인상을 좋게 만들기로 했습니다. 7권에서 안경을 벗은 건 저 때문입니다. 당시에 애니메이션 관련 이벤트에서 캐릭터송 용으로 안경을 벗은 토모야를 그렸는데, 꽤 평이 좋았습니다. 외모만으로 본다면, 개인적으로는 안경을 벗기기 잘했다고 생각합니다.

—하지만 작품 내부에서의 인상으로 봐도 안경을 쓸 이미지이고, 안경 관련 에피소드도 있었죠.

결과적으로 우타하의 헤어밴드처럼 토모야의 안경이 인상에 남는 아이템이 되어서 다행이라고 생각합니다. 저도 안경을 쓰기 때문에 제 안경이 자료가 되기도 하고, 그리기도 쉽죠. 그러고 보니 예전 판타지아 문고 감사제에서 안경이 전시된 적이 있는 데, 사실 그건 제 안경이었습니다.

—처음 밝혀진 새로운 사실이군요(웃음). 그러고 보니 또 한 명의 남자 캐릭터인 이오리 쪽은 어떠셨습니까.

이오리는 이즈미와 함께 생각했기 때문에, 머리카락 색깔을 맞췄습니다. 약간 붉은 빛이 도는 갈색 머리카락이죠. 그리고 권수가 늘어날수록 붉은 색에 가까워졌습니다만, 그건 제가 애니메이션의 영향을 받았기 때문이라 생각합니다. 우선 미남으로 만든 후, 토모야와 차별화시키자, 라고 생각하다보니 자연스럽게 그런 느낌이 된 거죠.

—딱히 모델이 있는 건 아니군요?

예, 없습니다. 하지만 이오리가 입은 옷은 제가 가진 옷을 참고로 해서 그렸습니다. 다른 캐릭터는……. 마치다 씨는 베테랑 편집자라는 이미지를 살려 술술 그렸습니다. 코사카 아카네는 꽤 고민이 됐죠. 우타하가 쓰는 『사랑에 빠진 메트로놈』에 사유카라는 캐릭터가 나오는데, 그 캐릭터를 쏙 빼닮게 하자는 게 콘셉트였습니다. 헤어스타일은 사유카를 그대로 계승했죠. 애초에 사유카는 우타하가 모델이 된 캐릭터라서, 우타하와 아카네는 어딘가 이어져 있는 듯한 인상으로 하고 싶었습니다. 그래서 아카네는 우타하와 비슷한 구석이 있는 디자인으로 완성됐다고 생각합니다. 그리고 앞 머리카락이 일자인 건 「Z건담」의 하만 칸의 이미지에서 따왔습니다.

화풍이 더욱 진화한 것은 애니메이션에서 역수입에 성공한 덕분

—애니메이션에서 인상적이었던 추억을 들려주십시오.

애니메이션 제작 이야기를 듣고 기뻤습니다만, 2기가 만들어질 정도로 매상이 좋았다는 게 너무 기뻤습니다. 1기 방영과 같은 시기에 원작 7권이 발매됐는데, 그래서 그런지 7권이 정말 애착이 가는 권이었죠. 그 내용을 애니메이션으로도 보고 싶다는 생각이 들었습니다. 매상이 나쁘면 2기가 나오지 않기 때문에, 특전 일러스트와 패키지 등, 제가 할 수 있는 범위 안에서 꽤 최선을 다했습니다. 하지만, 특전만이 아니라 애니메이션 스태프 분들과 프로듀서, 담당 편집자 분 등, 많은 분들이 힘써주신 덕분에 2기 제작이 실현됐다고 생각합니다. 「시원그녀」는 마루토 씨와 저만이 아니라, 수많은 분들과 함께 만드는 작품이라는 이미지가 아직도 마음속에 강하게 남아 있습니다. 그게 극장판까지 계속된다는 게 너무 기쁘군요. 그래서 더욱 인상 깊은 추억이 되었습니다.

—애니메이션 1기 때, 미사키 씨는 #1의 에리리의 트윈 테일 따귀 장면을 보고 이 작품이 성공할 거라 확신했다는 이야기를 들었습니다.

애니메이션에 관한 정보가 나온 당초에는 팬 여러분에게서 애니메이션의 캐릭터 디자인이 제 그림체와 다르다는 의견이 나왔습니다. 하지만 제 그림체는 애니메이션에서 맞지 않다고 생각하는데다, 제가 봐서 귀엽다는 생각이 드는 디자인이면 불평을 하지 말자고 마음속으로 정했었죠. 그리고 애니메이션의 캐릭터 디자인을 담당하신 타카세 토모아키 씨는 몇 번이나 디자인을 교정하며 심혈을 기울이셨습니다. 그리고 독자 여러분들이 본다면 평가가 달라질 거라는 확신을 가진 영상이 바로 에리리의 트윈 테일 따귀 장면이었죠. 그리고, 애니메이션의 영향으로 원작 8권 즈음부터 제 화풍도 변했다고 생각합니다. 애니메이션 덕분에 지금까지 제가 그리지 못했던 표정, 그리고 각도에서의 그림을 그릴 수 있게 되었죠. 진심으로 감사하고 있습니다.

애니메이션과 원작의 그림이 다르다 해도, 양쪽의 정보량이 다르기에, 양쪽 다 좋아해주시면 감사하다고 생각합니다. 애니메이션은 애니메이션으로서, 제 그림은 제 그림으로서 말이죠. 저는 애니메이션의 카메이 감독님, 그리고 타카세 씨를 존경하니까요.

팬 중에는 예전 화풍을 좋아하니 되돌아가달라는 분도 계시며, 그 또한 감사한 의견입니다. 하지만 요즘 일러스트레이터 업계서는 트렌드가 쉴 새 없이 변하고 있습니다. 특히 작년(2017년) 여름 이후로 세대가 순식간에 바뀌었다는 것을 실감하고 있으며, 현 시점에서의 제 화풍 또한 좀 낡았다는 생각이 듭니다. 화풍은 유지하고 싶습니다만, 채색면에서는 변화를 줄 필요가 있다고 생각합니다.

—애니메이션에서 영향을 받은 부분이 있습니까?

애니메이션의 연출을 원작에 역수입하자는 생각을 가지고 있었습니다. 원작 8권 이후의 컬러 삽화는 자유롭게 그렸죠. 구체적으로는 8권의 221페이지 일러스트는 애니메이션 1기#3에서 마주보고 있는 토모야와 메구미의 장면을 오마주해서 그린 겁니다. 9권의 로리 에리리도 애니메이션과 코미컬라이즈에서 그려졌던 것을 참고해서 그렸죠. 13권 마지막의 일러스트도 그렇습니다. 이것은 원래 마루토 씨가 문장으로 「끝」으로 썼습니다만, 애니메이션과 마찬가지로 손 글씨인 편이 재미있을 거라는 제안을 받았습니다. 그리고 허가를 받아서 제가 손 글씨로 꾸며봤죠. 메구미가 독자 쪽을 쳐다보며 이야기를 하는 듯한 느낌으로 일러스트이기에, 이런 것도 괜찮지 않을까 하고 생각했습니다. 개인적으로 애니메이션의 「끝」이라는 부분이 마음에 들어서, 원작에서도 이렇게 마무리를 지어서 좋았다고 생각합니다. 저한테 있어서는 애니도 원작이군요.

메구미가 가장 인기 있는 건 꾸준한 노력이 결실을 맺은 결과

—「시원찮은 그녀를 위한 육성방법」 13권을 읽은 감상을 말씀해 주십시오.

정말 쓸쓸합니다. 하지만 애니메이션 2기가 끝나는 타이밍에, 권수로도 13권+α 정도로 끝나는 게 러브코미디로서는 적절할 거라고 생각합니다. 이야기를 너무 질질 끄는 것도 좋지 않다고 생각하며, 담당 편집자 분한테서도 잘 마무리해달라고 부탁을 드렸죠. 쓸쓸하지만,

깔끔하게 끝이 나서 다행이라고 생각합니다. 왕도적인 마무리입니다만, 왕도를 왕도적으로 쓸 수 있는 작가도 흔치 않으니까요. 마루토 씨는 작품을 깔끔하게 마무리 지을 수 있는 작가라 생각하기에, 그 점에 있어서는 신뢰하고 있습니다. 그래서 제가 할 말은 딱히 없었죠.

—13권의 일러스트에 대해 한 말씀 부탁드립니다.

13권의 일러스트는 꽤 예전부터 1권과 대비가 되게 그리겠다고 마루토 씨에게 말씀을 드렸습니다. 커버는 1권의 에리리와 대비가 되게 메구미이며, 머릿그림 또한 그렇죠. 하늘도 푸른 하늘에서 노을이 진 저녁으로 바꿨습니다. 마지막 권에서는 이렇게 하자고 전부터 쭉 생각하고 있었는데, 생각대로 그릴 수 있어서 정말 다행입니다. ……스케줄적으로는 힘들었지만요(웃음). 컬러 일러스트는 1권과 나란히 봐 주셨으면 합니다. 제 화풍의 변화, 그리고 성장을 살펴보는 것도 재미있을 겁니다.

—에리리의 일러스트는 꼭 넣고 싶어 하셨다고 들었습니다.

에리리가 울고 있는 장면과 우타하가 울고 있는 장면은 밀접한 페이지에 있으며 구성 면에서도 같아서 균형이 나쁠 테니, 에리리를 빼자는 이야기가 있었습니다. 하지만 두 사람이 마음을 정리하는 장면이고, 마지막이니 둘 다 그려 넣고 싶다는 마음이 있었습니다. 그래서 에리리와 우타하의 일러스트가 대비를 이루게 됐다고 생각합니다. 그리고 7권 이후로 자주 쓰게 된, 톤을 최소한으로 쓰고, 배경도 그리지 않을 뿐만 아니라, 먹칠을 할 부분도 사선으로 표현하는……『NO 먹칠 수법』이라고 부르면 되려나요? GS의 210~211페이지에 실린 에리리와 우타하의 일러스트에서 왼쪽 여백 부분이 여운으로 작용한다는 느낌을 강하게 받았습니다. 처음에는 아무 것도 그리지 않는 것도 괜찮을까, 허용될까, 같은 생각을 했지만 말이죠. 하지만 이후로 중요한 장면에서는 저에게 선택권을 주시면서, 이런 수법의 일러스트를 사용하는 걸 허용해주셨습니다. 하지만 이 수법은 원래 시간이 부족해서 탄생한 방식이었는데, 사실 원래라면 먹칠을 하면 되는 부분을 전부 사선으로 표현하게 되면서 오히려 더 시간과 노력이 들어가게 됐죠……. 나중에는 옛날 판타지아 문고에서 쓰이던 테두리선을 아직도 쓰기도 합니다. 그림은 작아지지만, 표현의 폭이 넓어지기 때문에 이런 수법을 앞으로도 쓸 수 있으면 좋겠다고 생각합니다.

—카토 메구미가 이 정도의 인기를 얻게 된 이유는 뭐라고 생각하십니까?

예전에 「드래곤매거진」의 취재 때도 말한 적이 있습니다만, 저는 메구미가 인기를 얻도록 초기부터 몰래 손을 써왔습니다. 1권 커버는 에리리가 장식했지만, 당시에는 매권 띠지에 메구미를 넣자는 이야기도 나왔죠. 결국 그것은 실현되지 않았습니다만, 그런 노력 덕분에 카토 메구미라는 캐릭터가 독자 분들의 마음에 남았던 거라고 생각합니다. 「시원그녀」라는 키워드처럼, 태클을 걸 요소도 필요하다고 생각해요. 그래서 1권의 커버가 메인 히로인이 아니라고 하는, 꽤 기발한 형태를 취했고, 7권에 이르러서야 겨우 커버를 장식했죠. 그것은 이야기의 고비가 되는 부분에서는 메구미를 부각시키고 싶다고 당초부터 이야기를 했었고, 그게 7권이었던 거죠. 애니메이션 쪽도 키 비주얼에서는 조그맣게 그려졌으며, 캐스팅 발표순서도 에리리나 우타하보다 나중이었습니다. 좀 불쌍하기는 하지만, 메구미를 박해하는 게 아니라, 소중하기 때문에 온존해뒀을 뿐입니다. 그런 형태로 다각도에서 손을 쓴 결과, 애니메이션에서 폭발한 게 아닐까 하고 생각합니다.

—나중에 등장하는 히로인이 인기가 얻는 케이스도 있습니다만, 최초부터 있던 히로인이 나중에 최고의 인기를 구가하게 된 건 대단한 일이라 생각합니다.

애니메이션과 원작에서 타이밍을 맞춰 여러모로 손을 썼으니까요. 원작 또한 7권 이후로는 메구미를 중심으로 그림이 구성되었고, 애니메이션의 선전이나 상품 전개에서도 방영 이전은 몰라도 1기#3 이후로는 메구미를 구석으로 몰지 말아달라고 스태프에게 요청 드렸습니다. 스태프에게 「카토 메구미 취급 설명서」 같은 느낌의 엄청 긴 메일을 보냈던 것 같군요. 그렇게, 많은 이들이 몰래 손써온 것들이 결실을 맺었다고 생각합니다.

아직 애니매아션 제작이 결정되기 전, 프로듀서인 카시와다 신이치로 씨와 저, 마루토 씨, 그리고 담당 편집자 분이 회의를 한 적이 있습니다. 그때 카시와다 씨에에서 「이 작품의 무기는 무엇입니까?」라는 질문을 하셨죠. 작품을 팔아치우기 위한 「무기」가 명확하지 않으면 애니메이션 제작은 어렵다……라는 이야기를 했다고 생각합니다. 그 자리에서는 명확하게 대답하지 못했지만, 며칠 후에 카시와다 씨가 「이 작품의 무기는 카토 메구미」라는 대답을 내놓으며 작업을 시작하셨던 걸로 기억합니다. 그 즈음에는 원작도 4권까지만 나왔으며, 메구미는 전혀 푸시를 받지 못하고 있었죠. 그래서 실은 그 착안점을 무기로 전개하면서 메구미만이 아니라 작품 전체도 인기를 얻었으니, 프로듀서에게도 크게 도움을 받았다고 할 수 있겠군요.

—가장 좋아하는 캐릭터를 가르쳐 주십시오.

다른 인터뷰 때도 같은 질문을 몇 번이나 받았습니다만, 시기에 따라 다릅니다. 완결 시점에서 가장 좋아하는 캐릭터는…… 말 못하겠군요. 말했다간 담당 성우 분에게 이런저런 소리를 들을지도 모르니까요(웃음). 에리리의 어머니(사유리)를 좋아했던 시기가 꽤 길었습니다만, 마루토 씨가 어머님을 하도 등장시켜주지 않아서 그 마음도 메말라버리고 말았습니다. 현재 가장 좋아하는 캐릭터는 일단 제쳐두기로 하고, 에리리는 좀 더 신경을 써주고 싶다는 마음을 가지고 있습니다.

—작품 속 캐릭터를 연인, 여동생(or누나), 아내로 삼는다면, 누구를 무엇으로 삼겠습니까?

가장 좋아하는 캐릭터가 누구냐는 질문과도 연관이 되는 이야기입니다만, 저는 이제 이 작품의 캐릭터들을 부모 관점에서 보고 있죠. 각각의 캐릭터들은 제 딸, 아들……처럼 느껴져요. 그러니 가족에게 순서를 매길 수는 없고, 연인이나 아내처럼 여길 수도 없군요.

작품의 버팀목이 되어준 이들의 힘이 「시원그녀」를 성장시켰다

—지금까지 그린 「시원찮은 그녀를 위한 육성방법」의 일러스트 중에서 가장 인상 깊은 일러스트는 무엇입니까?

아까 말했던 「NO 먹칠 수법」이 정착된 원작 7권의 142페이지, 울음을 필사적으로 참고 있는 메구미의 일러스트군요. 작품을 읽고 있으면 호흡이 멎는다고나 할까, 숨을 삼키게 되는 순간이 있잖아요? 저는 작품을 읽으면서 그런 느낌을 받은 부분에 일러스트를 넣고 싶다고 부탁을 드리고 있습니다. 7권에서는 142페이지의 약간 앞에서 그랬죠. 그래서 호흡을 맞춰 이런 일러스트를 넣으면 좋겠다는 생각이

들었고, 그게 절묘하게 맞아 들어갔다고 생각합니다.

GS에서의 210~211페이지의 일러스트도 마찬가지입니다. 여기 바로 앞부분도 숨이 막히는 장면이었죠. 눈물이 나는 장면, 재미있는 장면 상관없이, 작품을 읽는 이 텐션이 최고조에 달해 숨이 막히는 순간이 누구에게나 있을 거라고 생각합니다. 그런 부분에 의도적으로 삽화를 넣게 된 것은 7권이 계기입니다. 편집자 분께서 삽화를 지정해주셨는데, 단순히 그 지시에 따르는 게 아니라, 상의를 하며 함께 만들어나가려 했죠. 그런 의미에서 본다면, 제가 하고 싶은 걸 하게 해주는 작품을 맡아 정말 감사할 따름입니다. 각 담당자가 자신이 맡은 세션에서 최선을 다하는 것도 옳다고 생각합니다만, 저는 거기서 한 걸음 더 나아가며 작품에 기여하고 싶었습니다. 특히 「시원그녀」는 애착이 가는 작품이기도 했으니까요. 저의 제안을 통해 무언가가 변한다면, 적극적으로 나서야 한다고 생각하며 일을 했습니다.

—마루토 씨가 지정한 부분도 있었죠?

꼭 이 부분에 삽화를 넣어줬으면 한다는 부분이 있으면, 그것은 지키려 했습니다. 그래서 이 작품에서는 문장으로 설명하지 않고 일러스트로 설명하는 장면이 탄생한 거라고 생각합니다. 2권의 257페이지의 스마트폰 일러스트부터 그런 표현이 시작됐죠. 라이트노벨이라면 이런 방식도 괜찮을 거라고 생각합니다. 이 작품 덕분에 저만의 「삽화 방식」이라는 것을 찾아낼 수 있었던 것 같은 느낌이 드는 군요.

—이런 작품을 만들려고 한다면, 작가와 일러스트레이터를 포함해 모든 이들이 협력해야만 한다는 거군요.

그렇죠. 제가 삽화 제안을 하더라도, 전체적인 페이지를 구성하는 사람은 편집자니까요. 이 페이지에 삽화를 넣고 싶다 생각하더라도, 그 조정이 간단하지 않다는 것은 알고 있습니다. 그래도 제안을 하는 거죠. 13권에 메구미와 토모야의 양면 삽화가 들어갈 수 있었던 것은 편집자 분 덕택입니다.

—삽화를 양면으로 하게 되면서, 마루토 씨에게 문장의 조정을 요청드렸죠.

요즘은 편집자는 필요 없다는 소리를 하는 사람도 있습니다만, 그렇지 않습니다. 편집자가 없으면 곤란해요. 「시원그녀」는 저와 마루토 씨, 이렇게 둘이서 만든 작품이 아니라는 사실을, 이 글을 읽고 계신 분들께서 알아주셨으면 합니다. 작품 안에서 토모야는 대체 하는 일이 뭔데? 아무 것도 안 하잖아, 하고 생각한 분도 계실지 모릅니다. 하지만 뿌리에 해당하는 부분에서 작품을 지탱하고 있죠. 그런 의미에서 본다면 그도 역시 크리에이터라고 생각합니다. 애니메이션으로 비유하자면, 프로듀서들이 있기에 비로소 애니메이션이 만들어집니다. 보이지 않는 곳에서 헌신하고 있는 이들이야말로 좋은 작품을 만들기 위해 꼭 필요한 존재라고 생각합니다.

—그리기 힘들었던 일러스트는 있습니까?

1권, 2권은 정말 힘들었습니다. 이때는 톤에도 익숙하지 않았죠. 그래서 지금 보면 수정을 하고 싶다는 생각이 듭니다. 예전에 그린 라이트노벨의 일러스트보다 먹칠을 하는 부분을 늘려보자는 생각도 했죠. 기준을 하나하나 찾아가던 시기였던지라 의욕이 공회전하고 있었다고 생각합니다. 2권 이후로는 꽤 안정이 되었고, 7권 즈음부터는 익숙해졌으며, 그리고 지금에 이른 느낌이죠.

—앞으로 그려보고 싶은 일러스트가 있다면 알려 주십시오.

이 책이 나올 즈음에는 개최되었을 겁니다만, 「시원그녀」 일러스트 전시회를 하게 되었습니다. 그리고 인터뷰를 수록하고 있는 이 시점에서는 아직 전시회 관련 회의도 하지 않은 단계라 어떻게 꾸며질지 아직 정해진 게 없습니다만, 이번 전시회용의 신작 일러스트는 「여행」을 테마로 캐릭터들을 그려볼까 합니다. 캐릭터들이 여행을 떠나는 느낌이며, 최종적으로는 극장판 선전으로 이어지는 일러스트가 되면 좋겠습니다. 그런 식으로 작품의 시간축과 완전히 동떨어져서, 독자적으로 행동하고 있는 캐릭터를 그려보고 싶습니다. 아니, 앞으로 그리는 일러스트들은 그런 느낌이겠죠.

—일러스트레이터가 되고 싶어 하는 사람들에게 조언을 부탁드립니다.

일러스트레이터는…… 힘든 일입니다. 비난당한 일도 많고, 운동 부족으로 건강을 해치기도 쉽죠. 괴롭기는 하지만, 꿈과 희망이 넘치는 일이기도 합니다. 저도 원래는 마루토 씨의 게임을 플레이하고 있던 팬 측의 인간입니다. 하지만 지금은 마루토 씨와 힘을 합쳐 작품을 만들고 있으며, 완결편까지 함께했죠. 그러니 「시원그녀」를 읽고 그림을 그리게 되거나, 문장을 쓰게 된 분들은 계속 최선을 다하다 보면 언젠가 저나 마루토 씨와 함께 일을 하게 될지도 몰라요. 그런 의미에서 본다면 꿈과 희망이 있는 일이죠. 「시원그녀」야말로 그 점을 증명하고 있지 않나 생각합니다. 작품 안에서도 토모야는 우타하의 팬으로 시작하고, 에리리도 크리에이터로서 존경하고 있으니까요. 거짓말을 아니라고 생각합니다.

—극장판에 관해, 이야기해주실 수 있는 범위 안에서 이야기를 부탁드립니다.

단언할 수 있는 건, 극장판이 TV시리즈의 총집편이 아니라 신작이라는 점입니다. 분량이 상당하지만 마루토 씨가 잘 조절해주실 거라 믿고 있습니다. 원작은 완결이 됐지만, 미디어믹스 또한 끝까지 갈 수 있게 되어 정말 행복합니다. 팬 여러분도 너무 부정적으로 생각하지 말아주셨으면 합니다. 앞으로도 여러분의 많은 성원을 부탁드립니다. 아, 그러고 보니 이 점은 아직 밝히면 안 되는 걸려나요. 체크 통과되어서 게재되면 러키~.

—마지막으로 「시원그녀」의 팬 여러분에게 한 말씀 부탁드립니다.

이 독특한 작품을 읽어주신 분의 인생에 조금이라도 영향을 끼칠 수 있었으면 좋겠습니다. 또한, 완결까지 쓸 수 있었던 것은 팬 여러분 덕분이기에, 진심으로 감사드립니다. 그리고 이야기는 조금 더 이어질 예정이니, 언젠가 찾아올 진짜 「끝」을 의식하며 시원그녀의 캐릭터들을 소중히 그리겠습니다. 앞으로도 잘 부탁드립니다.

—감사합니다.

Chapter 04

특전소설

Special Novel

LOVE와 PEACE의 전일담

"그럼 1교시 국어 시험을 시작하겠습니다."

교단에 선 시험감독관이 그렇게 말하자, 교실 안에 있는 학생들은 일제히 긴장감에 사로잡히며 문제용지를 뒤집었다.

창가의 뒤에서 두 번째 좌석에 앉아있는 교복 차림의 안경 낀 소년 또한 주위의 분위기에 동조하듯 서둘러 문제용지를 쳐다보았고…… 다음 순간 예상이 빗나갔다는 듯이, 아니, 실제로 예상이 빗나갔기에 머리를 감싸 쥐었다.

"우와…… 말짱 꽝이야."

하지만 시험이 시작되고 1분 만에 전선에서 이탈할 수도 없기에, 일단 해답용지 아래편에 우선 선전포고를 하듯 『아키 토모야』라고 적었다.

책상 위에 놓인 수험표에는 그의 이름과 함께 『토요가사키 학원 고등학교』라는 문자가 적혀 있었다.

어느 해의 2월 모일.

사립 토요가사키 학원 입학시험 당일.

그리고 당시 시마무라 중학교 3학년이었던 토모야의, 『어찌 보면』 운명이 결정된 날이기도 했다.

토모야가 이 학교로 진학하기로 마음먹은 데에는 깊고

복잡……하지는 않지만, 나름의 이유가 있었다.

토모야와 그의 가족에게 있어, 내신점수와 재력 양쪽에 있어서 무리를 해야만 진학할 수 있는 이 학교를 그가 어릴 적부터 갈망한 것은 어떤 점 때문이다.

즉, 자유로운 교풍…….

교복은 있지만, 바지의 품이나 치마 길이 등을 제한하지 않으며, 교칙도 꽤 느슨하다. 신청만 통과되면 아르바이트도 허용되는 것이다. 게다가 도련님과 아가씨가 많이 다니는 이 학교의 교내 분위기는 평온하며, 듣자하니 학급 붕괴나 괴롭힘 같은 것도 없다고 한다.

그렇기에, 이것은 초등학생 때부터 자타 공인 『오타쿠』라는 딱지 때문에 괴롭힘을 당했던 토모야가 겨우 발견한 『해피엔딩에 도달하기 위한 선택지』인 것이다.

그래서 토모야는 중학교 3학년 첫 진로상담 때, 토요가사키 학원의 추천입학을 신청했으며…… 그리고 다른 신청자가 있다는 정보를 입수하자마자 바로 취소했다.

그 『같은 학교의 추천을 노리는 라이벌』은 학력 면에서 본다면 크게 차이 나지 않는다고나 할까, 명백하게 토모야 쪽이 유리했다.

하지만 가문의 격이 압도적일 정도로 차이나는 데다, 상대방이 『토요가사키 학원을 열망하는 이유』를 아는 토모야로선 자신의 희망을 계속 관철할 수가 없었다.

아마 『그녀』가 그 학교로 진학하려는 이유에는 자신 또한 적지 않게 관여하고 있는 것이다.

속박도, 차별도, 과거의 기억도 없는 그곳을 추구하는 심정에, 토모야는 필요 이상으로 동조하고 만 것이다

그런 라이벌의 이름은 사와무라 스펜서 에리리.

외교관인 아버지를 뒀으며, 성적은 중하위권.

그리고 토모야와 마찬가지로, 아니 토모야보다도 인간관계 때문에 깊은 상처를 입었던, 그의 소꿉친구.

그래서 토모야는 토요가사키 학원의 일반입시에 임했다.

추천을 빼앗아간 라이벌이자, 몇 년 전에 절교한, 여러 가지 복잡한 감정을 안고 있는 소꿉친구와, (결과적으로) 같은 학교에 다니기 위해서 말이다.

"저기요."

토모야가 중학교 3학년 첫 진로상담 때와 마찬가지로 복잡한 감정에 휩싸여 있을 때, 누군가가 그의 등을 두드린 덕분에 현실로 되돌아왔다.

고개를 돌려보니, 토모야와 마찬가지로 수험생으로 보이는 여학생이 약간 당혹스러운 표정을 지으며 그를 쳐다보고 있었다.

"으음, 무슨 일이야?"

"시험, 끝났거든요?"

"……아앗?!"

그의 말을 듣고 옆을 쳐다보니, 답안용지에서 손을 떼지 못하고 있는 토모야 때문에 당혹스러운 표정을 짓고 있는 시험감독관의 모습이 눈에 들어왔다.

아무래도 토모야가 복잡한 감정에 사로잡혀 있는 사이에 한 시간 가량 경과한 것 같았고, 무사히…… 아니, 전혀 무사하지 않게 국어 시험이 끝나고 말았다.

토모야는 초반 15분 동안 대충 채워둔 답안용지를 허둥지둥 건네준 후, 깊고 어두우며 차가운 한숨을 오랫동안 내쉬었다.

답안을 채우고 남은 30여분 동안 검토를 하지 않은 토모야에게 있어, 이 시험의 결과는 불 보듯 뻔했기 때문이다.

"자아, 오전 시험은 이제 끝났습니다. 오후 시험은 한 시부터 시작되니, 시험 시작 10분 전까지 자리로 돌아와 주십시오."

"아아아아아아아~."

그리고, 한 번 발이 엉킨 토모야는 그 후로 페이스를 되찾지 못했다.

2교시 수학 시험에도 집중력이 바닥난 상태에서 임한 토모야는 참담한 결과를 맞이했다.

수학 시험에서는 국어 시험 때의 실수를 되풀이하지 않기 위해, 답안을 전부 채운 후에 몇 번이나 검산을 했다.

……하지만 그 검산을 통해 수정해야 할 부분이 단 한 곳도 없었다.

그것도 실수를 한 부분이 보이지 않는 게 아니라, 검산을 할 때마다 전혀 다른 답이 나와서, 무엇이 정답인지 감이 오지 않았다.

“이렇게 되면…… 오후에 치를 영어 시험에 모든 걸 걸 수밖에 없겠어.”

수험생들이 점심시간이라 차례차례 교실을 나서는 가운데, 토모야는 오전에 받은 충격에서 벗어나지 못한 채 다른 이들을 잠시 동안 쳐다보고 있었다. 그리고 부질없는 희망이라도 부여잡으려는 듯이, 다시 마음을 굳게 먹으려 했다.

“옥상에라도…… 가볼까.”

“춥네.”

옥상의 문을 열자, 2월의 차가운 바람이 볼을 자극했다.

바람을 막아줄 게 전혀 있는 이 장소에서는 바람이 사정없이 휘몰아치고 있었으며, 다른 수험생의 모습은 보이지 않았다.

그런 와중에 토모야는 이 추위를 통해 기분전환을 하자고 마음먹으면서 딱 하나 있는 벤치에 앉더니, 아침에 어머니가 싸준 도시락을 펼쳤다.

“영어만이라도 최선을 다할게…… 엄마.”

……그리고 이 추운 날씨에 앉은 벤치에서 약간의 온기가 어려 있다는 점을, 현재 토모야의 정신 상태로 눈치챌 수 있을 리가 없었다.

※ ※ ※

"아……."

그녀는 계단을 내려와 1층 복도에 도착했을 즈음에 걸음을 멈췄다.

그녀의 눈앞에 펼쳐진 교실과 복도에서는 다양한 교복을 입은 학생들이 앉아서 진지한 표정으로 도시락이나 참고서와 씨름하고 있었다.

그런 그들과 다른 교복을 입은…… 즉, 수험생이 아니라 오늘 이 학교에 있는 유일한 재학생인 그녀의 이름은 카스미가오카 우타하.

조례 및 종례 시간에 몇 번이나 알려준 『내일은 입학시험 때문에 휴교합니다』라는 말을 조느라 듣지 못했고, 그런 정보를 알려줄 친구도 없는 탓에, 재학생 중 유일하게 학교에 등교한, 협조성이라고는 눈곱만큼도 없는 덤벙이다.

오늘 아침, 눈에 익은 이가 한 명도 없는 교실에 들어간 순간, 그녀도 자신이 범한 실수를 눈치챘다.

하지만 그녀는 자신의 실수를 인정하며 바로 하교할 만큼 자존심이 없는(협조성이 있는) 짓을 할 수 없었다. 결국 그녀는 「기왕 학교에 왔으니 독서나 하다 돌아가겠다」고 말했으며, 「아무 교실도 이용할 수 없다」고 말하며 당혹해하는 담임인 하스미 선생님을 위협해서 유일하게 이용 가능한 교내 시설의 열쇠를 빌렸다. 그리고 방금까지 그곳에서 독서를 하고 있었던 것이다.

즉, 차가운 바람이 몰아치는 옥상에서…….

하지만 몇 시간이 지나 정오가 되었을 즈음, 자신의 행위가 무의미할 뿐만 아니라 막대한 결점을 안고 있다는 것을 깨달은 우타하는 그제야 『난방이 되는 카페에서 독서를 하자』라는 지당한 결론에 도달했다. 그리고 옥상에서 내려왔을 즈음…….

"옥상의 문을 잠그는 걸 깜빡했네……."

그렇다. 처음의 「아…….」에는 그런 의미가 담겨 있는 것이다.

하스미 선생님에게서 「수험생이 함부로 들어가면 안 되니까, 나올 때는 문을 꼭 잠가」 하고 엄격하게(그런 것치고는 기어들어가는 목소리로) 말했던 것을 떠올린 우타하는 하렘계 라이트노벨의 주인공처럼 한숨을 내쉬면서 방금 내려온 계단을 다시 올라갔다.

※ ※ ※

"어?"

도시락을 다 먹고 차가운 공기를 마시며 마음을 다잡은 후, 『오후부터 죽을힘을 다해야지!』 하고 의욕을 불……태우려 했지만, 『뭐, 끝까지 발버둥이나 쳐보자』 같은 생각이나 하며 토모야는 건물 안으로 들어가려 했다. 하지만 어찌된 옥상 문손잡이가 꼼짝도 하지 않았다.

"……어라?"

두 번, 세 번, 돌려봤지만 수십 분 전만 해도 잘 돌아가던 손잡이가 찰칵찰칵 하는 귀에 거슬리는 소리만 내며 돌아가지를 않았다.

"……어라~?"

※ ※ ※

"토모야, 열심히 시험치고 있을까……."

그녀가 서있는 곳은 토요가사키 학원이 한눈에 들어오는…… 즉, 교문 앞이다.

『토요가사키 학원 입학시험장』이라고 적힌 간판 밑에 서서 수십 미터 떨어진 곳에 있는 건물을 쳐다봤지만, 눈이 나쁜 그녀는 찾는 인물(토모야)을 발견하지 못했다.

이 학교 안에 있는 수험생들보다 한발 먼저 추천으로 입학이 결정되었기에, 원래라면 올 필요가 없는 시험장에 일부러 찾아온 소녀의 이름은 사와무라 스펜서 에리리.

소꿉친구인 아키 토모야와 최근 몇 년 동안 절교를 하고 지냈지만, 그가 자신과 같은 학교에 수험했다는 이야기를 듣고 가만히 있을 수가 없어 이렇게 시험장에 온, 성가신 트윈 테일 아가씨다.

"애초에 그 녀석이 토요가사키에 들어가는 건 무모한 짓이잖아……. 대체 무슨 생각인 건데?"

에리리는 자신의(토모야보다 뒤떨어지는) 성적을 완전히 무시하면서 어이없다는 듯이, 그리고 약간 들뜬 듯한 목소리로, 몇 번이나 토모야를 걱정했다.

실은 『토모야가 토요가사키 학원으로 진학하려 한다』는 게 판명된 한 달 전부터 몇 번이나 해왔으며, 부모님이 어이없어 하면서도 훈훈한 미소를 짓게 한 안정적인 반복 패턴인 것이다.

"아……."

에리리가 약간 기분 나쁜…… 아니, 불가사의한 표정으로 학교 건물을 쳐다보고 있을 때, 전혀 다른 누군가가 다가왔다.

긴 흑발이 차가운 바람에 휘날리는 가운데, 당당하게…… 걷는 것처럼 보이지만 실은 터덜터덜 다가오고 있는 이는 한 학년 선배인 이 학교 학생이었다.

상대방 또한 방금까지와 같은 페이스로 걸음을 내디디면서도, 읽고 있던 책을 향하던 시선을 약간 움직이더니, 교정에서 안타까움에 사로잡혀 있는……것처럼 보이지만 실은 거동수상자 같은 에리리를 응시했다.

두 사람은 우타하의 발걸음에 맞춰 거리를 좁히더니, 서로를 쳐다보면서도 아무 말도 하지 않았다. 그저 서로를 향해 가볍게 고개를 까딱인 후, 그대로 엇갈렸다.

『……왠지 말과 태도가 거칠어 보이는 흑발 롱헤어네.』

『콧대가 높아 보이지만 소인배 같아 보이는 금발 트윈 테일이네.』

하지만, 겉으로만 아무 일도 없는 것처럼 보인 것 같았다.

※ ※ ※

"……아~."

문에 등을 맡긴 채 옥상 바닥에 주저앉은 토모야가 어찌할 바를 모르겠다는 듯이…… 아니, 실제로 어찌할 바를 모르는 상태에서 하늘을 올려다보았다.

그리고 시계를 보니, 오후 시험이 시작될 시간까지 겨우

10분을 앞두고 있었다.

수험생들은 슬슬 교실로 돌아갈 것이며, 마지막 과목인 영어시험에 대비해 참고서 등을 훑어보고 있을 것이다.

"나, 이제 지쳤어. 코토리……."

난방이 되고 있는 방에서 행복하게 보내고 있을 녀석들을 저주할 기력도 없는 토모야가 최근에 빠진 애니메이션 캐릭터…… 아니, 여동생의 환영에게 말을 걸었다.

……아, 실제로는 다들 최후의 심판을 앞두고 궁지에 몰려 있는 상황이지만, 그런 건 루벤스……가 아니라, 츠나코의 그림에 넋이 나간 토모야가 이해할 수 있을 리가 없었다.

"따뜻해……."

추위를 견디다 못한 토모야가 성냥으로 불을 피웠다. ……물론 진짜 성냥이 없으니까 버추얼로 말이다.

왠지 여러 아동문학이 뒤섞여 있는 듯한 느낌도 들지만, 그런 건 루벤스—(이하 생략).

토모야의 눈앞에는 여동생(코토리)만이 아니라, 다양한 주마등이 나타났다 사라졌다.

그리고 보니 이 토요가사키 수험은 처음부터 끝까지 역경의 연속이었다.

추천 자리를 빼앗긴다고 하는 흔한 이벤트로 시작되어, 학력은 부족하지, 재력은 딸리지 게다가 노력도 부족하지(자업자득이다)…… 입시 당일에는 옥상에 갇힌다고 하는 시크릿 이벤트까지 발생한 것이다.

아무래도 토요가사키 학원은 아키 토모야라는 인간을 환영하지 않는 것 같았다.

이제 토모야에게는 이 교칙이 느슨한 사립고에 다닌다고 하는 성공의 길은 존재하지 않는다. 그리고 공립에 문제아들만 모이는 학교에서 불량배나 융통성 없는 교사들에게 박해를 받고 지하에 잠복한 후, 악독한 교칙에 맞서 싸울 수밖에 없는 걸지도…….

『포기하면 안 돼~.』

"어……."

……추위 속에서 절망에 떨고 있는 토모야의 마음속에, 불가사의한 소리와 목소리가 들려온 듯한 느낌이 들었다.

하나는, 제야의 종소리처럼 댕~, 댕~ 하는 리드미컬한 소리였다.

그리고 다른 하는 상냥하지도, 열정적이지도 않은, 그저 기운 없는 듯한 여신의 목소리…….

아니, 기운 없다고 느낀 시점에서 그것이 여신의 목소리가 맞는지 의문이 들었다. 하지만 절망에 사로잡힌 토모야에게는 그 목소리의 신빙성을 의심할 여지가 없었다.

뭐, 여신의 은혜 같은 걸 기대하지는 않았지만…….

“여신님, 부디 저를 도와주세요……. 그러면 마지막 영어 시험 때, 죽을힘을 다해 최선을 다할게요.”

그래도 토모야는 새해 첫 참배 때 1년 동안의 가내 평안을 기원할 때처럼 진지하게, 아마 2차원에 있을 여신을 향해 두 손을 모으며 소원을 빌었다.

바로 그때…….

『아~, 역시 여기 있었구나. 선생님을 불러올 테니까, 잠시만 기다려.』

“……어?”

하지만 뜻밖에도, 여신께서는 바로 자비를 베풀었다.

그 뒤를 이어 토모야의 귀에 들려온 것은 실내화를 신고 계단을 뛰어 내려가는 발소리였다.

그리고 잠시 후에 여러 명의 발소리가 들리더니, 그 뒤를 이어 철컹철컹 하는 소리가 들렸다. 마지막으로 쾅 하고 힘차게 철제문이 열리더니…….

그 문에 기대앉아있던 토모야를, 그대로 날려버렸다.

그 후의 일은 토모야도 잘 기억하지 못했다.

그래도 주위 사람들의 증언을 종합해보면, 얼추 이런 느낌이었던 것 같았다.

시험은 『뜻밖의 트러블』 때문에 15분 정도 늦게 시작됐다.

그 트러블의 중심이자, 뒤늦게 자리로 돌아온 불운한 수험생, 아키 토모야는 어찌된 영문인지 텐션이 하늘을 지를 정도로 흥분한 상태에서 「나에게는 쿠루미가…… 아니, 여신이 있어!」 같은 혼잣말을 연발하며 다른 수험생들을 질리게 만들었지만, 시험감독관들은 그의 특수한 사정을 알기에 딱히 주의를 주지 않았다.

그리고 다양한 우여곡절이 있었지만, 입학시험은 어찌어찌 종료됐다.

다음날, 시마무라 중학교에 돌아온 토모야는 자기채점을 통해 영어 점수가 100점 만점 중 95점이라는 걸 담임에게 보고해 질리게 만들었다.

하지만 토요가사키 학원의 합격자 발표날, 담임은 그게 엄연한 사실이라는 것을 알게 되었다고 한다.

※ ※ ※

"……이런 일이 있었어."

"아~, 그랬구나. 합격 엔딩이라 다행이네."

그리고 그로부터 몇 년 후…… 구체적으로는 같은 계절이 세 번 정도 되풀이되었을 즈음.

평소와 다름없는 아키 가의, 평소와 다름없는 토모야의 방에는, 평소와 다름없이 그녀의 메인 히로인……의 모델인 카토 메구미가 있었다.

"너, 좀 놀라거나 감격하란 말이야! 모처럼 내가, 지금까지 아무에게도 이야기하지 않았던 『토요가사키 학원 합격 비화』를 첫 공개했잖아!"

"으음, 딱히 감격할 만한 이야기는 아니지 않아? 입시 때문에 방문한 학교에서, 출입이 금지된 옥상에 들어간 거잖아. 그런 사람은 입학을 시키면 안 된다고 생각하는데 말이야."

"이 이야기에서 중요한 대목은 거기가 아냐! 그때, 『정체불명의 여신』이 나를 구원해주지 않았다면, 우리는 이렇게 만나지 못했을지도 몰라. 아니, 절대 만나지 못했을 거라고."

"그 여신 히로인은 괜한 짓을 한 것 같네."

"으으……."

그렇게 말한 메구미의, 마치 에로 핀업 일러스트로 만들어도 될 듯한 모습이 여러모로 신경 쓰였지만, 토모야는 꾹 참으며 머리카락을 쓸어 올렸다.

"뭐, 여기까지만 보면 흔한 미담 중 하나일지도 몰라. …… 하지만 이 이야기에는 뒷내용이 있거든."

"어~, 설마 이제부터 「이 이야기에는 속편이 있어」 같은 소리를 하며 밤새도록 이야기를 늘어놓을 속셈이야?"

"아, 그렇게 길지는 않으니까 안심해."

메구미는 긴 이야기에 질린 건지 약간, 아니 꽤 귀찮아하더니, 팔에 머리를 올려놓으며 졸린 듯한 표정을 지었다.

"실은…… 그때, 나를 구해준 여신의 정체에 대해, 여러모로 생각해봤어."

"으음. 즉, 동일 작품(데이트 어 라이브)의 다른 히로인(토카나 오리가미)이었다는 거야?"

"나는 그런 환각(2차원)이 아니라 현실(3차원)의 이야기를 하고 있는 거라고!"

토모야는 여전히 영문을 모르겠다『는 듯한 태도를 의도적으로 취하고 있는 것처럼 보이는』 메구미를 보고 눈썹을 약간 찌푸리더니, 곧 각오를 다지며 그녀를 똑바로 쳐다보았다.

"저기, 메구미……. 혹시나 해서 묻는 건데 말이야. 너, 지금 시치미 떼고 있는 거 아냐? 그것도 엄청 의도적으로 말이야."

"어~, 무슨 말을 하는 건지 모르겠네~."

하지만 메구미는 의혹에 찬 내 눈길을 보더니, 바로 고개를 돌리면서 내 눈길을 피했다.

"아니, 그때 나를 발견해준 여자애의 목소리…… 왠지 엄청 건성인 것 같았, 전혀 당황하지 않은데다 무엇보다 무덤덤했거든!"

"즉, 하고 싶은 말이 뭐야?"

"저기, 메구미. 너, 수험 때 옥상에 간 적이……."

"아~, 오호라~. 토모야 군은 그 목소리의 주인이 내가 아닌지 의심하고 있는 거네?"

"아니, 의심하고 있거나 수상쩍게 여기고 있는 것 같은 부정적인 의미가 아니라……."

"하지만, 만약 그게 진짜로 나라면, 운명적이긴 하네~."

"그렇지? 그렇지?!"

드디어 결론에 다가선 토모야는 흥분한 어조로 손에 힘을 줬다.

"만약 그때 나를 우연히 구해준 사람이 메구미라면, 사실 우리는 처음부터 운명의 붉은 실로……."

"이야~, 그렇지는 않아. 절대 아냐."

"뭐~."

하지만 메구미는 여전히 무덤덤한 태도를 취하면서 손을 포갰다.

"그건 딱히 우연이거나 기적이 아니거든?"

"그, 그래?"

그렇게 담담하게 단정 짓자, 토모야도 자신감이 사라졌는지 망설임에 사로잡히듯이 깍지를 낀 손을 이마에 댔다.

시험이 시작되기 직전인데도, 딱 한 명의 학생만 자리로 돌아오지 않는다면…….

상식적으로 생각해볼 때 그 학생을 찾으러 가는 이는 시험 생각으로 머릿속이 가득 찬 학생이 아니라, 시험감독관일 가능성이 압도적으로…….

"토모야 군은 그때 「옥상에라도 가볼까」 하고…… 혼잣말 치고는 꽤 큰 목소리로 말했거든. 그러니 어디 있을지 바로 짐작이 됐어."

"……뭐?"

메구미가 그 말을 한 순간, 토모야의 머릿속에 3년 전의 영상이 순식간에 되살아났다.

『시험, 끝났거든요?』

그렇다. 그때, 당혹스러운 듯이 그래도 딱히 동요하지 않은 듯한 인상의, 단발머리 소녀…….

"자, 이제 이야기는 끝난 거지? ……나, 내일은 입학식이라 일찍 일어나야 하니까, 이만 잘래. 잘 자."

"어? 어? 어?"

토모야가 되살아난 기억을 제대로 검증하기도 전에…….

메구미는 침대 안에서 토모야를 꼭 끌어안더니, 그의 가슴에 얼굴을 묻었다.

【최초 수록】

서점 특전 소설은 토라노아나, 멜론북스, 게이머즈 구입 특전 책자에 게재된 내용을 수정한 것입니다.

■역자 후기

안녕하십니까. 근로청년 번역가 이승원입니다.
『시원찮은 그녀를 위한 육성방법 Memorial』을 구매해주셔서 진심으로 감사드립니다.

『시원찮은 그녀를 위한 육성방법 Memorial』은 「시원그녀」의 메인 캐릭터들의 해설과 작가이신 마루토 후미아키 선생님, 그리고 일러스트를 담당하신 미사키 쿠레히토 선생님의 인터뷰, 그리고 각종 서점 특전 소설들이 총집합한 작품입니다.
그 안에는 지금까지 공개되지 않았던 놀라운(^^) 사실들도 포함되어 있으며, 본편의 이면에서 이뤄졌던 캐릭터들 간의 에피소드들이 짤막하면서도 깊게 다뤄지고 있습니다.
뜻밖의 캐릭터들의 뜻밖의 에피소드가 많아서 저도 정말 놀랐습니다.^^

물론 가장 충격적은 점은 작품이 완결되고 나온 녀석이라는 점! 그리고 더 나올 가능성도 있다는 점!

거기에 비하면, 챕터4의 일러스트 같은 건, 일러스트 같은 건…… 참 좋습니다.

저 일러스트 하나를 위해 열일곱 권에 걸친 장편 소설이 생겨났다고 해도 과언이 아닐 만큼 마음에 드네요.^^

독자 여러분도 저와 같은 심정이실 거라 믿어 의심치 않습니다!

그럼 이만 줄이겠습니다.

L노벨 편집부 여러분, 항상 감사합니다. 이벤트 수고 많으셨습니다. 앞으로도 잘 부탁드립니다!

함께 고기 먹으러 간 악우여. 나도 고기 좋아하거든? 하지만…… 앞으로 화로구이집은 피하자. 고기란 자고로 큼직큼직하게 썰어서 쌈을 싼 후에 우걱우걱~ 먹어줘야 제맛이라고.^^

마지막으로 언제나 제게 버팀목이 되어주시는 어머니와 『시원찮은 그녀를 위한 육성방법』을 읽어주신 모든 분들에게 진심으로 감사드립니다.

혹시나 또 나올지도 모르는 「시원그녀」의 연계작의 후기 코너에서 여러분을 다시 뵐 수 있기를 진심으로 바랍니다!

2018년 7월 초

역자 이승원 올림

시원찮은 그녀를 위한 육성방법 Memorial

1판 1쇄 발행 2018년 8월 10일
1판 3쇄 발행 2021년 1월 7일

지은이_ Fumiaki Maruto
일러스트_ Kurehito Misaki
옮긴이_ 이승원

발행인_ 신현호
편집장_ 윤영천
편집진행_ 김기준 · 김승신 · 원현선 · 권세라 · 유재슬
편집디자인_ 양우연
관리 · 영업_ 김민원 · 조인희

펴낸곳_ (주)디앤씨미디어
등록_ 2002년 4월 25일 제20-260호
주소_ 서울시 구로구 디지털로 26길 111 JnK디지털타워 503호
전화_ 02-333-2513(대표)
팩시밀리_ 02-333-2514
이메일_ lnovelpiya@naver.com
L노벨 공식 카페_ http://cafe.naver.com/lnovel11

Saenai heroine no sodate-kata. Memorial

ISBN 979-11-278-4589-6 03830

값 7,000원

L NOVEL

데이트 어 불릿 1~3권

히가시데 유이치로 지음 | 타치바나 코우시 원안 · 감수 | NOCO 일러스트 | 이승원 옮김

"……저는 이름이 없어요. 빈껍데기(엠프티)예요. 당신은 이름이 뭐죠?"
"제 이름은 토키사키 쿠루미랍니다."
기억을 잃은 채 인계라 불리는 장소에서 눈을 뜬 소녀,
엠프티는 토키사키 쿠루미와 만난다.
그녀의 안내를 받아 도착한 학교에는 준정령이라 불리는 소녀들이 있었다.
서로를 죽이기 위해 모인 열 명의 소녀들.
그리고 비정상적인 존재이자 빈껍데기인 소녀.
"저는 쿠루미 씨의 일행이자 미끼…… 미끼인가요?!"
"아, 미끼가 싫다면 디코이라고……."
"똑같은 의미잖아요!"

이것은 토키사키 쿠루미의 알려지지 않은 이야기.
자— 저희의 새로운 전쟁(데이트)을 시작하죠

NOVEL